大秦谋略

月下灯客 著

中国言实出版社

图书在版编目（ＣＩＰ）数据

大秦谋略 / 月下灯客著. 一北京：中国言实出版社，2014.10
ISBN 978-7-5171-0830-6

Ⅰ．①大… Ⅱ．①月… Ⅲ．①长篇历史小说－中国－当代
Ⅳ．① I247.5

中国版本图书馆 CIP 数据核字 (2014) 第 215873 号

责任编辑：陈昌财

出版发行　中国言实出版社
　　　　　地　　址：北京市朝阳区北苑路 180 号加利大厦 5 号楼 105 室
　　　　　邮　　编：100101
　　　　　编辑部：北京市西城区百万庄路甲 16 号五层
　　　　　邮　　编：100037
　　　　　电　　话：64924853（总编室）　　64924716（发行部）
　　　　　网　　址：www.zgyscbs.cn
　　　　　E-mail：zgyscbs@263.com
经　　销　新华书店
印　　刷　北京市玖仁伟业印刷有限公司
版　　次　2015 年 1 月第 1 版　　2015 年 1 月第 1 次印刷
规　　格　787 毫米 ×1092 毫米　1/16　15 印张
字　　数　194 千字
定　　价　30.00 元　　　　　ISBN 978-7-5171-0830-6

序

春秋战国，是华夏历史上百家争鸣战火纷飞的一段历史，也是中华大地上百花齐放，英雄辈出的战乱时代，周王室周天子无法再掌控华夏大地，天下诸侯借乱纷纷割据争雄，雄霸一方，成为对抗周王室和其他诸侯的最强力量。

经过春秋时期的融合，小诸侯国因为国力不盛而逐渐被国力强大的诸侯国吞并，因此齐国齐桓公、晋国晋文公、秦国秦穆公、宋国宋襄王、楚国楚庄王，在春秋历史上异常突出，是为春秋五霸。春秋五霸的雄起，以雄才大略文治武功得天下。春秋之后便是战国，至此，奴隶主阶级逐渐退出舞台，封建地主阶级逐渐取代奴隶主而成为社会的统治阶级。封建社会逐步的形成，使得社会经济逐渐上升，再到韩赵魏三家分晋，使得春秋五霸，逐渐变成战国七雄。

过去、现在、将来发生的事情，从某个时间段来看，都可以称之为历史，我不能把所有战国时期发生的事情都讲出来，也不能把秦帝国时期发生的事情都讲出来。将那段历史以这种文字拼凑的形式展现了出来，多多少少，我还是有点心虚的。

韩赵魏楚燕齐秦七国是战国时期最强大的诸侯国，排除了周王室，这七国统治着华夏大地大部分的土地，虽然还有一些如卫国、陈国这样的小诸侯国，但是却无法与这七颗璀璨的明珠相比。

如果说历史发展必须要经过战火洗礼的话，那么春秋战国时期的确可以算得上是比较混乱的洗礼，经过几百年的淘汰，强大的诸侯国逐渐开始吞并周围的国家，沧海横流，至此，强大的、中央集权的大秦帝国出现了。

目录

第一章

历史的车轮滚滚向前，永不会停歇。

它会记住在历史上发生的任何事：王朝的建立，千古帝王的降世，甚至是一段血腥的镇压和屠杀。这些都将会被刻在历史的马车上，马车再带着这些痕迹向世人展示曾经发生过的那些片段。

"这是一片令人向往的土地。"王休对身边的女子说，"许多年前，这片土地上孕育出来的人，改变了中华大地混乱的诸侯乱战局面，改变了这块大地上人们的未来，也改变了历史车轮的走向。"

"但是秦朝国都并非在秦谷，而是在咸阳。"女子青丝飘拂，雍容华贵，柔声地说，声音不大，生怕惊扰了眼前这位似乎从来就没有老过的男子。女字名唤沁兰，赵国名将李牧之妹。

"有什么不同？"王休反问。

"没有。现在起义军已灭，可新兴的起义军又起来了。"沁兰本就没有打算要顶嘴，身为妻子，本就应当以夫为尊的。在夫君面前，女子本来就是顺从听话，况且眼前的男子，还是沁兰的救命恩人。

两者的确没有什么不同，无论是在咸阳，还是在雍城，或者就是秦

人的老窝秦谷，那都不会改变秦人的使命，那是与生俱来的，伴随着历史的前进而被赋予的历史使命。

男子走在前面，印着金色龙纹的黑色衣服正在向门人昭示着，他曾经是大秦帝国的能臣，也是叱咤一时的英雄，此时，他却变得如此平淡，似乎曾经的一切都没有发生过一样。

这个男人，就是王休，似乎在历史上从来都没有出现过，又或者是以另外一种身份出现过，无论是否出现，他看着江河流逝，看着历史变迁，最后尘归尘土归土，看世间万物融为苍生后，见证了这片巨大无垠的土地上，人们在向着统一的方向迈进。

百年前，会稽山。

"你出来了？"一位满头银发的老人端坐在一块平坦的青石台上问。

"弟子出来了，弟子得道成仙，自蓬莱仙岛之外，会稽山也多了一位散仙了。可是师父，弟子有一事不明，请师父指教。"王休跪在银发老人的身前问。

银发老人道："问吧。"

"师父您是九龙真人，会稽山全真，非仙非道，却通天地之能，贯三界之阴阳，无所不能无所不知无所不晓。弟子还是不明白，您已经走出红尘，可为什么还留在世俗呢？"

"世俗里有太多的纷扰，并非全部为真，有幻境有欺骗，有善良也有邪恶，这一切都不是真的。为师留下来，也是为了看那世俗的真真假假，不也算修炼的一种方式么？"

"弟子也想去历练一番，请师父成全。"

"也好，人世间的一切，需要亲自去体会，这一去，便是百年，等你再次觉醒的那一刻，你就会明白，有些东西，其实不好割舍。"

九龙真人说完，笑道："准备好，就可以下去了。"

"师父还有什么需要嘱咐弟子的？"

"历史风云变幻，眼睛看见的，也未必真实，你所见到的吕不韦，赵姬，李斯等，可是他们的真面目？"

"不是，可是，那些都是活生生的人，如果不是真面目，那是不是太假了些？"

"不假，百年还不够，去吧，可再去经历一番。"

"那弟子去了。"

"去吧，去领略一番大秦子弟的风采，那些谋略，那段几乎被世人淡忘的历史。"

"那弟子要做什么？"

九龙真人睁开眼睛，看着眼前自己最得意的也是唯一的弟子，道："该做的还是要去做，不该做的不要插手，历史是不会改变的，需要改变的就是要把脱离历史轨道的人推进轨道，历史也是不会停的，你不能阻止历史停滞不前，但是，嬴政在位三十七年，称帝十二年，这些都是天命所昭，不能改变，多一刻不妥，少一刻也不妥，你要记住，你不能改变的千万不能改变，你能改变的，一定要去改变，这是天道，也是局中之局。"

"那师父您的局，到底要做什么？"

"等你回来之后，由你自己来告诉为师吧！王休，以后，你自然就会明白的。"

"请师父明示！"

"哎呀，你怎么那么烦？去就行了，你干嘛非要问那么多？师父难道能害你不成？再说了，那大秦帝国命数就在百年之间，再多，历史可就变了，那时候华夏大地生灵涂炭，那是你这善良之辈所愿意看见的？去吧去吧，别来烦我了！"

"师父，可是……"

"你这小兔崽子，小心为师踹死你……记住，大秦，最多三世，千万记住，你的行为，可能改变历史……切记啊！对了，这是我师父留

下来的古书，你没事的时候拿去参悟参悟，说不定能参悟其中的真理。"

赵国都城邯郸常年都在张贴招贤纳士榜文，上至贤臣良相，下至军卒工匠，真不知道招的是什么贤，纳的都是什么士。有一点可以说明，知道招贤纳士的赵国逐渐地强大令最近崛起的秦国也有些忌惮。不过，秦国有他的办法。异人在赵国多年为质子，这种示弱之法向来都有效果，赵王果然疏忽了。

赵王不知道，在未来十几年来，会有一个边陲小国秦国日渐强大，并且逐渐取代周王室的地位而统一中原，在以后的日子里，黑甲军的弓弩可不认什么赵王天王。而此时，招贤纳士的不是赵王，而是秦国异人，当然了，这是秘密进行的，这种在暗地里捅别人刀子的事情，从来都不能拿到台面上。

秦国在发展，但都以非常隐蔽的方式进行，但是征伐的方式却不隐蔽，从来打仗这样的事情也不好遮遮掩掩，遮遮掩掩的话那就是偷袭，而非征伐。小国家的发展就是要偷偷摸摸的，否则让周边的国家发觉了，那肯定会引来杀身之祸。秦国似乎早就明白了这个道理，在函谷关之外，小心翼翼地经营着自己的经济和政治。

王休第一次看到异人。

"你叫什么？哪里人氏？"秦异人问王休。

"草民王休，秦国雍城人氏。"

王休恭敬地回答，同时打量着这位一代帝王之父，虽然他的儿子还没有出生，但是王休却从这位帝王之父的身上看出些不同寻常的东西。异人说话的时候，有点像娘们。王休可没认为这位有点娘的异人会很软弱，事实上，他很强势，也会忍耐，看他现在的身份和所在的地方，就知道这位异人也不太好惹。能够隐忍和蛰伏的人，如同隐藏在沙子里面的毒蛇，随时都会出来在你的腿上狠狠地咬一口。

"你会什么？"异人问。

"养马，打造兵器，还会识文断字，预知未来。"王休为了吸引异人的注意，恨不得把牛皮吹上了天。其实，王休也没吹多少，他的确会养马，会打造兵器，会识字，而且还真的能预知未来。

"回去吧！"异人看了一眼王休。异人在赵国为质子多年，并无很高地位，相反，在赵国为质子，总是提心吊胆，没有人能否认这一点。异人是庶出，其母夏姬在秦国从来就没有什么地位，而且现在的安国君并没有把这位在赵国为质子的异人放在非常重要的位置。事实上，异人可有可无，安国君从来就没有担心赵国会对秦国打什么主意，就算打了又能如何？彪悍的秦人从来不怕谁。

"异人，我并非吹牛皮，事实上，我养的马，赵国第一，秦国第二！"王休的话再一次引起了异人的注意。异人的确需要一个人来改变自己的现状，这种暗无天日的生活到底什么时候才是头？！他让人又把王休拉了回来，问："在何处养马？养马多少匹？什么马？为何说赵国第一，秦国第二？"

"我养的是马，非人非物非草非木更非兽类，草民养的乃是历史之马、民心之马，也是征战之马！若问为何是赵国第一，秦国第二，是因为赵国无商鞅！"

哟呵，这个王休有点意思。

异人的眼珠子立即被眼前这位衣服上破了几十个洞的牛皮大王吸引，把王休浑身上下都看遍了之后，异人起身，来到王休身前，道："随我前去走走。"

赵国邯郸城外有北望亭，四周无人，只有一十六名秦国死士跟随异人左右，一身黑服，满身杀气。其实异人没有多少自由，他是赵国的人质，能让你随意出走，当然了，异人又是秦国公子，自然有些地位，于是他所能走的范围就是这个亭子和自己的住处，两点一线，成了异人这些年所有的活动范围。

那些死士是异人来到秦国的时候，秦昭襄王亲自挑选出来的。庶出

的异人并不能证明他就失去了被保护的权利，他依然是大秦人的子孙，不能因为去赵国为质子，就剥夺了他应该被保护和照顾的身份，他的安全，是秦国的脸面，异人如果在赵国出现个三长两短，那么秦国的面子不好看。秦国想得太多了，于是挑选出了十六名武艺高强的死士，只要异人一旦遇到不可抗拒的危险，死士必须在第一时间内为异人做出必要的牺牲。

事实证明，异人在赵国很安全，最起码这些死士一个都没死，甚至他们都觉得这段日子有些太无聊了。这样的情况，谁会无聊到来杀一个已经失去了权势的秦国公子？不可能，除非谁脑子坏掉了，杀掉异人，只会让秦赵两国更加开心，特别是秦国。

想想看，秦人是要脸面，但是既然能把异人送到赵国来，恐怕就没打算让异人活着回去，这一点，在王休心里早就有了定数，异人自然也知道自己现在的处境，只是在心里还没有打算接受这样的事实。在赵国活着，比在秦国活着危险，但是在秦国活着，比在赵国活着更累。

谁都不想让自己的生命变得那么枯燥，尤其是在怀有雄心壮志的异人身上。如果哪一天能够回到秦国，异人一定会大展宏图，可惜回去的日子依然遥遥无期。在这样悲哀和悲观的情绪影响下，异人几乎放弃了所有的壮志豪情，在赵国安分守己，几乎足不出户，只为明哲保身。如今是战国时期，七国争雄，说不定哪一天就是七国混战，到时候就算有质子都不一定能保证永久和平，质子只是面子工程。

异人需要一个人来改变这样的局面，他迫切地需要。

"如果你说错话，我一定杀你，绝不留情。"异人忽然变得阴冷，再也没有之前的娘们味，满身迸发出来的肃杀之气，足以让王休惊讶。

"请讲。"王休退后一步，弯腰道。

"赵国强大，已是事实，廉颇老将老当益壮，国内又有良相，我秦国虽有秦穆公、大良造商鞅，可到现在，大良造已被车裂，目前来说也不能与赵抗衡。依我看，还是臣服于赵，得一方安定，百姓亦会感激孤王的！你说呢？"

"异人，昔日吉星高照，紫气自东方大照西方，这是吉相啊！我大秦国地处秦地，发迹于秦谷，现有雄兵二十万，财力虽弱，但却也不惧怕赵国，当初秦孝公嬴渠梁只带一队死士于百万大军中取得敌将首级，这是何等的威武，难道异人你就没有这样的志气？"

异人微微一笑，"可惜我不想打仗，现在赵国为质，也未尝不好！战国诸雄纷纷崛起，我一个质子又能做些什么？"

王休道："此一时彼一时，异人放心，不用多久，自然有人帮助。"

异人道："呵呵，还是说说你的马吧！"

王休一笑，道："我养的马，分上等马中等马下等马，不知道异人所问的是哪一种？"

"上等马怎么讲？"

"国有十将，不如一相，国有十相，不如有贤王！贤王任人唯贤，惩恶扬善，以'民为重，社稷次之，君为轻'之思想，大力发展生息，壮民以壮国，民强则国强，民富则国富，国富则雄起，十年后，兵强马壮，国库充盈，吞并六国之日，指日可待！"

"那中等马又怎讲？"

"有兵十万，不如虎将一员，秦谷民风彪悍，又有大王英明领导，自然不缺人才，如若挑选大将，领兵十万，可攻赵国属国卷国，从而直攻韩国，得韩国粮草之地，可再养兵十万！赵国虽丢属国卷国，但卷国早有反赵之心，且韩国与赵国日渐不和，赵国只有坐山观虎斗之意，而没有趁火打劫之心。大王此举也可替赵国清理门户，又能打通韩国边陲门户，可谓一举两得，赵王不但不会怀疑，还会与秦国结盟以御韩王，放质子回国，再有十年发展，先攻韩国，占领新郑！"

异人紧皱着眉头，又问："下等马如何？"

"小不忍则乱大谋，赵国强大，如今秦国与赵国实力相比还差一截，若攻下韩国，拿下新郑，可得中原之地。我大秦需要时间发展，现大秦

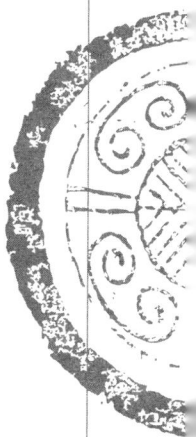

偏安一隅，但土地肥沃，可与赵国质子，以求一时之安，但不可长久，赵国野心叵测，早有吞秦之心，秦赵虽为同祖，但如今已存二心，大王可秘密回秦国，以谋求时间发展壮大！"

"不可！"异人大怒，"我是秦人，骨子里便流着秦人的血液，怎么可以再质于赵狗？再者，韩有申不害为相，我大秦先不可动武。韩赵狼狈为奸，难道我秦人就不知道？如若动武，赵国必然蠢蠢欲动，殊不知魏国在秦国边境，也有入侵秦地之心！"

王休立即道："现赵国卷国就在秦国边陲，对秦国虎视眈眈，如先攻卷国，可除一大隐患。再者，卷国乃是边陲小国，卒不过三万，兵无非是刀剑，却从无弓弩等重型武器，卷国城池破败，城门年久失修，为何不可先攻卷国？"

王休说完，站在一边等着这位异人开口，但是许久，异人一直都没有表态，而是忽然道："不知先生酒量如何？不如你我同饮？走吧。"

王休身为布衣，不敢与秦异人同步，便退后一步道："异人前行，我紧随其后便是！"异人微微一笑，便走在前面，过了一会，异人上车，但却又探下头来问："方才你的三答，实在不怎么高明。要知道赵国强大是从与韩魏两家同分晋国之后，如今要攻韩国，实在不可，那韩国怎么可能不与赵国沆瀣一气？再者，魏国在赵国边境虎视眈眈，赵国又怎么不防备魏国？你那三答，也只不过是养马而已，并无他用！"

王休道："既然如此，那还是让我养马吧！"

异人看了看远方，道："那你就跟着我，替我养马！"

赵国都城邯郸，有人口数十万，经济一片繁荣。赵王端坐在宝座之上，俯视群臣。赵国国力强盛，有老将廉颇，大将乐乘、庆舍；又良相蔺相如，军卒百万；且国内粮草充足，国库充盈。现在，赵王根本不把秦国放在眼里，在赵王看来，那种小地方，只够为赵国放马。想想看，晋国乃春秋五霸主之一，但是赵国依然能够和韩国、魏国三家分晋，这可不是一般人所能做到的。

而且，赵国自朝周天子之后，周天子也把赵国当作是头等大国，与战国之首国齐国几乎不相上下，这一点足以令赵国有骄傲的资本。异人作质子在赵国已久，秦国虽然有强盛之心，却无强盛之本，那秦地是什么地方？蛮夷荒芜之地，当年伯益为大禹治水有功而被封在秦谷，当年肥沃，可现在却是一片贫瘠。秦国国君秦昭襄王已老，也无甚大的作为，这等小国，能有什么大作为？赵王每想到此，便会暗自发笑，见堂下群臣面色轻松，便问："异人近日可有什么动静？"

乐芳上前一步，执珪而道："异人并无动静，只是近日有一布衣求见异人，今日异人屡屡见客，比往日频繁了许多。"

赵王道："秦与赵本是同祖，至中衍才结束，孤王的赵国与秦国当时代交好，只是异人软弱，并非有大能之才，而且秦国地处贫瘠之地，也不能有大作为。孤以为，可与秦结盟。至于异人见客一事，孤看还是别去打扰，谁没三两个客卿？"

老将廉颇在心里酝酿了一番，心想赵王不管秦王，那你乐芳上前管个鸟蛋？乐芳虽有将才，但却无包容之心，通过关系走通，得了今天一位小将的位置，老将未曾说话，他如今在这聒噪！乐芳虽有将才，但却并非仕途中人，他来聒噪，实在是有失体统。再说了，现在是朝会议事，你乐芳就在边上蹲着吧！没事插什么话？想到这，廉颇瞪了一眼乐芳，上前道："臣以为，异人见客一事，须严加看管，他身在邯郸，但心却在咸阳，秦人彪悍，如沉睡的猛虎，睡着的时候并不可怕，只是一大虫而已，若要醒来，必会伤人！依老臣之见，卷国在秦赵之间，赵国后有魏，前有韩，秦国只要跨过卷国，必然会席卷韩国，那时候唇亡齿寒，没有了韩国的屏障，赵国不保！"

乐芳听了廉颇的话，顿时怒道："不知道廉颇老将军安的什么心？我赵国前有韩国为卫国，中有卷国小国为属国，兵书上讲，疲军不战，秦国虽然日渐强大，依然是边陲之地，荒凉之都，能有什么大作为？臣以为，我王并无甚担心，秦国就算灭了卷、韩两国，但也是劳民伤财，

短时间内必然恢复不了元气，我赵国可安享太平，而且楚国地处南方，疆土广域，秦必然会考虑到楚国的威胁！臣以为，廉颇老将军担心甚是多余！不知道是不是廉颇老将军老了，还是我王愚钝了！"

赵王听了，沉思一会，道："诸位说的都有道理，不过，孤认为不必把精力全都放在秦国身上，他异人不是一直在孤的掌心之中了么？再说了，他异人现在的一切都在我国土之内，你们说，这小鱼能翻起什么大浪来？以孤之见，还是向北挺进，燕国地处北方，也是贫瘠之地，不如我中原大地地大物博，不如先伐燕国，再作打算！"

"大王！"廉颇又要上前劝谏，但见到蔺相如目光一瞪，只听蔺相如小声道："老将军不可多言！"蔺相如是什么人物？聪明得像一头成精的狐狸，廉颇一看到蔺相如的目光，就知道自己的话多了。当年蔺相如和自己不和，蔺相如是费了不少的心思才让廉颇明白蔺相如的手段，如今廉颇可是怕了这朝堂之上的勾心斗角，既然乐芳有话要说，那就让他说去吧，赵国早晚要毁在这些王八蛋的手中。

廉颇骂人从来都很顺畅，从来就没有重复的。

廉颇长叹一声，对赵括道："赵国，早晚亡于小儿之手！"

赵括冷笑："如今老将不中用，还得我们这些新秀将军替王打天下，如今赵国强大，还惧怕他那秦国？秦国不良，嬴驷车裂商鞅之时，也是秦衰退之日，不过，秦国似乎从未强大过！"

蔺相如听得赵括恬不知耻之言，摇头叹了口气，廉颇走上前来，一把扯住了蔺相如的衣袖问："蔺相，今日你为什么阻止我劝谏？殊不知，要是攻打燕国，秦国必然趁火打劫！我王怎么如此一意孤行？你也不劝劝，光我一个人在堂上干说，嗓子都哑了！"

蔺相如道："老将军啊，不是本相不说，只是我王年轻气盛，虽有雄心壮志，但是奈何经验不足，现在不是说话的时候，那乐芳与我王是穿一条裤子，你觉得我王是听你的还是听他的？等等吧，回头你我再劝谏一次，身为将相，必须团结一心啊！"

"话是这样说，但是……"廉颇老将军还想争执一番，蔺相如道："行了行，别争了，你我争来争去有什么意思，走，随我去见大王！"

异人一改白天时候的柔弱，而是散发出一身的肃杀之气，手扶腰中带钩，喃喃道："大秦，你沉睡的时间也够长了，该醒来了啊！"

王休回到住处，回想今天的情况，异人本人心计之重，赵王并不是他的对手，而在异人身边的那些秦国死士，证明异人虽然防御松垮，但实际上却是严丝合缝，滴水不漏。在王休看来，赵王是不会那么轻易地让异人好过的，未来的日子里，异人的人生道路必然要发生一些转变，是否是回国继承王位，或者是直接带兵灭了赵国，这些都是未知数，谁也不知道将来会发生什么事情。王休现在要做的是，怎么才能让年轻的异人相信，他是非常有才能的。

秦异人在赵国为人质，秦昭襄王已老，但却未将异人召回秦国。在王休看来，异人的时间也快要到了，未来的几年之内，将会是赵国最忙的时候。就目前来说，秦人的强大势不可挡，但是赵国、魏国和齐国都和秦国旗鼓相当，就形势来看，王休不太看好秦国。

就在王休胡思乱想的时候，门外忽然响起了敲门声。

王休打开门，却是吕不韦微笑着站在门前。吕不韦是秦国商人，此人的脑袋里不知道装了些什么，满脑子都是经商之计，说到经商，吕不韦简直是天下第一，但要说到政治，吕不韦虽然不懂，但却能用商人的头脑来分析，吕不韦知道什么叫做投资。

"先生。"吕不韦叫王休为"先生"，这让王休非常惊讶。吕不韦是商贾，商贾并没有多少地位，王休是平民，地位要比吕不韦高了许多，吕不韦虽然有很多钱，但是却没有地位。但一个人钱多了之后，最想做的事情就是用钱来提高自己的地位。

王休闪身将吕不韦让进了屋子里，道："不知吕先生前来，有何贵干？"

"今天你见了一个人。"吕不韦从不拐弯抹角。

"是的。"

从吕不韦一进门，王休就看出了这个人的身份，他不是官宦，而是商人，之所以他能够有如此厉害的手段知道自己见了一个人，那么他定非等闲之辈。

那么以王休的聪明，是不会被吕不韦套进去的，再说了，吕不韦此次来找他，应该不是坏事，从吕不韦手中提着的礼物可以看出来，吕不韦来找王休，是在做一桩很划得来的生意。

天下之贵，莫非周王，天下之富，莫非吕不韦。但是现在看来，吕不韦还处在发展之中，并非如传说中的那样，身家百万。吕不韦自己毫不客气地在王休家中脱履席地而坐，道："先生慧眼识天下，自然明白什么叫投资。"王休没听懂"投资"这个词到底是什么意思，换在现代，读过书没读过书的人，大部分都应该知道什么叫投资。当然了，吕不韦的脑袋里还有更多让人惊讶的事情。就从他冒然拜访王休，就能看出，吕不韦的眼光的确毒辣。

"不明白。"王休也不含糊，不明白就是不明白，明白就是明白，不懂装懂的人，只会让人更讨厌。在这个强者生存的战国时代，必须要随时随地地学习科学文化知识，否则必将被历史的车轮狠狠地轧在泥巴里。

吕不韦的笑容让王休觉得他的品味也不过如此，既然来了，那你忽然地笑什么。

的确，吕不韦也发觉自己的笑容有点唐突，收揽了自己的笑容之后，吕不韦正色道："我知道先生见了一个人，这个人说贵不贵，说贱也不贱，他是庶出，排行居中。二十多个兄弟里面，他是最不出色的。"

"是异人。"

王休束手而坐，这令吕不韦非常不爽。对，是不爽，现如今，整个赵国都都知道吕不韦存在，这个人有着无与伦比的生意头脑，但却没有

大秦谋略

一点社会地位。王休的行为让吕不韦感觉到地位是如此地重要，甚至要超越了金钱。王休说了异人的名字，吕不韦立即笑了，这一次是发自内心的笑，因为吕不韦不用拐弯抹角地去套王休的话。吕不韦每次都在想，为什么事情总是向自己预料的好的方向发展呢？他在庆幸王休暂时还没有将他列入"防备人员"的名单。

"对，是他。"

吕不韦自己倒茶，自斟自饮，他将茶送入口中，口中有一股淡淡的清香。都说赵国的茶比秦国的茶要好上百倍，事实证明，赵国不但在国力略胜于秦国，清茶也比秦国略强。但是，赵国没有一个像异人可以投资的人，因此，吕不韦不看好赵国，虽然吕不韦的爱妾赵姬就在赵国。

异人有一般人没有的忍耐力，同时异人还有一般人没有的雄心壮志。如果把这两点结合到一起，就成就了异人这样一位可以投资的人。秦国国内，如异人一般的公子当中，没有一位能够担当起大任。话又说回来，吕不韦他也没有能力到秦国去联络到那些高高在上的公子，就算联络上了，以吕不韦的能耐，根本无法攀附。

"先生见异人，而且是受异人单独召见，但不知道先生可知道，异人并非秦国太子，而是一位庶出的没有什么地位的秦国宗室。"吕不韦看着王休说。

王休点点头，不否认吕不韦的话，这些他都知道，出来混不掌握点情报是不行的，除非他王休有通天彻地之能，可惜，王休暂时还没有，除了他知道嬴政能够有一番作为之外，对于异人，王休到是看到了他的潜能，只是这潜能是正的还是反的，目前还不知道。

"先生找我，莫非只是喝茶聊天？"王休微笑着问吕不韦说。

吕不韦整理了一下自己的衣裳，说："并非如此，我听朋友说，先生是养马的？"

王休笑了笑，道："事实上，我就是一个马夫。"

吕不韦也跟着笑了，笑容异常灿烂："对，既然是马夫，那先生的上中下三马，可是精彩至极，若不是马夫，自然提不出来那上中下三马，只是先生有没有发觉，三马之计，似乎还欠缺点什么。"

"哦？"王休很吃惊，没想到吕不韦居然知道自己对异人说的话。现在王休已经不是吃惊了，而是惊悚，在异人身边，到底有多少细作在为赵王工作，或者说是在为吕不韦工作，除了那些死士，能够有些人，对细作有一定的防御作用？

想想看，异人在赵国多年，这种日子到底是怎么熬过来的？

王休惊了一头的冷汗。

吕不韦微微一笑，说道："先生不必惊慌，不韦只是商贾之士，商贾是不问政治的，但是商人关心利益：货物的利益，人的利益，城池的利益，甚至是国家的利益，不韦虽在赵国，但是却对异人非常感兴趣，不知道先生是不是和不韦有同样的想法？不管你有没有，不韦总是觉得异人身上有种异彩。先生既然能够在如此闲杂的人群中看上异人，那么自然也有独特的眼光和远见，不像安国君，鼠目寸光。"

王休终于明白了吕不韦的意图，并且很明显——吕不韦想要靠上异人！吕不韦是商贾，商贾要换取自己的地位，那就靠金钱和攀附上权贵，但是金钱再多，也无法改变商贾低人一等的地位，于是吕不韦使出了这一招，异人虽然是质子，但他骨子里还是秦人的公子！

既然如此，王休接下来的话就要好说得多。首先，吕不韦似乎并无恶意，其次，吕不韦只是商人，第三，吕不韦的投资方向，是在秦国。但是，吕不韦为什么要把战略目光放得那么长远？难道吕不韦真的是要扩大投资面积，走"高风险高回报"这条线路？

王休笃定了主意，只要吕不韦是向着异人的，那么，吕不韦这只金元宝，还是可以抱一抱的。

"吕先生，异人只是庶出，并非太子，秦昭襄王年岁已高，现如今秦国的太子是安国君，并且安国君身后有华阳夫人撑腰，要想让异人上位，我想安国君是一个很大的障碍。"

吕不韦道："既然如此，那我们就要看看异人到底是什么意思，我想任何人也不愿意在异国为质，异人示弱多年，我想是时候让这头沉睡的狼苏醒了。"

王休道："赵国与秦之间有魏国，南有韩国，北有燕国，赵国与秦国之间，暂时还未能动武，且赵国有廉颇，只要廉颇老将军在，那么秦国的白起暂时还未能将黑色大军开到赵国来，魏王是不会借道秦昭襄王的。因此，我们必须要让异人回国，施行三马政策，秦国休生养息数年，必然能够有雄厚的资本和实力清除掉赵魏两国的周边国家，如此一来，韩国便首当其冲。"

吕不韦一笑，"先生高见。"

吕不韦高兴地从王休家中走了出来，从阴影里走出来一位贼眉鼠眼的人。都说反派人物在小说之中的形象都是贼眉鼠眼，但是这位反派却不同，他的样子是贼眉鼠眼，那是因为光线不好，他看不太清楚吕不韦的样子，事实上这位叫石俊的大爷长得比王休还要俊俏，乍一看，还以为他是女子，如果抹点胭脂的话。

"我说得没有错吧？"石俊出来后，悄声地说，"他的确是见到了异人，而且还说了许多话，吕先生有没有问出什么来？有没有达到你想要的目的？"

吕不韦没有说话，而是一直向前走。

石俊奇怪了，咦，吕不韦这是怎么了？

石俊正在揣摩吕不韦的心思，忽然听吕不韦道："这是三十金，从此你我再不见面。"石俊一见对方都拿出钱来了，哪还有不拿的道理，当即接过钱，不管你是吕不韦还是男不韦，随即消失在黑暗之中。

石俊想，无论如何，也要让赵王注意到王休，此人可是他的心头大患。如果不是王休率先见到了异人，那他石俊可就是第一个见到异人的秦人，比吕不韦还要快！到时候有享不尽的荣华富贵，也有看不完的美

女佳丽！王休啊，你出现在这里干什么呢！

王休三马的消息不胫而走，在石俊的推波助澜之下，很快就传到了赵王的耳朵里，赵王虽然有点笨，但却不是傻子，异人想要做什么，赵王心知肚明，赵王打算教训一下秦国，让这个边陲小国知道中原大国的厉害。

沙场点兵，朝廷点将。

赵王问："不知哪位将军愿意替孤王伐秦呐？"

除了廉颇，其余众将皆都沉默。

赵王有点不太高兴，心想我平时对你们不薄啊，怎么到了关键时候，唯有廉颇老将军还能派上用场，老将就是老将，实在不是年轻将军所能比及的。

幸好，将军有了，兵卒也够了，事情自然就顺理成章地定了下来。年轻的将领不敢多言，不是武将的朝臣更是不敢多说半句。他们不敢说，谁都不愿意当这个千古罪人，伐秦？开什么玩笑！秦国异人现在就在赵国境内，他虽然不是太子，但也是老秦人的血脉，虽然是庶出，可也是在族谱上有名有姓的人！怎么，人还在你赵国呢，你们就开始伐秦了？赵王身边的人都觉得不好意思，这事也只有这位赵王能干得出来，还要不要脸了？所有人都觉得羞耻，所以都不说话了。幸好赵国没有人质在秦国，否则的话，下个月，秦国就会派人送来赵国质子的人头来。

但是廉颇不同，他有战略眼光，几十年的沙场经验告诉他，秦国人，只是在示弱，在秦国境内，肯定早就调兵遣将开始向韩国边境集结。强大的魏国夹在赵秦之间不好说话，也不能说话，再北方可就是匈奴了，所以，南方，唯独只有南方才是秦国进兵的唯一通道，所以，廉颇早就看出来，韩国前面的卷国已经成了秦的练兵的校场，而韩国，则是通往赵国的桥梁。

实际上，魏国不是不说话，而是抱着一种鹬蚌相争渔翁得利的心态。

谁想在这时候参合到秦赵两国的事情当中去？谁参合了谁就是傻子，这时候到秦国就像一只受伤了的老虎，虽然受伤了行动不方便，但是他的利爪和獠牙还在，虽然咬不死人但是咬到了也疼！赵王似乎还没有意识到这一点，他还没看出来秦国这些年在秦昭襄王的带领下，已经不是当年的秦国了，秦国现在可是七雄之一！

除了韩国，其他五国都是这样的心态。打吧，打到最后，看谁能赢！再说了，说赢了都无所谓，反正不是在本国领土上打的仗，战国战国，不战，那能叫国么？

赵国危矣！

廉颇在心中替赵国无比地焦急，可是赵王似乎没有这点危机意识，当年赵氏孤儿一案，并没有对赵王的身心有多大的影响。事情毕竟过去了那么久，好了伤疤忘了痛的事情谁都干过，并非赵王一个。他为赵国出生入死多少次了，每一次都是凶多吉少，最后都能化险为夷，现在赵国就要毁在一个小国君的手中，廉颇实在是不太爽。放弃将军之职？那也不太可能，这时候如果放弃了，就等于是把赵国推向了象征死亡的绞刑架。

廉颇才不愿意背负那千古骂名。但有些事情还是要去做的，既然要伐秦，那么就得去，这仗是要打，还必须得打赢，试问赵国除了廉颇，谁能把这仗打赢了？

"廉颇老将军果然是老当益壮，神勇非凡，既然如此，老将军带兵十万，替孤王伐秦！"

"万万不可！"就在这时候，中大夫从朝班中站了出来，"大王，万万不可！"

人在高兴的时候，什么话都能听得进去，但是在高兴的时候被人指出来这样高兴是不对的，那么说话的人就得小心了，尤其是现在，这位不识时务的中大夫顿时让赵王的心情非常不愉快："哦，中大夫，到底不可在什么地方？"

中大夫是个文人，饱读诗书，头脑有时候被书毒害了，经常短路，这时候他自己也不知道为什么会突然站出来，就好像被人推了一把一样，当赵王问起来的时候，他肠子都悔青了。既然站出来了，就得陈述一下不可的原因，可是他实在是想不出来到第什么地方不可。反正他就是觉得不可，可是为什么不可？

其实，赵国伐秦，在很多人心里都觉得不妥当，秦国日益强大，并且有质子在赵，赵国现在伐秦，等于背信弃义，率先动武，这就让人认为赵国国君无信，到时或赵国要想招揽人才，那可就难了，再说了，赵国伐秦，周边国家必然虎视眈眈，落井下石者也不在少数，因此，与其兴师动众伐秦，不如大力发展国内经济，壮大君威，强大才是硬道理。

"……"

这位勇敢的中大夫居然找不到词来为自己开脱。赵王雷霆大怒：好你个中大夫，孤王都定下来的事情，你突然跳出来反对，如今你如果不说出个子丑寅卯来，孤王定让你脑袋搬家！

"你倒是说呀！"赵王颇有些不耐烦。

这位中大夫的脑门子上立即冒下了层层冷汗，完了！他在心里想，这一次脑子里是怎么了，怎么就站出来了呢？他侧眼看了看蔺相如，见蔺相如双拳抱胸稳如泰山动也不动双眼睛微闭似乎是睡着了一般，再看廉颇低头沉思侧眼相看，当即就觉得后脊梁骨直冒寒意。这下是墙倒众人推，这时候站出来说话，等于是在自己的头上架了一把明晃晃的铡刀！中大夫甚至在想，这一次连遗言都没有交代！

其实，中大夫的行为放在现在，那是属于激愤而产生的无意识行为，就好像生气到了极点，就会自然而然地骂出来或者哭出来一样，这位中大夫总是觉得打仗是不好的，所有的事情都应该用"文人的办法"来解决，子曰：己所不欲勿施于人，自己过得好了，自己满足就行了，干嘛非要把自己的欲望和意志，强加到别人身上呢？可偏偏就是他脑袋里装的那些"知识"，让他断送了自己的性命。

赵王愤怒之余，没忘让两边的刀斧手把这位中大夫拉出去剁成了两截。血淋淋的事实再一次告诉堂上的群臣武将：这件事情就这样定下来了，伐秦之事已经不可改变，说再说话谁就是找死，别怪孤王不留情面。其实，这位中大夫死得非常冤枉，在战国历史上，的确有这些冤死的倒霉蛋。历史往往忽视掉了许多很好笑的人物，这些人总是在历史最需要人死亡的时候，他们就会站出来受死，谁也不知道这些人的脑子里是怎么想的。而赵国的这位中大夫，他的名字叫"伯梁"，土生土长的赵国人。伯梁是书读得多了，没有一点社会实践，加上朝堂之上那么严肃的气氛，让伯梁顿时卡壳，所以，他挂了。

伯梁的行为没有阻止赵孝成王伐秦，不过梁的行为影响到了赵孝成王的心情。赵王心情不好了，就不太能够听得进话。所以，廉颇的用兵建议，赵王一句都没听进去。正因为没听得进去廉颇的话，因此，廉颇被冷落了。

他生气，听不进去话，群臣也没有任何办法，只能通过蔺相如的嘴巴来传达，但是蔺相如也是爹妈生的，人家也怕死，所以，不管群臣说了什么，蔺相如只当故事听了听，走出朝堂，蔺相如把什么都给忘得一干二净。

赵孝成王伐秦的决心被那位中大夫一搅合，十成的决心顿时去掉了八成，突然地，他不想伐秦了，想干点别的。现在赵国和韩国之间有个中山国，这个国家很小，国力也不怎么样，那么好吧，我赵国就拿你出出气好了，正好廉颇将军不是说了么，秦如要伐赵，必向韩国借道，既然如此，我就先给韩国一个下马威，打打预防针也是好的。

于是，赵国伐中山国，把那中山国打得七零八落，夺得了大部分土地后，又把中山国的美女抢得一个不剩，长得不好看的全都"咔嚓"了，长得稍微过得去的，都被军卒抓了起来，送到了赵王跟前。

齐刷刷的好几千人！全都是清一色的美女，而且都是没有穿衣服的。看美女嘛，当然要把美女脱光了看，这样才能看得见这些美女为

什么"美"。

赵王还是头一次看到如此盛大的场面，那么多美女啊，都来自中山国！什么时候中山国出了那么多的美女了，既然出了那么多的美女，那就派兵再打一次，最好是把中山国给灭了，把中山国划成赵国的土地最好。

中国历朝历代，战国时期最出美女，这个观点无从考证。好像是有人强加到历史上的，因为总是有人喜欢把美女和战争联系到一起。战国七雄争霸天下，这其中怎么能少得了美女呢，没有美女那打什么？

赵王把这种思想演绎得淋漓尽致，他一眼看见那么多赤身裸体的美女，当时就派兵再一次去了中山国，可是这一次，他的军队在中山国之外，被韩国伏击了，当然了，这是后话，十万军队，惨败而归。

大秦谋略

"你们……可曾怨恨孤王？"赵王看见面那么多的美女之后，问了一个非常白痴的问题。

那些带着满腔亡国之恨的少女们，都用"我要吃了你"的眼神来看赵王，但是赵王却是没有半点察觉，她以为这些女子都是被自己得天独厚天下无双的容颜镇住了，所以，赵王倍感自信地又问了一句："哪位美人愿意入宫侍寝呐？"

赵王说完了这句话，几千人的美女，当场咬舌自尽的有千余。赵王很不理解这些中山国的女人们为什么如此不爱惜自己的生命，他后来才听别人说，这些美人之所以咬舌，那是因为太饿了。

现实的残酷蒙蔽了赵王的双眼，群臣不愿意告诉赵王，你刚才问的问题实在是丢赵国人的脸。

蔺相如听了这件事之后，在家里气得捶胸顿足，昏君呐昏君！事实上，赵孝成王是不是昏君呢？不是，历史记载，这位赵国大王还是有点本事的，但是历史也是人写的，写历史的人，谁知道当时有没有边写边骂？

其实赵孝成王不是一位昏君，这些都是历史的歪曲，真正的赵孝成王很有才能，攻韩伐秦，之后，又与秦联合起来伐齐，后来又攻燕，他干过不少大事，只是依然没能抵挡住秦的黑色大军。

蔺相如求见赵王。在半路上，蔺相如被石俊拦了下来。石俊见过了蔺相如之后，说："我知道你要见赵王，但是在这之前，我想告诉你一件事情，其实那一次廉颇被伏击，是因为有人通敌。"

蔺相如身为赵国相国，每天听到这样的汇报不知道有多少，耳朵都听烂了，现在听石俊如此说，蔺相如用他最熟练的一套应付着："那么，这个通敌的人是谁？"

"这个我现在不能说！"石俊说道。

蔺相如用一副我就知道你会这样说的表情看着石俊，然后对黄门道："走。"

石俊忙又把蔺相如的牛车拦了下来，"相国，这个人其实就在赵国，而且还和秦国的质子见过面。"

蔺相如依然用一副我就知道你会这样做的表情看着石俊，翻了翻白眼，表示了对石俊的藐视之后，蔺相如道："请如实告知名姓。"

石俊眼珠子一转，"此人叫王休，见的是异人，赵王讨伐中山国，就是王休泄露出去的机密，这才让秦人有机会伏击！"

蔺相如见到赵王。他没有先提石俊的事，而是问了关于中山国美女的事。

"大王，此事有违天道，大王难道就没有察觉吗？"

赵王非常迷信，听到了天道二字，自然很严肃地问："为何有违天道？"

蔺相如说："几千女子，乃是中山国亡国之奴，本就没有身份没有地位，大王又何必戏弄与她们呢？一刀全杀了，反倒能让这些亡国之奴

挽住了一些颜面，这是其一。其二，中山国亡国之女子都如此贞烈，宁愿一死，也不愿意侍寝亡其国者之君，大王难道不为她们的贞烈感到震惊吗？"

赵王想了想，觉得关键时刻，还是蔺相如说的有道理啊！他当即拍板：厚葬已死之女子，未亡者，释放回家！

赵王做了一件好事，中山国虽然亡了，但是赵国在后来攻打韩国的时候，并没有受到中山国亡国之人的陷害，而是顺利地将赵国放了过去。不过，中山国亡了，并不代表没有了中山国百姓，赵国忽略了一件事情，那就是他的伐秦大计开始变淡，但是伐秦的人，却没有忘记自己的使命。

廉颇，虽然老了点，不过比起赵括来，要好很多。赵括可是老得不能再老了，那座坟头上的土都长了绿草了。可是廉颇既然带兵出征，怎么回来也没听有人汇报呢？既然灭了中山国，那么，赵王渐渐地，又把伐秦这件事情提上了日程。

但是，有人汇报，廉颇老将军的军队，在中山国之外，被人伏击了，而且伏击的人身穿黑色军服，没有任何旗帜！赵王大怒，什么人那么大的胆子，居然伏击赵国军队？这是吃了熊心豹子胆了？

赵王非常生气，把廉颇狠狠地打了一顿，然后要求廉颇，无论如何，也要查到是谁伏击的！查到了之后，立即发兵讨伐！后来查来查去，各方面证据都在证明，这事和秦国脱不了干系！再者，蔺相如在恰当的时机，把石俊的话用自己的方式说了出来。

赵王决定，他奶奶的，伐秦是必须的了！

可是，这一次，还派廉颇去么？赵王有些吃不准廉颇的意思，上一次把人家打了一顿，这一次不知道廉颇到底愿意不愿意啊。如果廉颇不爽，当场反驳了赵王，他赵王还真不能对廉颇怎么样，毕竟人家是老将军了，有一老将坐镇赵国，可比十个新将军安全得多。想到这里，赵王还是决定，再用廉颇伐秦！

赵王要伐秦，这件事情一再耽搁，因为路途太远或者别的原因，赵王一直都没有正式地伐秦，直到齐国犯赵国边境。现在，赵王要担心的倒不是齐国，而是秦国，秦国是赵国的心头大患。

话说，秦赵两国本就同祖，这时候互掐，倒也没什么意思。

赵王有种预感，秦国肯定不甘一直处在边陲地带，肯定想要做点什么，改变目前战国之局。因此，赵王明白，这种局面不会维持太久。史书上说过，赵孝成王有雄才大略，只是用兵不当，再者听信谗言，导致廉颇老将军不得领兵打仗，才导致赵国的灭亡。

错了。

事实上，赵王是非常想用廉颇的。只是这中间出了一个石俊。

其实，出了石俊这个人，倒也没什么，小人物翻不起什么大浪来。要说石俊真的想要干什么，那也得接近赵王才行。因此呢，石俊就想方设法接近赵王，他要告诉赵王，在赵国出了一个非常厉害的人，这个人能够影响到赵国的发展，甚至能让赵国亡国。

上一次他告诉了蔺相如，却没有掀起什么波澜，这让他非常沮丧，这一次一定要让王休死，这样他才舒心，不知道为什么，他和王休没多大的仇，可他就是不高兴，就是要让王休死。

这些话石俊是不可能说给别人听的，他特别想说的对象是异人，现在改了，他特别想说的对象是赵王。他好像能预知异人必然要回秦国，但是只要异人回到了秦国，那么秦国的国力将成倍地增长，到时候，秦国的强大就会让中原之国全部完蛋，而且，秦国还有个更厉害的人物，比在赵国的那个人还要厉害十倍。

那个人就是嬴政，异人的儿子，虽然他的儿子还没有出世。

石俊真的有预知之能，史书上可不会记载这些东西，历史就是历史，历史很严肃的。但是，事情总有对立统一的一面，有正史就有野史，有严肃就有玩笑。

总是喜欢开玩笑的野史说，石俊的师父其实就是伯益，老秦人的祖宗，这玩笑开得有点大了，石俊的师父是伯益，那王休的师父九龙真人

是谁？这里，谁都不知道九龙子到底是谁，根据传言九龙真人是条黄龙，真名叫鹄仓，双角，八尾，霸气之极。

石俊第一次见到在赵王，不是在朝堂之上，而是在市井之中。赵王巡守，结果看见石俊蹲在石头后面鬼鬼祟祟，以为是个獐子，于是呼，英勇的赵王一箭射出，正中石俊的屁股，长箭把石俊的屁股射了个对对穿。

石俊是历史上第一个被人在身上用一箭射出了四个洞但还没死的人。

赵王以为射中了，双腿一夹马腹，过去一看才知道是个人。赵王一看心想这个人怎么会在猎场里？真是来找死啊，而且这里是诸侯狩猎场，你一个普通人怎么能到这里来？赵王怎么都想不通，干脆命人把他投进了大牢。石俊很生气：我都被你射了一箭了，你还把我仍到大牢里？怪不得秦国要强大，那是因为你们这些对手实在不中用！

赵王把石俊扔到牢里了之后，又把这事给忘了，而是专心想着怎么伐秦了。这样一耽搁，石俊就在牢里蹲了三年，伤倒是好了，腿却瘸了。石俊心里那个恨，他对着馊了的饭菜发誓，一定要让秦国永垂不朽，让这些王八蛋国家一个二个都活在秦王的统治之下！第一个，就要拿赵国开刀！

石俊的师父说了，秦国必将强大！石俊坚信这个真理，于是他把身上仅有的一个玉带勾拿了出来，贿赂了赵国大牢里的狱卒，然后费尽挫折，终于逃了出来。石俊出来之后，一路向南，直奔韩国而去，石俊的口才不错，加上有心要对付赵国，所以，石俊在韩国凭借着三寸不烂之舌，混到了一个官职，司徒。

说到司徒这个官职可不简单，虽然官职小，但却是管田地赋税的，管小，但是有实权啊！有实权有好办事了，所以，石俊很快在韩国树立了一定的威信。

这时候，赵王正在筹划如何伐秦，而这时候，吕不韦和王休却在商量着见异人。其实，王休见异人很简单，凭借着他的三马之策，很容易地就能见到他，但是吕不韦不行，吕不韦是商贾，在那个重农轻商的时代里，吕不韦其实不算个什么，虽然他很有钱。

可是，吕不韦能通过王休来传话。

"大王，有人要见您。"王休恭敬地说。

"谁？不见，我只是秦国质子，见你，已被赵王怀疑。"异人很清楚自己的身份地位，在赵国，异人没有任何权力，秦赵两国靠着质子这样微妙的关系并存，如果异人有变，惹得赵王一怒，导致两国交战，那么异人就是千古罪人。

"异人，这个人，您一定要见，不是我多言，而是这个人对大王有帮助。"王休直接切中了问题的所在，人家有钱，你没钱就不要装大，吕不韦说不定能帮助我们。再说了，吕不韦是秦人，在这方面，王休多多少少还是有点故乡情结。

异人很清楚自己现在的处境，人家赵国要杀就杀，要放就放，完全是看人家的心情，那天因为天气不好，腰酸背通而导致心情大坏，赵王说不定就会把异人干掉，当然了，这是玩笑话，可异人保不准事情就会以这样的方式发生，诸侯王的心情可不随着质子心情的变化而变化，杀一个人对诸侯王来说，比踩死一只蚂蚁还要简单。因此，异人每天都活得提心吊胆，虽然身边有二十位秦国死士，但是那是抵挡不住赵国二十万军队的！异人没有一天不想着回到老秦谷里，但是回去又能怎么样？回去一样还是勾心斗角，尔虞我诈，至少在赵国暂时还没有人陷害他。

这一点，异人心知肚明，在赵国没有人陷害他，他已经是质子了，还有人愿意去害一位质子？除非是那些有人想要让秦赵两国开战的人。不过，这些人还存在的，只是没有显露出来，相对来说，在赵国要比在秦国安全得多，最危险的地方也就是最安全的地方，这是亘古不变的真理。

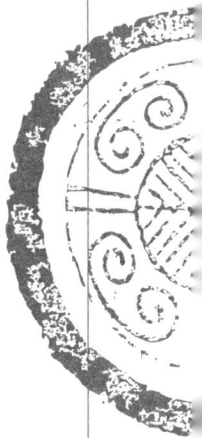

"我在赵国久为人质，实在不想多生事端，让他走吧！"异人有些心灰意冷。

王休道："非也，不如见见吧，说不定对你有好处，而且这个人有远见，如果他帮你了，那么对你将来有好处的，难道大王想一直处在赵国位质子，就不想秦国的太子之位？"

异人没有说话，而是看着王休，似乎从王休的话语里品出了什么味道来。太子？太子这个字眼就从来没有在异人的脑海里出现过，太子是什么地位，自己是什么地位，不说有没有争夺太子的资本，就是连故乡都回不去了。

王休接着道："安国君和华阳夫人无子，而你兄弟却有二十多个，你排行中间，难道你还指望安国君和华阳夫人立你为太子？大王，您现在需要的是一位能够帮助你的说客，说服安国君立你为太子，而不是需要一支军队。您只有掌控了秦国的经济政治大权，才能独步天下，饮马中原！"

"那就见吧！"异人的眼里闪过一道寒光。多少年了，异人第一次以这样的方式见客，身在异乡为异客，异人从来都是把自己当成是流浪在外的浪子，如今，他内心里面的火苗终于被王休点燃了。

吕不韦长得非常魁梧，很像北方人，其实赵国不是在北方，吕不韦还有些不太适应赵国的气候。对于吕不韦来说，这一次算是试探，他听说过在赵国有怎么一位异人，但是多年为质子，郁郁不得志，吕不韦是带着同情的心理来试探试探这位异人的心思，如果他有那些雄心壮志，那么吕不韦可以考虑一下是否能够把这位异人扶上位，如果没有，那也做罢。在试探的同时，吕不韦也不太肯定，异人就是如自己想的那么有魄力。

商贾是没有地位的，吕不韦很想通过政治来提高自己的地位，那个年代，有了钱并不代表什么，有了地位，有了一定的威望才能被人看得起，如果没有了地位，纵使家财满贯，也难登大雅之堂。

低贱的地位让吕不韦受够了别人的冷眼，那些权贵，早晚要被他踩在脚下，吕不韦不止一次发这样的毒誓，他需要一个人来提高自己的地位，并且一直把自己稳固在那个地位上，而眼前的异人，就是他的最佳人选：还有谁比异人的条件更好的？怀才不遇、郁郁不得志、身为秦王公子却在他国为质子的异人就是他心目众中的不二人选。如果把异人和吕不韦的身份互相调换，吕不韦早就疯了。

见面之后，吕不韦和异人没有那么多的客套话，大家都是秦人，没必要那么客气，客气得多了，反倒显得太做作。吕不韦见到异人之后，觉得眼前的这位异人，真的如他想的那样，虽然说不出来是什么样，但是异人的相貌和谈吐，就是吕不韦心中选定的人选，或许是命中注定要如此，吕不韦当即就在心里拍板：就他了！

异人不卑不亢，吕不韦正义凛然，两个人各怀心思，在王休的介绍下，双方正式认识。一个伟大的政客的身后，必然有一位非常厉害的财团在支持，不然政客的施政纲领无法通过政权来实施，这一点，吕不韦非常清楚，异人在王休的"教育"之下，也非常明了。

看到异人，吕不韦觉得自己以后的道路似乎光明了许多。

异人问吕不韦："先生可是姜姓后人？"

吕不韦连忙说道："是的，我是姜姓后人，吕氏。"

异人坐了下来，道："先生见我，应该是有所图，而非有所求。"

吕不韦哈哈大笑，道："当然了，我见先生韬光养晦，他日必成奇才，今日不韦前来，只是为了投资。"

异人很惊讶地看着吕不韦，道："何谓投资？"

吕不韦笑了笑，道："不韦喜欢经商，商贾最让人看不起，但是商贾却是讲究低价买进，高价卖出，我看先生是位奇才，将来定然是件奇货，可以囤聚也！"

王休以为异人听了吕不韦的话后会生气，结果，异人反倒是一笑，道："原来我只是一件货物而已。"

吕不韦道："哈哈，其实这天地之间，什么不是货物？这一草一木，一山一水，只要有钱，就可以买到，但是有些东西是买不到的。"

"什么？"

"情！"吕不韦道，"这里所说的情，是指亲情，爱情，人情，军卒之情，手足之情等。这些都是金钱买不到的。"

异人若有所思。

王休上前道："但不知，吕先生所说的可以买到的，有哪些？"

吕不韦道："兵器、粮草、甚至是细作！"

异人突然睁开双眼，道："难道先生要帮助我？"

吕不韦道："秦王已经老了，安国君被立为太子。不韦私下听说安国君非常宠爱华阳夫人，华阳夫人无子，能够选立太子的只有华阳夫人一个。现在你的兄弟有二十多人，你又排行中间，不受秦王宠幸，长期被留在赵国国当人质，即使是秦王死去，安国君继位为王，你也不要指望同你长兄和早晚都在秦王身边的其他兄弟们争太子之位。"

异人道："那我该如何？"

吕不韦道："我有金一千，可以去秦国游说安国君和华阳夫人，立子楚为太子，还有五百金给你，让你在赵国结交宾客，拉拢人心，当时机成熟，自然会带你回国。"

异人和吕不韦之间的君子协定就这样定下来了。

异人拿到了吕不韦的五百金，用来结交宾客，不知道为什么，当异人拿到五百金之后，的确有很多人开始注意起了异人。赵王并不在意这点，在意异人的，是身在韩国的石俊。

石俊这几天坐立不安。

王休的行为间接地证明了王休在异人处已经得到了相对多的宝物，作为一位和王休一样有身份有地位的客卿，石俊越发地觉得自己在战国七雄当中的地位远不如王休。可怜的自卑心理让他不得不殚精竭虑想着怎么才能把王休永远彻底地踩在脚下，思来想去，他决定还是从韩国着手。

韩国国君韩昭王很看中石俊，因为他把赋税一事办得异常妥当，很多年了，都没有人像石俊这样能把差事干得那么漂亮的。正好在这时候，韩昭王想要到赵国去一趟，因为韩昭王想要联合赵国攻打秦国，因为秦国已经对韩国边境上的卷国动手了。

韩国感觉到了事情的严重性，必须要让赵国采取点措施，让秦国害怕。韩国国力不如赵国，而且韩国又毗邻赵国，虽然中间各了一个魏国，但是距离并不一定能够让韩赵两国产生多少的隔阂。韩王一厢情愿地认为，赵王会出手的。至于怎么出手，那就要看赵王看到使臣送出去的书信了，那里面可关系到韩国的存亡。

韩昭王的算盘打得那叫一个精细：异人在赵国为人质这是事实，秦国如今攻打卷国，明显是要对韩国动武，卷国是韩国的门面，打了卷国，韩国还会安全吗？答案是否定的，秦昭襄王是不会等到卷国灭了还会老老实实地看着韩国继续发展下去，因此，韩昭王在想，如果把异人借过来用用，以此来要挟秦国让秦国撤军，一方面省去了许多兵马劳顿，另一方面也和赵国行成了共享外交——赵国应该也不愿意看到韩国就这样被秦国灭了。

理论上的想象力远比经推敲之后的想象力还要丰富，韩昭王把赵孝成王想得太简单了。

韩昭王是这样计划的：借异人来退秦兵，等秦国从卷国退兵了之后，韩昭王再把异人还回去。这是多么扯淡的交易，偏偏赵孝成王还答应了！面对突如其来的惊喜，韩昭王都有点不太适应，赵孝成王就这样答应了？没提出什么别的条件来？

韩昭王很高兴，他立即打算派一个人带上礼物和借人质的钱，来赵国领人。那么，这去赵国的使臣，必须是嘴皮子好的，相貌英俊的，并且能吃苦的而且还是很忠心的。于是，石俊成了韩昭王心中的最佳

人选，同时，韩昭王让石俊带了一个除使团之外的团队过去，这其中便有献给赵孝成王的二十名韩国美女。

上千里路，石俊一直走了三个月，终于在入冬的时候，来到了赵国。

"大王！"石俊跪拜，口呼大王，但是心里却把赵王骂了一万遍。妈的要不是异人在你们国家，石俊至于千辛万苦地在赵国和韩国之间来回折腾么？

而在朝堂之上的那些武将们一见到石俊，都觉得这个家伙很眼熟，但是却想不起来在什么地方见过了。唯独有一位认了出来，这个人就是乐乘。乐乘天生就有一种记人脸的本事，只要被他看过的脸，他一辈子都不会忘记。

当初乐乘在赵国见到石俊的时候，石俊的身边还跟着一位商贾，乐乘很奇怪为什么这位大夫居然和一位低贱的商贾混在了一起。现在想想，眼前的韩国使团团长就是当初在赵国邯郸见到的那个人。

真巧了，他原来是韩国人！而且还带着韩国使团来了，既然如此，那这个人和穿着秦国服饰的商贾在赵国邯郸城见面，就颇有一些值得深思的意味。乐乘虽然是武将，但心思缜密，稍微动点脑子，乐乘就想出了这其中的弯弯道道。

石俊可没有想到那么多，茫茫人海，我石俊能被你们赵人认出来？当初在赵国，我也是昼伏夜出的！石俊没有想到，就是那天的深夜，被巡夜的乐乘看到了。乐乘也很奇怪当初自己为什么没有上前询问，现在想想，当初脑子是不是秀逗了。

"韩国使节，路途遥远，孤已派人吩咐驿站，稍后就可以去休息。"赵王很客气，因为她从使节团带来的礼单上，看到了有珠宝十箱，美女二十名。

那可是从整个韩国境内挑选出来的最美的十名美女！赵王口水都流到了案几上了。石俊道："回大王，本使此次出使赵国，是想借大王一件不用的废物。"

"哦？"赵王听石俊说完，心中大乐，他不知道韩昭王到底要向赵国借什么，只是听细作说要借一个人，而且不是赵国之人，赵王思来想去，在赵国之内的，值得韩昭王来借的，不就是异人么！

"不知道韩王是否说明，借的是什么呀？"赵王明知故问。

石俊道："是借秦王质子，异人。"

"胡说！"赵王听完大怒，"异人乃我赵国贵宾，怎可说是废物？你韩王实在是胡说八道，毁坏赵秦两国之间的友谊！来人呐，把韩国使节拖出去砍了！"

"大王饶命！"石俊快吓破了胆，心想这是什么情况啊？怎么一上来就要砍人？赵国的礼节里没有杀使臣的说法啊！

就在石俊快要吓破了胆的时候，乐乘忽然站了出来，道："此人不可杀！"赵王本来就没有打算要杀石俊，他知道只要自己喊着要杀人，肯定会有人出来阻止，这帮子臣子就知道大王息怒，可就没有几位鹰派的人出来替孤王分忧。

乐乘的出现正中赵王下怀，赵王饶有兴趣地问："乐将军，什么事呐？"

乐乘正要说出当年看见的那些事，但转念一想：不对呀，我不能说，如果我说了，那就证明我当天执法不力，明明是在宵禁的时候却看到有人在外面交头接耳，如此一来，倒霉的就是我乐乘了，而且此事如此重大，万一出个什么事，那一切的后果得全部由乐乘承担！既然如此，我干嘛要说，不如先把韩国使臣保下来，只要他有命，就不怕他不说出来当天和秦国商贾说了些！想到此，乐乘已是一身冷汗，太危险了，虽然什么都没说，但是光想想就让人胆寒！乐乘清了清嗓子，道："此子不可杀，两国交战不杀来使，大王如果杀了韩国使臣，必定会让韩赵两国刀兵相见，如此一来，对我赵国不利！"

赵王听毕，带着玩味的眼神看了一眼这位韩国使臣，他也在想，这个人我怎么在哪见过，不过倒是想不起来具体在哪了。只是看那脸，真

的很眼熟啊!

"诸位,不知道诸位有没有对这位韩国使节很眼熟?"赵王问堂下的将军。

诸位将军早就觉得眼熟了,因为在几年前,他们狩猎的时候,赵王一箭射中了石俊的屁股,导致石俊现在腿还是一瘸一瘸的走路都走不稳。想来想去,乐乘觉得还得把自己刚才说的话再巩固巩固,万一赵王听出什么来,那可就麻烦了,想到此,乐乘忽然站出来,道:"大王,臣知道。"

"哦,快说说!"赵王忙让乐乘说。

乐乘道:"其实,在五年前,大王神勇无敌,在猎场狩猎的时候一箭射中了个活人屁股,而那个人,就是如今的韩国使节!"

赵王一听,哎哟喝,原来是你,我说怎么看着那么眼熟呢!原来是你呀!赵王心中大乐,心想韩国怎么选来选去,选出怎么个人来当使节?赵王心想,韩王你太有心机了!如果我赵国答应使节的要求,那么秦国必然大怒,现在的秦国在经过秦孝公商鞅变法,已经强大无比,赵国想要干掉秦国,那也不是一朝一夕的事情,而且后有燕、齐,前有魏、韩,南有楚百越等国,要想干掉函谷关外的秦国,还真不容易。如果不答应,那韩国肯定拿这件事情大肆渲染,说赵国不仁不义,见死不救,到时候赵国有难了,那谁也不来救。

韩王简单的求救使团,在赵王的眼里,却成了一个无法拔掉的毒箭,放在肉里疼,拔出来也疼。如果现在只是因为一个卷国,而把秦国得罪了,那绝对是件划不来的交易。赵王脑子一转,秦国现在攻打的是韩国边上的小国卷国,卷国算个什么,还不够秦国军队驻军的,那么屁大的地方,秦军的军队一人吐口吐沫,就能把卷国淹掉,那么韩王向赵国求救,这就是说明韩国已经料准了秦国要拿韩国开刀了啊!赵王仔细一想,就明白其中的利害:看来韩国是实在没办法了,卷国一灭,秦国必定要打韩国。赵王想一想,便觉得脊梁骨发凉,幸好没有因为美女的诱惑而答应韩昭王的请求，如果答应了，秦军打完了韩国，不管输赢，肯定会再反过来收拾赵国！

秦国虽然是边陲小国，但是这几年国力发展得比兔子跑还要快，不出几年就成为了西北第一大国，而且国力还有继续上升的趋势，如此一来，秦国的周边的国家如魏国、韩国、楚国都不可交好，事不关己高高挂起，还是老老实实地守着自己的老窝吧！

朝堂之上各人的思想变化之快，令石俊有些发慌：这些人都在想什么呢？！赵王在堂上一会笑一会严肃的，这是什么意思？到底是答应了还是没有答应啊？师父常说帝王将相，个个都手眼通天，现在看来果真如此，光一个赵王就够受的了，想想还要接触韩王、秦王、齐王等等，再接触异人，接触玉龙子师父最忌惮的王休，那真是头痛欲裂！

"贵使，如今长途跋涉，也是第二次来赵国了，不如就在赵国好好休息几天，孤王最近身体欠安，等孤王身体好了，再做商议！"赵王说完，跟兔子一样溜走了，群臣也是，跑得比谁都快。

谁敢不跑？这家伙就是前几年被赵王射了一箭的人，难道让赵王赔礼道歉，那肯定是不可能的，最多是赔点钱，但是赵王愿意赔钱吗？也不可能，而现在他是韩国使节，俗话说两国交战不斩来使，如今还没打呢，就要把人家使节给杀了，那有点不符合规矩。于是赵王选择开溜，把剩下的事情交给大臣去办吧！

不是赵王不会玩，而是赵王这一招金蝉脱壳玩得太高深了，以至于在场的不少人都没反应过来，最先反应过来的是乐乘，他在赵王跑了之后，也在第一时间跑了。

最后，朝堂之上只剩下廉颇老将军一个人了。但是石俊一看廉颇两腿就发软，最后心想算了吧，还是回到驿馆睡觉去吧！韩国的死和活，跟我石俊有什么关系！

石俊是不管韩国了，可怜了韩昭王，在全国挑选了二十个美女之后，又从国库里拿出了那么多的珠宝，结果换来了一个人财两空，不但没有

借到质子让秦退兵，反倒是点燃了秦人的复仇火苗。

韩王要拿异人令秦王退兵的消息不胫而走，很快传到了秦王哪里。秦昭襄王很不爽，他不能看到自己的儿子就这样被人要来要去的，但是自己年事已高，不能再领兵打仗了，不如让安国君去吧。反正秦国现在很强大，蒙恬蒙毅兄弟，还有蒙骜老将，将不缺，兵不缺，粮草不缺，那还缺什么？

秦兵打仗向来都不穿铠甲，最多就是牛皮甲，唯独有军官才有铠甲。所以秦人打仗从来不怕死，死了就死了，脑袋掉了碗大的疤，十八年之后又是一条好汉，怕个什么！

秦人打仗不穿铠甲不戴头盔不知道是不是真的，史书上也鲜有提到秦人上战场的时候会戴什么颜色的头盔，头盔上插什么颜色的羽毛，但是有一点可以肯定的是，秦人上战场，身上肯定是黑色的衣服，旗子也是黑色的，所以，秦国军队一出现，那整个战场上就如同多了一群黑色的瘟神。

黑色很压抑，这点从战场上卷国士兵的眼神之中就可以看出来，才三万不到四万的卷国将士，看到秦国十万黑压压的士兵，大部分已经失去了斗志。

卷国为赵国属国，却是在韩国的边境上，离赵国还有不短的距离，虽然派人向赵王求救了，但是赵王好像对这样的小国家的得失没什么兴趣。按赵王的意思是，丢了就丢了，屁大点地方，放马都不够。

所以，我们都还不知道卷国大王叫什么名字，卷国大帅是什么称号，就被秦军十万弓弩一轮齐射射成了三万刺猬。这还没完，秦军打仗最喜欢干的事情就是收集首级，听说首级是一种非常好的肥料，能让秦国的土地变得肥沃，因此，当秦军一轮弓弩齐射把卷国三万人全部干翻了之后，秦军阵前两万人以迅雷不及掩耳的速度，不管卷国士兵死还是没死，全部将他们割了首级，然后让后勤部门的人送到了秦国的土地上。

卷国国君怕了，没等秦军杀到自己的国都，就将国家献了出来，对秦国俯首称臣。当时带领秦军打仗的将军不知道是谁，应该是王翦。王翦打仗，喜欢先用弓弩齐射。但还不是一轮，而是三轮。先是用响箭齐射，这种箭能在空气中飞行很远，而且箭头很重，靠箭头的重量产生的惯性增加杀伤力；第二轮是超级弓弩，需要三个人拉的那种，同时发射十支一丈长的箭矢，这一轮过后，对方阵中几乎没有活的；第三轮是短尾箭，这样的箭速度快，而且没有声音，几乎是平射，但是射程比较近，这是做最后的清扫，除非遇到对方重骑兵，否则这种不计成本的打法，无人能敌。

　　王翦的打法非常有效果，三轮齐射之后，对方除了躺在地上的，就没有站着的，无论你有多少人，这三轮齐射过去，铁疙瘩都能被射成刺猬。卷国三万将士还没等秦军第二轮齐射，就已经死得差不多了。十万支箭呐！那在天空中跟乌云一样！谁能躲得掉？

　　卷国灭亡了，秦国完全占领了卷国，将卷国从战国地图上彻底地抹了去，这是秦军目前来说最省事的胜利，一轮齐射过后，秦军只需要把飞出去的箭矢再收集回来就行了。韩国国内慌了，韩昭王要求赵王，必须给一个说法了。结果赵王没给韩王什么说法，而是带着一队人跑去打猎了。

　　韩王听说了之后，非常生气，但却拿赵王一点办法都没有。赵国的实力和秦国差不多，七国之中韩国是最弱的，最弱的当然要被人欺负。韩昭王深深地体会到没有实力在当前是多么悲哀的一件事情，纵使国内美女如云，却不如那雄兵十万。赵国不借人，韩国没有办法，只能硬抗，韩国西南就是楚国，韩昭王寻思着是不是得到楚国去搬些兵来挡一挡，可是一想，秦国华阳夫人就是楚国人，难道楚国会帮着外人打自己人？

　　赵国强大，韩国弱小，弱者总是得听强者的。但是韩昭王却没那么好的脾气等着赵王给他什么希望，他只能做一些该做的事情，于是，韩昭王决定先发制人——偷袭秦国！偷袭讲究得是奇、快、准、狠，四样

缺一样而不可，韩昭王决定偷袭，既然下定了决心，那么就得拿出点样子来。

点兵一万，借道楚国边境，从韩楚边境上绕道到达卷国，这一圈子绕下来，足足花了韩军一个月的时间，最后终于来到了卷国边境，但是发现秦军已经撤退，战场上只有一些还没有收拾的尸体，不少尸体都是卷国人，当然了，还有一些头颅已经无法分得清是哪个国家的。

韩国军卒吐了一地，本来就是行军劳顿，再被臭气一熏，顿时人仰马翻，个个快把场子都吐了出来。这一场偷袭以韩军全部呕吐而告终，连秦军影子都没看见。等韩军回到了韩国并向韩昭王汇报了当时看到的情况之后，再添油加醋地描述一番，最后让本就混乱的韩王个更加笃信，秦国惹不起。现在韩昭王只能祈求石俊在赵国能给他带回来好消息。

韩昭王并不知道石俊已经被软禁在了驿馆之内，他向石俊发出了一封绝密书信，书信里的大致意思是让石俊做好回国的准备，不到万不得已，不要向赵王开口。韩国要攻打秦国了，并且是偷偷摸摸的，这种事情在社会上是不太容易被人接受的，偷袭这种事情自然不那么光彩，而石俊得知韩王的意图之后，立即回书信给韩昭王劝谏韩昭王不要意气用事，现在还不是攻打秦国的时候，韩国周边都是强国，尤其是楚魏！

偷袭的事情被韩昭王遮遮掩掩地盖了过去，谁也不知道，秦军更是不知道在他们撤军后，韩军会派出一万人的轻骑来偷袭，要是当时王翦知道了有韩军来偷袭，王翦肯定会挥师南下，狠狠地把韩国揍一顿。

石俊被赵王投进了大牢，但是他也没闲着，而是贿赂了狱卒，让狱卒替他向韩王发回了一封信，信的大致意思是说，别指望赵王了，赶紧该干什么就干什么吧，一切还是以本国的实力为重，否则就得被人欺负。顺便再说一下，赶紧派人来就我吧，我在这里快被关疯掉了，整天馊饭剩菜吃的快把心肝脾胃肾都吐了出来。

韩昭王拿到信一看，气得肺快炸了，但是却是一点办法都没有，怎么办？秦国快欺负到了头上来，难道赵国也不给面子，既然如此，那我得和你十一仗了！而这时候，韩昭王听任申不害的话，选了一个新的使臣，让这个使臣去赵国，把石俊救回来。这一点，申不害做得不错，韩王还没想到把关在赵国的石俊救出来，可申不害想到了。

申不害说服了韩王把石俊营救出来，同时他找到了信任的使臣窦颖，让窦颖告诉大王，千万再别招惹赵国了，一个秦国已经够韩国头疼的了，韩国现在要做的，是要和六国连横起来对抗秦国，而不是一味地在别人的背后捅刀子。

使臣在出发的时候，间接地把这些话传达给了韩昭王。

可是，韩昭王似乎并没有把这位新任的韩国大使的话放在心上，而是一意孤行，直接跳过了石俊，把秦国当成了自己的头号强敌。韩昭王无意之中达成了连横的意思，却不知道秦国已经开始对韩国计划军事打击。

的确，对韩国来说，最大的敌人就是秦国了，其他国家都是小意思，只要韩国送一些美女和黄金，他们是不会轻易动手的，可是对秦国来说，黄金和美女无用，秦国在乎的是土地。

只有土地才能养活得了人民，只有土地才能让人民对本国有所眷念，只有土地，才能让人民更加强大。土地是根本，没有了土地，所谓的金银珠宝，美女野兽全都是浮云。只有那些没有经历过饥饿和困苦的人，没有经历贫寒和残酷生存压力的人，才会迷恋美色和珠宝。

对秦人来说，土地和人民，才是立国的根本，拥有了土地和人民，那么接下来的事情就都好办。

石俊见很久都没有收到韩国的回信，又修书一封，让心腹送了回去，结果心腹还没有出赵国，就被王休截了下来。王休打开书信一看，见石俊在劝说韩王不要打秦国，而是转过矛头，与秦国联合起来攻打赵国，然后再前后夹击攻打魏国，这样不但能保全自身，还能示秦与好，到最后秦国知道韩国是盟国，自然不好意思再打。

王休笑了。这种事情对秦国来说，简直就是送到嘴里的肥肉！王休

立即求见异人，对异人说，回国的机会来了！

石俊要是知道自己被韩王放弃，而新修的书信又被王休截下来之后，肯定会气得吐血，但是王休没有告诉他事实，就让他在赵国的大牢里关着吧，反正也没有人杀他，让他吃点苦是对的，这样他就不能出来妨碍王休的计划。因此，石俊对自己"生还"还是抱有一定希望的。

石俊在牢房里罗列了一系列的越狱计划和报复计划，其中大部分都是针对赵王的，剩下的一部分就是针对王休的，可怜的石俊倒是把罪魁祸首韩昭王给忘了。王休把自己最后的财产都拿了出来——十个金子，还有藏在腰带的带钩，真是想不通，石俊是怎么把这些东西藏起来而不被狱卒发现的，事实上，赵国的狱卒有很强的职业操守，既然你是犯人，我的任务就是看着你不让你跑掉，你身上有什么，那和我没什么关系，在这个时代讲究的是礼义智信，失去了信义的男人，活得连狗都不如。

石俊把最后的金子拿了出来，送给了狱卒，前提是，让狱卒放自己出去，狱卒在职业操守和金钱面前选择了后者，偷偷地把石俊放了出去，同时自己席卷了所有的财产，带上妻妾和老娘，直接远走高飞。

石俊的复仇计划被他正式地提上日程。

异人得了吕不韦的五百金投资之后，将五百金发挥到了最大的作用。异人不是一般人，他有智慧。虽然他的身份地位不那么好，可是拥有了智慧，就等于拥有了一切，异人在为自己回国做准备，同时，他也在等吕不韦那边的消息。

当王休带回来自己将要回国的消息之后，异人非常激动，这个消息比他以往听到的任何消息都要振奋人心。要回国了，只要能够回到秦国，那么什么事情都好说，只要回到国内，异人就可以调动他用五百金买下的口舌来替他说话。

当然了，这些还不是重点，重点是，异人的嫡系势力，正在秦国蓄势待发。

吕不韦来到了秦国之后，第一时间将自己囤积的货物卖了出去，秦国缺的是铁器，所以，吕不韦带来了许多铁器。安国君很高兴，他要为吕不韦安排一次晚宴。奇怪的是，在宴会上，多出了一个让吕不韦很不舒服的面孔，那就是石俊。

这个阴魂不散的家伙！

安国君和华阳夫人共同接待了吕不韦，见吕不韦年纪轻轻，风华正茂，华阳夫人大动芳心。华阳夫人要求，让吕不韦说一说最近在赵国的事情，但吕不韦没多说什么，而是说了许多楚国的事情，比如楚国最近哪里大丰收啊，楚国什么地方新修建了一座城池啊，楚国最近干掉了周边的宋卫国、陈国等等，收取了多少土地啊，吕不韦的话哄得华阳夫人开怀大笑，华阳夫人当即让吕不韦上坐。

上坐，开什么玩笑，那是有身份的人坐的，可不是商贾所能做的。石俊早就看不下去了，突然拜倒，口中喊道："夫人，吕先生乃是商贾，按秦律法，商贾不得与士大夫以上者同坐。"

华阳夫人被体制熏陶了几十年，自然之道这个律法，她一想，对哦，吕不韦是商贾，布衣都不如，难道真的要上坐？这可不行，吕先生你还是屈尊坐在下席吧。华阳夫人安排完了，忽然问石俊："你是何人？庙堂之上，竟敢擅自喧哗？"

"我带来了异人的消息。"石俊早就把准备好的说辞唱了出来。华阳夫人也想听听异人的情况，苦于没有机会，刚才正要问，却被他打断了。现在石俊说了出来，那就让他说说吧。

"异人在赵，食宿无忧，且与赵国贵人打成一片，现如今早已忘了秦国，而为赵人也！"

啪！华阳夫人把酒樽扔到了地上，安国君忙让人捡起来，道："你是何人，竟敢侮辱我大秦子孙！"

石俊冷冷一笑，道："都是这位吕不韦先生害的，吕先生乃是亲商，

却去赵国，为异人买通赵国官员，泄露秦国消息，我也是秦人，却因为吕不韦的话而被赵国关押了许多年，受到各种毒打，现如今腿伤未愈，全都是拜吕不韦所赐！"

信口雌黄啊！吕不韦心里那个恨，当初如果不是你求着要见我，我能带你去见异人吗？你没见到异人，怎么今天反倒咬我说我是赵国奸细？

吕不韦想来想去也是想不通为什么石俊会突然反咬一口，还未开口，却听华阳夫人道："原来是怎么回事。那你知道异人现在住哪吗？"

石俊当然知道，于是把异人住的地方说了。华阳夫人想了想，异人在赵国多年，并未干出什么惊天动地的事情来，怎么这一回到是出息了，知道出卖秦国情报了？华阳夫人和异人虽然不怎么熟悉，但是却知道异人的秉性，都说这位不得志的公子并无多大抱负，而且吕不韦也是商贾，商贾能出卖什么情报，一个商人和一个不得志的公子，两个人合到一起能干出什么事情来？

华阳夫人想想就觉得可笑，当即让人把石俊打发了出去，一切等宴请完了吕不韦再说。像石俊这样体貌不正胡言乱语的人，等过几天再见见也不迟。华阳夫人让吕不韦继续，华阳夫人本来对吕不韦的面相颇为喜欢，见吕不韦举手投足之间倒是有几分英气，便夸吕不韦俊俏。俊俏不俊俏这点，不知道是真是假了，吕不韦的长相其实不怎么样，从多少历史资料关于对吕不韦的画像的研究表示，吕不韦其实长了一张鞋拔子脸，因为他有钱，吃得胖了点，又白一些，才没有将那张鞋拔子脸完全展露出来。

华阳夫人的审美也是有些问题的，因为安国君长得其实也不怎么样！吕不韦在这个时候拿出了五百金，说是异人托他交给华阳夫人的，这是异人的一点心意。

"安国君风华正茂，作为秦国之君，安国君实在是顶天立地的大好汉！这点心意，就是异人托我带来的。"吕不韦这句话说得一点逻辑都没有，他甚至都不知道安国君到底要听什么，所以他一直在试探。不过送金子这事，无论怎么送都行，反正说对了送的人就可以。

说话的同时，吕不韦看到安国君身边有一位小妾长得挺好看，于是吕不韦不停地向这位小妾放电。小妾自然不敢多生事端，只能默默斟酒。安国君眼拙，没有看出来吕不韦正在放电，倒是听到了吕不韦的话，开心地问："哦？不知道吕先生为孤带来了什么消息啊？"

吕不韦马上道："我为大王带来了一个非常好的消息，那就是，大王一直想念的一个人，也很想念大王！"安国君奇怪了，谁那么想念我？我也没有谁可以想念的啊？安国君想来想去，心想难道是从卷国带回来的那几位美女在想孤？

安国君瞄了一眼身旁的华阳夫人，脸色一红，忙转移话题道："不知道先生在赵国，可曾见到异人？"

吕不韦道："见到了。"

安国君道："那他可好？"

"不好！"吕不韦饮了酒，说："一点都不好，异人为人洒脱，有大无畏精神，他在赵国，得知赵王将要援助韩国，他费劲心思，说服赵王放弃韩国，同时，异人在赵王面前不停地说安国君和华阳夫人的好话，说你们是旷世之君，几乎可以与周天子媲美！"

安国君听了，拍手称好！他实在没想到异人居然会这样说他的好话。异人可是在赵国当质子，这种身份还在为秦国着想，实在是令人开心。

华阳夫人听了，却有些不信道："照先生这样说，异人没有一点怨恨之心？方才听那位说，异人似乎有忘本之嫌。"

吕不韦道："当然没有，绝对没有，这样空穴来风的事情，夫人怎可相信？异人虽然身在赵国，但是心系秦国，这一次不韦前来秦国，其实就是异人让不韦来的，异人知道秦国正在和卷国交战，需要大量铁器皮革，因此，异人让不韦在赵国收购了大量的铁器和皮革，送到秦国。"

"这是你的生意不是吗？"华阳夫人还是不相信吕不韦的话。

吕不韦心想，你们如果那么轻易地相信了，那还真体现不出我吕不韦的水平！吕不韦微微一笑，道："不韦这一次来，都说是做生意，其实不是，不韦这一次来，只是为异人送来了铁器和皮革！安国君，秦国缺少的是铁器，而且铁器极不容易冶炼，比起青铜，铁器的坚硬程度要比青铜高上许多，虽然冶铁技术刚刚问世，但是不韦却也为秦国带来了冶铁技术！"

安国君听了，再也没有理由怀疑吕不韦。想想看，一位如此忠心为国的人，难得如此信义地为国家出力，那么还有什么理由怀疑他呢？安国君甚至都为之前愚蠢的行为而感到羞耻。至于吕不韦，倒是没有看出来安国君的表情变化，更感受不到安国君的心情变化，他只是觉得，离自己的目标更近了。

华阳夫人不信，华阳夫人没那么容易相信吕不韦的话，商人就是商人，商人永远没有政治头脑。尤其是在受到石俊的干扰之后，华阳夫人对吕不韦这样的人产生了一种无法抹掉的警惕之心。商人就是商人，永远以利益为先，没有忠诚之说。

可是，秦国国内并不是这样想的，大王的意思是确定了，但是国内呢，自古立储要立长，异人什么都不是，立他有些说不过去。

花开花落，物是人非，吕不韦心里有种苍凉的感觉。人都在变，但是规矩没有变啊！

这一次来秦国，看来并非那么顺利，要是正如自己想的那样，那么事情也未免太简单了，吕不韦坐在驿馆的案几前，把自己的头发揪成了一簇一簇的。吕不韦知道，华阳夫人无子，安国君膝下却有儿子二十多人，这二十多人里面随便哪一个都比异人要厉害，但是吕不韦就是觉得异人是件奇货，吕不韦这一次要赌得大一些。

华阳夫人对自己的信任度急剧下降，现在吕不韦要做的不是让异人如何，而是让华阳夫人相信自己。吕不韦决定，要见一见华阳夫人的姐

大秦谋略

姐和弟弟，要知道，华阳夫人的弟弟可是阳泉君。

秦国国内一片沸腾，听说安国君要让异人回国了，国内差点暴乱，但是秦人还是有些素质的，他们要的是一个说法，也就是让异人回国的理由。同时，老百姓纷纷猜测，既然异人要回国了，那么是不是就表示秦国和赵国要打起来了？

事实上，安国君觉得异人为人不错，有孝心，而且还那么有远见，自然要让他回国。赵国本来就对秦国有些虎狼之心，谁不知道赵国和秦国是世仇？异人放不放在赵国无所谓，只要能让异人回国，那安国君就算做了一件好事。安国君命人在城门外张贴榜文，告知国人，异人实在是位大好人，好得不能再好了，必须让他回国！但是，安国君实在想不出来异人这个人具体好在什么地方，是施政才能，还是别的？

既然吕不韦都投资了，那安国君的潜意识里总是觉得异人还是有些才华的。但是他心里缺一个声音让他打定这个主意。

吕不韦花了钱，花了钱的话自然就会很容易地见到阳泉君。

可是，阳泉君很鄙视吕不韦：一个商人，地位地下，没有官爵，能干个什么？阳泉君很坦诚地表达了他的意思，他说，吕不韦，你这样做等于是把我的身份也拉得和你一样低了。可是吕不韦没有生气，而是也坦诚地说，阳泉君，那得看你用什么眼光去看了，眼下秦昭襄王已老，安国君作为储君，自然要立太子，可是你看看那二十多人里面，有谁经历过社会锤炼的？

阳泉君脑子一转，二十多个人里面，还真没有几个是真正接受过社会锻炼的，如此一来，吕不韦的问题就把阳泉君问住了。阳泉君想想也的确是怎么个道理，可是人都是要经过锻炼的，人家是在国内接受教育，锻炼，难道还有人比在国内接受的教育条件更好的？

阳泉君对吕不韦说："照你这样说，你还有一个人比那二十几个人条件更好的？"

吕不韦没有直接回答阳泉君的问题，而是举了一个例子。

吕不韦说，你看，秦国现在日益强大了，但是需要一个有作为的君主来带领秦人收拾周边国家，现在周边国家有一个实力不行但是不怕死的韩国，有一个实力不错但是狂妄自大的赵国，还有一个小心谨慎的魏国，这些国家都对秦国的土地非常感兴趣，昭襄王老了，岁数也大了，不能再带兵打仗了，而现在的安国君并无雄才大略，就算可以带兵，那也不会有那么长远的战略眼光，因此，我推荐一位远在他乡的秦人……

阳泉君的胃口完全被吕不韦吊了起来，心想到底是谁呀，那么厉害？都能把安国君比下去？

吕不韦说，这个人就是远在赵国当人质的异人。

阳泉君一听，恍然大悟，心道：哦，原来是他！他不是在赵国当人质了么？能把他弄回来？要是把他弄回来了，那安国君能同意么？华阳夫人能接受么？这一切都是未知数！再说了，我为什么要听你的，你只是靠着你的一面之词来与我对话，万一你是在骗我呢？

阳泉君可不愿意打没把握的仗，他是楚人，楚人做事总是小心翼翼，楚国地域辽阔，也造就了阳泉君思维广阔，大中求细的性格特点。吕不韦是秦人，秦人和楚人的确没有什么共同语言。

阳泉君想了想，说："异人的确不错……"其实阳泉君这句话是顺着吕不韦说的，他还想听到更多的关于异人的故事，"异人的确不错，但是异人身在赵国为质子，要想立他为储君，那和赵国的关系可就不太好了……"阳泉君也不想现在就和吕不韦的关系闹僵，这位商贾的脑子转得比谁都快，居然能想到用异人来投资，不过阳泉君觉得异人的确还可以。至少在赵为质这事就让阳泉君对异人的评语里多出了一些肯定的词。

吕不韦道："说到和赵国的关系，那就简单了，赵国和秦国自古势不两立，赵国都能把秦人拿去当人质，那还会看得起秦国吗？秦国和赵国这一仗早晚要打起来的，只是时间远近而已，不如早点将异人带回国，异人天赋异禀，是位君王之才，阳泉君你和宣太后关系不错，要知道，其他的二十个人，可没有这样的耐心能在赵国待那么久的时间哦。"

阳泉君觉得吕不韦说得非常有道理，一个秦人能在赵国待那么长的时间，并且能够洁身自保，这实在不容易，要知道异人身边可没有什么人保护，除了二十名异人带走的死士之外。阳泉君觉得在这一点上，他和吕不韦还是有些共同语言的，至少吕不韦说到了点子上：异人在赵国多年，明哲保身，到现在依然不忘秦国，这虽然是必须的，但也是很难做到的。阳泉君觉得吕不韦似乎开始把他说服了。

如果异人真的能够回国，并且得到华阳夫人的宠爱，那么异人的前途必将大放光明，到时候为异人回国而出过力的阳泉君的前途也一定一片平坦，只是，他吕不韦怎么说服华阳夫人呢？

阳泉君把自己的顾虑说了出来，吕不韦想了想，说了一个非常恰当的办法。阳泉君看着吕不韦的眼神变了许多，他从现在开始，觉得吕不韦的身上散发着一种让人捉摸不透的气质，尤其是他在谈论异人的时候，似乎是在谈一件无价之宝。

其实谁也知道吕不韦心里怎么样，身为商人，地位自然地下，就算身家万贯，也为人看不起，在重农抑商的时代里，商人是永远被人看不起的，总是和投机取巧挂上钩。吕不韦也想改变自己的地位，尤其是在看到被人嫌弃的异人之后，他决定，一定要把异人扶上秦王的宝座！

殊不知，吕不韦的利己思维，改变了战国时代七国争雄的局面，让一个强大的国家迅速崛起，让中原大地开始出现了大一统的曙光，而这里面，阳泉君在其中起到了非常重要的推波助澜的作用。历史就这样顺着二人商定的方向开始发展，异人，这位出无车、寝无席、食无肉、饮无酒的落魄秦宗室子弟，终于开始登上历史的舞台。

已经被说服的阳泉君觉得异人有可扶持的资本，但是他要做的，就是和吕不韦合伙，让华阳夫人接受异人回国，因为安国君非常宠爱华阳夫人，只要华阳夫人同意异人回国了，那么安国君那边几乎不是问题。

阳泉君请吕不韦坐了下来。

吕不韦席地而坐，说："这一次，可是长远投资，但是在这之前，秦国和赵国的关系必将恶化，只要异人离开赵国，赵国肯定有所动作。但是赵国不会单独发动和秦国的战争，赵国肯定要拉一个帮手，而这个帮手会是谁，不韦还不知道。"

阳泉君想了想，说道："这很简单，楚国之大，足够牵制住韩国，至于赵国，齐国在其后，燕国在其侧，魏国在其前，赵国也不赶轻举妄动，不如，让魏国攻赵，两国相争，我大秦可迎接异人回国！"

"好！"

吕不韦差点跳了起来，这是多么妙的妙计！

历史的车轮就这样开始向那个我们期望的方向发展，大一统即将出现。

这位异人，必将为秦国开创一个征伐他国的充足的后勤保障，为秦人的黑色大军开创一个史无前例的征伐之路，这是历史的必然之路，也是异人的必经之路。多少年来的风霜，改变了异人的模样，异人回国必将掀起一阵大波澜，只是这一次回国，不知道是不是真如计划的那么安全周密。很多人都不想异人回国，尤其是赵王。

第二章

历代秦人都擅长养马，因此才被周天子分封在秦谷——草被茂盛、马匹肥壮的地方。在对西戎的战争中，秦国的多位君主战死，长期的征伐使得秦人骁勇善战。征伐使他们的血液里始终流淌着战斗的基因，无法抹去。即使是死，秦人也会悲壮地立在战场上，不会倒去。这是自伯夷之后秦人的意识里就与生俱来的武力。

秦人在战斗中成长，在长期的征伐中摸索前进的道路，使秦人从那小小的秦谷之地，慢慢地扩张领土，最后发展成为西陲地区的能够威胁到中原大国的彪悍大国。

自秦孝公开始，大良造商鞅变法让秦国的科学技术，文化等方面得到了飞速地发展，无论是其经济、政治、军事等方面，都得到了非同一般的提炼。如今的秦人，需要的不再是鼓励，而是不断地扩张再扩张。

王休知道，秦人的这一天离得不远了，他需要做的就是离开赵国，来到秦国，帮助异人得到他应该得到的，为异人的归来做好充分的准备。

这一切，别人是不知道的，吕不韦自然也不知道，但是王休知道。

王休："异人，久居赵国，是否想家？"

异人："不想。"

异人回答得异常干脆。话说，秦国对异人来说，没有什么值得怀念的地方，只有母亲夏姬才是他心灵的归宿。要问异人到底想不想家，异人的回答是不想，但是想家中的母亲。

王休一愣，没想到异人回给出这样令人不解的答案，是正常人都会想家，难道异人不是常人，不能拿常人的眼光来看待他？王休觉得不是这样的。多年在异国为质子，提心吊胆的生活让异人养成了收敛感情的习惯，这是防御，是对自己的保护。

"异人是秦人，你的祖先在秦地，而非赵国。"

"是的，我的祖先在秦地，而非赵国，可也正是我的族人，把我作为秦国的质子，送到赵国来交好，如今的我，只不过是一名质子而已，秦国对我来说，是苦难之地，赵国对我来说，也是苦难之地，回到哪，都一样。"

"你的确是应该拿到属于自己的东西，而不是在这里长吁短叹。"

"你说的有道理，所以无论我回不回，我都应该回，必须回。"

"异人，你不称呼自己为'孤'？"

"等我回到秦国，拿到我想拿到的，我自然会称'孤'。"

"异人，你已经离成功不远了。"

公元前 257 年，秦昭襄王莫名其妙地攻赵。吕不韦也回到了赵国。秦昭襄王派将领王龁率军四十万，与汾城郊外的秦军合流，攻打赵国邯郸。这时候，异人还没有回国，还在赵国为质子。说实话，秦昭襄王好像就没有想到赵国还有一位自己的孙子在做人质，他这样贸然攻打，就是把孙子推到了火坑里。

王龁是领了君命，君命一下，指哪打哪。王龁不管赵国国内有谁，他只是负责把邯郸城拿下，然后回国领功。四十万王龁部下加上汾城十万秦军，五十万的黑色长龙把邯郸城围了个水泄不通，苍蝇都飞不进去。

王龁是个苦命将军，早些年出道的时候，他的光芒被白起遮挡，在白起璀璨夺目的光芒下，王龁只是个跑腿的。白起在秦国风生水起的时候，王龁连屁都不是。白起死后，王龁才算出头，但是又有蒙毅兄弟，蒙骜王贲等出色的将领镇守秦国，令王龁在钻出了白起的光环之后，又被蒙骜等人的光环所遮挡。

秦昭襄王四十九年，王龁才算出头，和蒙骜联手打了几场漂亮的胜仗，从而奠定了自己在秦国的地位，现在秦昭襄王让自己攻打赵国，并且是单独带兵，他高兴地几天没睡着觉，研究出了一条完美的进攻计划，把赵国折腾得上下沸腾。

赵孝成王气得三天没吃下饭：秦国这是要干什么？！他们的人还在我手上呢，就要开始攻打我？是不是疯了？赵孝成王气得吹胡子瞪眼，干着急没有办法，邯郸城被围得水泄不通，向魏国求救都不行。

无奈，赵孝成王只能玉石俱焚，准备把异人抓过来，一刀咔嚓。赵孝成王也不是好惹的主，身为一国之君，能这样让人欺负？那不行，赵孝成王亲手提刀去找异人，很快地，赵孝成王来到了异人的住处，二话没说，只接提着明晃晃的大刀冲了进去。

他要是不把异人砍掉，真对不起死掉的赵国将士。

吕不韦来到了秦国后，首要的事情就是想办法把异人弄回去。王龁已经开始攻打赵国了，那异人在赵国只能更快地变成尸体。吕不韦可不想把自己的钱花在一具尸体上。可是，问题出现了，王休知道吕不韦来了，当即找到他，简单地说了一下情况之后，便去找秦异人。但是这时候，赵国的士兵已经把驿馆围得比王龁围邯郸城还要结实。

现在的异人是逃不出来了，要想让异人逃出来，就得让异人长出一对翅膀来。可是异人不能，异人出不来，吕不韦和王休也进不去。

情况越来越紧张，王龁围城，把事情都搞乱了。

赵孝成王提着刀冲了进去，却是找不到异人，他没想到异人就是有敏锐的嗅觉。他知道，王龁围城，赵孝成王必然会对自己不利，他在担心自己安危的同时，也在感叹秦国，似乎是真的把自己放弃了。异人的悲哀就是在这里。秦国不要了自己，赵国要杀了自己，现在的异人，如同丧家之犬，人人喊打。

他不知道，在驿馆的外面，还有两个人在为自己担心。

赵孝成王找不到异人，气得快吐出了血，正准备放火烧了驿馆，忽然听身边一个人道："大王，要不要全城搜一搜？"

赵孝成王一听，心道是呀，驿馆里没有，那他也出不了城，异人肯定还在城里！赵孝成王看了一眼那个人，却是石俊，那位韩国大使。赵孝成王心想你不是被我关起来了么，怎么现在出现在这里？石俊心里在想，你们赵国牢房里的狱卒，还真是见钱眼开。

石俊诡异地一笑，出了一个主意让赵孝成王搜索全城，赵孝成王直接把任务交给了石俊，让石俊带着赵国一队士兵开始搜索。没多久，石俊就高兴地出发了，这个任务对石俊来说，可是天降大福啊，要是把异人找到了，宰了之后提着人头来见赵王，那么自己在赵国的地位就不同往日了。

吕不韦吓得浑身是冷汗，眼见着驿馆周围的士兵都散了，那么就可以判断出，异人不在驿馆之内。同时，士兵们并没有咋咋呼呼，而是悄然地离去，那么就说明他们还没有抓到异人。这样一来，吕不韦在冷汗干了之后又冒了一身的冷汗，他对王休说，如果异人不在驿馆，那么他在哪？

王休思前想后，看见石俊带着士兵走了，便说，我们跟着石俊，必然能够找到异人，到时候，只要提前找到异人将其带走，我们就能省去许多的时间。

吕不韦虽然经商厉害，但是论谋略，吕不韦不是王休对手。

找了许多地方，石俊也没找到异人，但是石俊却把整个邯郸城搜了三分之二，还有那么几个角落里没找，只要翻遍了那些角落，接下来就是坐等异人被砍。

果然，有几个军卒在一个酒馆内，发现了异人的踪迹，石俊哈哈大笑，心想异人啊异人，我本来也想帮你的，但是你见了王休，我就很不高兴了，我必须杀了你，才能证明我是对的。可是想来想去，石俊也不知道自己为什么要杀异人。反正石俊想，杀了就对了。

军卒冲进了酒馆，可是过了许久也没有出来。石俊很奇怪，正要带人再冲进去，却见酒馆内冲出来几十人，每个人身上的服饰都和异人的一模一样。

石俊大惊，心道这下完了，这是有人帮着异人逃跑！石俊身边的一位军卒要将这事禀报赵王，但是被石俊一剑扎了个透心凉：禀报赵王，妈的人都跑了，你还要禀报，你不是给自己添堵么？

军卒死了之后，石俊连忙将其他军卒散开追，可是石俊知道，这一次是追不到了，谁知道到底那一个是真的异人？石俊气急败坏地来到赵孝成王前，将事情大概地说了一下，但是没说到异人已经跑了，而是说了在全城内，没有找到异人，赵王想了想，既然这样，那么异人肯定还在城内，继续搜！

石俊领命，带着兵回到了酒馆处，边喝酒边想着怎么才能把这件事情应付过去。

时间倒退一个时辰。

在石俊刚离开酒馆的时候，从里面走出来三个人，吕不韦、王休和异人。王休道："还真够悬的，差一点死在这。"

吕不韦长长地喘了一口气："还好异人的死士尽职。"

异人看了看外面的天空，星光灿烂，月光柔和，但是却感受不到一点温暖。现在的人，太冷血了，尤其是在面对死亡的时候，大家要做的，就是全力地保护好自己的命。

命都很重要。

　　吕不韦花了不少钱，贿赂了守城的赵国士兵，让他偷偷地开了个缝隙，让异人等三人跑了出去，外面就是秦军，他们只要过了护城河，一切就都安全了。

　　之前回到秦国的吕不韦和阳泉君商谈了许久，最后终于敲定了这件事情：现在的异人值得投资。其实这件事情对阳泉君来说没有什么损失，他只是支持一个人而已，并没有让他出钱。阳泉君要做的就是来到华阳夫人面前，为异人多说几句好话。

　　阳泉君也觉得，只有他出面才能说得动华阳夫人。

　　于是，阳泉君在吕不韦的劝说下，来到了华阳夫人的寝宫。

　　"弟弟此次来找我，是有事咯？"华阳夫人问阳泉君的语气中，并没有尔虞我诈，而是非常贴心地询问弟弟是不是需要什么帮助。

　　阳泉君道："并非有事，而是思念姐姐已久，今日终于得闲前来看望姐姐。"

　　华阳夫人笑得很开心。

　　"弟弟，此乃是卷国出名的美玉，弟弟若非不嫌弃，可随心挑选。"华阳夫人让侍女把从卷国带回来的美玉拿了出来，让阳泉君尽心挑选，她自己则来到屏风之后，换了一套家居服装。

　　"姐姐这是刚从安国君处回来？不知道安国君今日身体可好，政务是否繁忙？"

　　华阳夫人从屏风后面走了出来，在侍女的帮助下换了一套非常宽松的具有秦人服饰特点的宽袍，上面锈着金边，显得雍容华贵。

　　"安国君政务繁忙，近日吕不韦前来拜访，请求安国君让异人归国。"华阳夫人轻松地说道，"弟弟，你认识吕不韦吗？"

　　"之前见过，弟弟从吕不韦手中买过一些小玩意。对了，吕不韦想让异人回国？异人不是在赵国当人质了么？"

"是呀，正因为如此，安国君才觉得不好办，异人并无才华，在赵国当质子多年，如果突然回来，那岂不是坏了秦赵两国之间的友谊。"

阳泉君故作惊讶道："异人没有才华？不会呀，异人在赵国名声不错，赵王还不止一次夸奖过异人，虽然异人为质子，但是赵王很欣赏异人。"

"哦，是吗？"

"是呀，姐姐，你想想看，异人在赵国为质子多年，却依然能够洁身自保，要知道赵王是个没脑子的人，虽然赵国实力不错，但是赵国一心想要伐秦，可是异人几番劝说，不但保住了秦赵两国之间的友谊，也让秦赵两国百姓免受战火之苦。"

华阳夫人觉得阳泉君说得还是挺有道理的。

阳泉君趁热打铁，继续说道："姐姐，异人一个人在赵国，孤苦伶仃，就算异人在赵国当质子，也不能改变赵国想要伐秦的野心，与其让异人受苦，不如让他回国，异人年纪轻轻，不应该在赵国受这罪，姐姐你觉得呢？"

华阳夫人其他的没听进去，倒是觉得异人的确是孤苦伶仃，异人的母亲夏姬并不得宠，但是夏姬却无怨言，而异人在赵国也并没有做出什么对秦赵两国不利的事情，总的来说，异人表现不错，光芒内敛，是位人才，况且，异人的确是有孝心的，在赵国那么多年，还没有忘记给自己和安国君带点礼物……

还有一点，华阳夫人无子，虽然倍受安国君宠爱，可是无子就是无子，综合竞争力还是没有别的女人强，因此，华阳夫人忽然冒出了一个大胆的想法……

阳泉君道："异人无人疼爱，姐姐又无子，弟弟看异人心怀孝心，而且有一次听吕不韦说，异人在赵国，总是思念姐姐和安国君，照弟弟看……"阳泉君看着华阳夫人的脸色，"不如姐姐让异人回国吧，姐姐身边无人照看，那二十多位宗室总是在打着太子之位的主意，姐姐如果

第二章

身边没人，那弟弟真是担心姐姐的安危。"

"异人的母亲夏姬现在如何？"华阳夫人问。

"夏姬身体不太好，听人说，每况愈下。"阳泉君听出了华阳夫人话中的意思，接着道："不如，让异人回国，姐姐无子，也好收一个义子，将来姐姐老了，也好有个人在身边照顾。"

华阳夫人本来还不打算把这件事情说出来，考虑到将来争夺太子之位，自己膝下无子，那将来自己肯定被淘汰出局，那时候想要再找一个靠山是不行的了。

俗话说，幼子靠母，母老靠子，华阳夫人不得不慎重考虑一下自己的未来了。听阳泉君一说，华阳夫人立即意识到了问题的严重性！

对！让异人回国，自己将他收为义子，今日在安国君面前已经看出来，安国君有意识想要立异人为太子，现在让异人回国再收为义子还来得及，如果等立异人为太子了再收他做义子，那就有点故意示好之嫌疑。

华阳夫人绝对不会走错这一步。

"弟弟，如果无事，姐姐有点乏了……"

"那姐姐好好休息。"

阳泉君立即退了出来，正好看到站在门口的吕不韦。

"如何？"吕不韦有些紧张地问。

阳泉君胸有成竹，"一切安好，异人必将回国。"

吕不韦连忙拍手叫好，道："今日果真是大喜，阳泉君如果无事，不如让不韦做东，歌姬献舞，饮酒作乐如何？"

连番畅饮。几天之后，吕不韦回到了赵国，便听到了王龁围攻赵国的消息，站在赵国邯郸城内，吕不韦感觉到了莫名其妙的危险。

细作，是一个非常特殊的职业。

在战场上，优秀的细作能够扭转战争的发展方向，能够扭转战局。

放在现代，细作就是间谍。细作所做的事情是常人无法知道的，细作直接向他的指挥官负责，无论收到什么情报，都必须在第一时间送到他的指挥官手中。细作是非常危险的，这里说的危险不是他具有某种杀伤力，而是他所带来的消息和产生的影响，对一支军队甚至是一个国家的影响都非常大。

战国时代，无论哪个国家都有细作。

赵国也有，赵国的细作和秦国的细作一样，遍布中原大地，就连卷国也有，只是卷国的细作不太专业，在还没发挥作用之前，就被秦军的箭阵射成了刺猬。

这里要说的，是赵国的细作。

赵国最厉害的细作是无名。无名不是她的名字，而是她本身就没有名字。当她的消息送到赵王面前的时候，赵王大怒！顺便说一下，赵王还不知道他的细作在华阳夫人面前被吕不韦狠狠地用眼睛调戏了一下。

秦昭襄王，你这是要干什么？你要把质子带回去？怎么可能！赵王是不会让你把人带回去的，就算是杀了质子，也不会！

赵王赏赐了这位细作一驮金之后，让细作回复身在秦国的细作首领，务必要随时掌握好安国君和秦昭襄王的动态，哪怕是他说什么梦话，都要汇报！

细作得令。

不只是赵国有细作，在赵国，也有秦国的细作，秦国的细作相对来说更加专业一点，在得知赵王在秦国国内安插了不少细作之后，秦昭襄王大怒，马上派王屹带领军队攻打赵国。

赵孝成王怒不可揭，好嘛，我还没打你你却来打我了，当即命令，前门抵挡秦军进攻，后门立即发兵收拾异人！赵王不能允许一个质子从赵国回国，这是秦王给赵王吃的定心丸，如今定心丸要跑了，那还定个屁！赵王发兵三千，直接将异人所住的驿馆围得水泄不通，连只苍蝇都飞不进去。

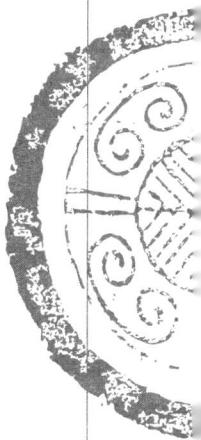

从现在开始，驿馆之内，许进不许出，命令一到，驿馆之内所有人，全部格杀！

说到这里，还得再谈谈细作。都说细作危险，是的，细作这个职业很危险，在赵王发兵的那一瞬间，有细作飞鸽传书，将赵王发兵捉拿异人的消息送到了秦国，秦赵两国相隔千余里，那鸽子在天上飞了七天，才飞到秦国。

安国君一得到这个消息，也怒了：赵王你真是个王八蛋，我还没把异人带回来呢，你就要杀我的儿子？那是我的儿子，我的骨肉，虽然我不怎么喜欢他，但是你也不能说动刀子就动刀子！

安国君气得肺都快炸了，立即将这个消息送到了异人的爷爷哪，秦昭襄王虽然年事已高，但还未糊涂，一听说赵王要干秦国的人，秦昭襄王立即让驻扎在卷国内的秦军连夜出发，准备穿过韩国，向赵国进发，然后，卷国国内的军队和王屹的军队回合，合力攻打赵国。

韩昭王肯定不愿意让秦军从自己的地盘上经过，于是发动了一场阻击战。韩国同时把这个消息送到了赵国，赵王震怒，立即发兵到韩赵两国边境，只要秦军一出现，赵国立即迎头痛击。

但是赵国军队等了两个月，也没看到秦军的影子，到是不少韩国军士四处乱串，赵军抓了个韩国士卒问了问之后，才知道秦军把韩军打得落花流水，现在韩军退守国都，死也不出来了。

赵王气得要死，韩国这是太不争气了！幸好当初没把异人送到他们手中，要不然秦军还不举国出动？

秦赵两国之间的仇恨本来就多，现在赵王要考虑的就是，怎么把异人抓住，这样还能多一些谈判的筹码。但是，当赵王刚看完前线的消息后，便收到那三千捉拿异人的军队的消息，消息说，驿馆之内的秦人抵抗顽强，三千士卒居然打了一上午，也没攻进去，现在请示赵王，是否放火烧了驿馆，做一个最后的了断。

赵王命令：烧！

于是，驿馆在赵王冲动之下的一把火，烧成了灰，二十名死士，只有十名带着异人在秦军细作的帮助下提前离开，剩下的十名，全都烧成了灰。十名死士带着异人来到了城内一家酒馆内，在这里，异人和王休会合。

而这时候，石俊带人围了酒馆并且派人进来检查，结果六个军卒被异人的死士全部杀掉之后，死士纷纷穿起了准备好的异人的服饰，分别向不同的方向逃跑。在吕不韦和王休的帮助下，贿赂了赵国守城士兵，出城之后，异人被四名死士护送带到了楚国，在楚国边境见到了正赶向赵国的吕不韦。

"大王是否无恙？"吕不韦异常关心异人。

异人摇摇头："死不了。"

吕不韦放心了，然后带着异人没有向西北，而是向南，向楚国前进。异人很奇怪，问："为什么要去楚国？"

吕不韦狡黠一笑："因为华阳夫人就是楚国人，阳泉君也是楚国人，所以我们要去楚国。"

异人更加不解，"我是秦人，为什么要去楚国？我老秦人曾经占领了楚国大部分土地，难道我还要去楚国送死？异人宁死不去！"

吕不韦真是烦透了异人这种死脑筋，解释道："异人，听我劝，别闹气，我知道你刚从赵国逃了出来，实在不容易，你看，现在赵王肯定派出了追兵，我们如果去韩国，现在秦韩两国正在交战，我们去了是死路一条，如果我们走魏国，你想想看，魏国能让你安全地通过？魏国巴不得你死在魏国，好让赵国和秦国打起来，他魏国坐收渔翁之利，我们总不能走匈奴的地盘吧？匈奴是什么地方？茹毛饮血蛮夷之地！如果你去我不拦着你。"

异人思忖再三，觉得吕不韦说得非常有道理。

此时，赵王真的派出了追兵，现在正和赵国军队会合，在韩国边境等着异人的出现，只要异人一出现，不管死活，直接格杀。

赵王的命令很明显，既然矛盾都出来了，大家都撕破了脸，那不如就直接干吧！赵王虽然有些迟钝，但不是傻子，赵王知道和秦国的关系在秦人送来质子的那一天就已经破裂了，当初的关系只不过是因为质子的存在而断断续续地维持着，现在质子都跑了，那秦人的目的也很明显，那就是要打呗！

打就打，谁怕谁！

而韩国则提心吊胆，秦军的实力他们是见到过的，当初秦人打卷国的时候，韩国没少见到秦军王翦将军那彪悍的黑色大军，太恐怖了！

秦军，就是一群饿极了的狼群，谁挡路就吃谁！而秦王，就是那狼群的狼王，谁惹他就灭谁！

现在，韩国、赵国、魏国、楚国、甚至是燕国、齐国都感觉到了秦国的威胁，而现在秦国蠢蠢欲动，集结恶魔一般的军队压在韩国边境，随时准备踏平韩国城池，这让六个国家都觉得有一种在胸口上压着石头的感觉。

当初张仪的连横策略，还真是有道理，但是现在已经晚了，六国不和，让秦国迅速发展了起来。

异人没有感觉到秦军的威力，他现在担心的是怎么样才能安全地回到自己的故乡。当来到楚国国都的时候，吕不韦搞来一套非常豪华的楚国流行服饰，然后让异人套在了身上。那四名忠心耿耿的死士，也被吕不韦打扮得像楚国贵族。

现在没有了异人，而是在楚国和秦国的国家大道上出现了一队楚国贵族，雄赳赳气昂昂地向秦国咸阳出发！

而就在这时，秦昭襄王突然生病，还没看到自己的孙子回国便大病不起。异人还不知道自己的爷爷病了，当他见到华阳夫人的时候，才知道，秦昭襄王已经病重。

历史变迁，转瞬之间，诸侯王换位，秦国的政治局面也开始变化，秦国国内风起云涌，各种势力在新任诸侯王上任的那一天就开始急速变化策略。秦国，正在筹备着一场惊天地泣鬼神的革命，那是华夏大地历史上第一次令人振奋的革命。

公元前 251 年，秦昭襄王薨，秦孝文王即位。异人的前途命运，也随之而改变！

秦昭襄王薨，举国哀悼，周天子派使者前来吊唁，意思了一下之后便打道回府。秦昭襄王死后的重点不是周天子派来的使者如何吊唁，而是秦国国君继承问题。安国君是名正言顺的太子，秦昭襄王挂了，安国君可以名正言顺地继承国君之位，事实上，他的确登上了秦国大王的宝座。

公元前 251 年，秦昭襄王薨，安国君继位即秦孝文王。本来他没有这个资格继承大位，因为在魏国还有一位秦悼太子。作为魏国的质子，悼太子没有异人的觉悟而把死亡看得非常透彻，也没有那个运气得到了吕不韦和王休的帮助，而是在魏国大闹了一场，被魏人斩杀。悼太子的死，给了安国君有个绝佳的机会，安国君继位变得名正言顺。

安国君的名字叫嬴柱，他继任为王，也继承了祖先的姓氏，在名字前面加了一个字。安国君是个著名的短命君主。但是秦国的历史却没有因为这位君主的早逝而改变。秦国的历史随着一位平凡而又伟大的国君的死去而渐渐发生着改变，但是民间却没有意识到这种改变到底来自哪里。这种改变只发生在咸阳。

吕不韦亲自去楚国边境将异人带了回来，他来到秦国的第一天，就遇到了举国哀悼他爷爷的事情，于是他披麻戴孝，为爷爷哀悼。异人的这种善举无疑是让自己在秦人的心目中再一次树立了良好的形象。再加上异人独特地表演和逼真的眼泪，让异人孝孙的形象更上一层楼。秦人本来就是非常重感情的民族，异人本真半假的表演，为自己赢得了满分的形象。异人却不知道自己在秦人心里的地位已经急剧飙升，他只是知道，这一次回来就赶上了爷爷的丧事，还真是凑巧了。但是异人总是觉

得哪里不太对劲。

奇怪的事情就在这里，史记里记载得很简单，秦庄襄王死了，秦孝文王继位，三天之后，秦孝文王也死了。异人也许还没有觉得奇怪就奇怪在这里，秦孝文王刚上来三天就死，这是不是就给自己带来了一个天大的良机？异人一个人躲在自己的房间里开怀大笑。

换作任何人，都可能会笑。

在赵国当了几十年的质子，整天提心吊胆，活得连个人样都没有，而这一次在吕不韦和王休的帮助下，回到了秦国，正好秦国的两位君主在短短的时间内先后离去，难道说这不是上天赐给异人的绝佳时机？

说到这里，也许是历史的错误，或者是作者笔误，历史在这里产生了一个巨大的疙瘩，或许是作者水平未到位，写出了一段错误的历史，但历史让人着迷的地方就在这里。严格地说，异人是在其爷爷病重期间，在吕不韦和阳泉君的推荐带领下，去见的华阳夫人。异人强迫自己把心里那种愉悦的心情收拾了起来，取而代之的是能够感染人的悲伤。

在这之前，异人要换上秦人的服饰，但是被吕不韦制止了，异人不解，问吕不韦为什么不换秦人自己的服饰，难道就穿着一身楚国的服饰去见华阳夫人？吕不韦诡异地一笑，说见了自然就知道了。

于是，异人就穿着那一身楚人的服饰，来到了华阳夫人面前。华阳夫人对异人的印象不深，很早以前异人就被送到了赵国为质子，多少年没见了，华阳夫人早就把这位平凡的人儿忘到了脑后，现在想起来，还是在前几天吕不韦提到的时候才想起来，想起来异人托吕不韦送来的金子，想起了在赵国还有怎么一位安国君的儿子。华阳夫人对异人的相貌不抱什么希望，但是，当华阳夫人第一眼看到异人的时候，却是被其英俊秀气，但是眉宇之间却饱含沧桑的神态给吸引了。

关键的问题还没有出现，之前似乎说过，华阳夫人是安国君的正妻，明媒正娶，八抬大轿抬进了安国君的家，因此华阳夫人在地位上是后宫之主，但是华阳夫人不孕不育，与安国君始终没有生出爱情的结晶来，正因为如此，华阳夫人看到异人的瞬间，再想起异人有个人在赵国那么多年没有人照顾，顿时让他母性大发，越看一人越觉得是不是应该做一回母亲好好地疼爱他一下。

异人按着国人的礼仪正式地拜见了华阳夫人，此时安国君也在。华阳夫人把思绪抽了回来。

华阳夫人见到异人一身楚人服饰之后，顿时那种压抑已久的思乡之情便被异人勾引了出来，只要那情绪一旦爆发，那便无法收拾。想到自己虽然得宠，但却无子，华阳夫人顿时一阵哀怨地看着安国君，然后，她看到异人人高马大，身材魁梧，英俊潇洒，眉宇之间的成熟英气和自己刚才那股子带着一点点惭愧的心态让华阳夫人当即决定：收异人为义子！

"老身无子，日后老身老了，恐无人照应，异人之母夏姬与老身关系非浅，不如让老身收异人为义子，日后老身老了，也好有子为老身送终。"

吕不韦和阳泉君听了，比异人还快，直接拜倒在地："谢华阳夫人！"

华阳夫人那个开心呐，自己的第一步棋走得不错，秦昭襄王病了，只要昭襄王一死，安国君立即继位，那时候，她华阳夫人的儿子不当太子那谁当太子。再过些日子，自己就是太皇太后了。

异人此时也觉得，自己在秦国的地位正在发生着急剧的变化，这种地位不是在降低，而是在升高。他在秦国的地位，随着见到华阳夫人并被其收为义子之后而变得尊贵无比，现在，异人首先要做的，就是取一个适合他身份的名字。就是华阳夫人面前确定下这种能够让自己更加尊贵的关系，再让华阳夫人给自己一个名分。

"你多年在赵国受苦，如今你回国了，一切安好，无需多加担心，闲下来的时候，就去看望你祖父，也好尽孝心。"

"诺！"

异人答应得非常痛快。

"既然回来了，你也是老身的儿子，那么，老身替你取个名字罢！日后，你是老身的儿子，而老身是楚人，那么，你就叫子楚好了，从此，以子楚之名唤我儿！"

身旁的人都听到了，包括吕不韦和阳泉君。阳泉君和吕不韦对视一眼，两个人的心里都在感叹：这一次的宝，押对了！

石俊有着通天的本事，却不知道异人已经安全地回国。他和吕不韦的关系恶化到了极点，但是他始终还是没有忘掉在赵国和韩国的时候，吕不韦和王休让自己吃了多少的苦，坐牢就不说了，光是那种让人提心吊胆的日子就让人头皮发麻。石俊发誓要让异人不好看，同时要让王休不爽。

说干就干。

石俊在秦国没有多少朋友，但是在韩国却是朋友满天下，韩国人还记得当年的那位大使，带着韩昭王的使命去了赵国，结果被赵国拘押。石俊在韩国人的心中就是英雄。石俊在韩国细作的帮助下来到了秦国，避开了吕不韦的耳目，避开了王休的眼线，一直来到了王休的住处。

石俊来了，但是现在不说石俊。

吕不韦发现，如果不加大筹码，日后在秦国获取的利益并不太多，于是，吕不韦做了一个大胆的决定，那就是将自己的爱妾赵姬送给嬴子楚。那是多么娇嫩的女人，吕不韦只享用了几天，就送到了嬴子楚的太子东宫。嬴子楚不但没有拒绝，反倒是非常喜欢这位赵姬。

异人改名为子楚，从此，秦国历史上的那位质子异人再也不存在，而是出现了一位颇具传奇色彩的人物——子楚，但是他现在还不能使用祖先的姓氏"嬴"，而只能叫子楚，只有秦王，才能用"嬴氏"。

历史上发生的事情总是在一段时间内连续发生，重大的事件往往会

大秦谋略

同时发生在同一天，比如说王位继承。

公元前 251 年，秦昭襄王薨，安国君继位，即秦孝文王。秦孝文王继位，在华阳夫人的劝说下，立子楚为太子。令人遗憾的是，这位秦孝文王在继位后三天，便也跟着秦庄襄王的脚步，父子俩几乎是同时踏上了黄泉路，当上太子还不到三天的子楚，直接继位为王，便是历史上著名的秦庄襄王。

一人得到鸡犬升天。嬴子楚继位，紧接着便是吕不韦上位，王休上位，当年跟随嬴子楚的那些人，或者是在背后支持嬴子楚的人，全都摆正了身份。

子楚继位后，尊嫡母华阳夫人为太后，尊亲生母亲夏姬为夏太后；拜吕不韦为相邦，封文信侯，食河南洛阳十万户，执掌朝政大权。

吕不韦通过自己的努力，改变了自己在社会上的地位，从一位低等的商人，摇身一变，成了一执掌秦国朝政大权的相邦！从此以后，吕不韦在秦国呼风唤雨，好不威风。

此时，秦国在秦庄襄王的带领下，正蓬勃发展，秦庄襄王继位之前，秦国就灭掉了在周封地之内的周公国，周公国国君流亡他国，在韩国边境处建立了另外一个国家——东周公国。

吕不韦的权势越来越大，这也给石俊很大的压力。吕不韦的强大让石俊感到了危机，他必须做点什么，才能让自己砰砰乱跳的小心肝平静下来。但是，他做点什么呢？找王休？不，王休才不管他，找秦王？不不不，找秦王那就是等于找死，"秦王"二字在石俊的眼里和"死"字没什么区别。

思来想去，石俊决定，还是去赵国吧！最起码他和赵王还算有点"渊源"！

赵国慌了。

嬴子楚回到了国内，在短短不到一年的时间内，便继位为王，那位嬴子楚曾经可是赵国的质子，赵国自然万分嘲笑秦国，但是也正因为嬴

子楚曾经在赵国为质子，所以，赵国同样万分忌惮。嬴子楚在赵国不声不响地过了那么多年，忍气吞声的样子人畜无害，但是他回国了，现在是秦王，他的手中有几十万的军队，而且还有部分军队就驻扎在秦国边境处的蓝田，只要庄襄王愿意，随时准备跨过边界。

韩国压力更大，向赵国求救，赵王直接闭门不见。赵王吓坏了，派细作到秦军内打探，但没过三天，细作的首级被秦军的细作挂到了邯郸城的城门上。无奈之下，赵王派使者出使秦国，结果，被相国吕不韦痛骂一顿，灰溜溜地回去了。

赵王一时半会摸不清这位新秦王的脾气，秦庄襄王把那么多的军队驻扎在秦国边境，就连魏国也感受到了秦军的压力，别说韩国了，就是齐国都觉得这位庄襄王是要打仗呀！

但是，庄襄王一直未动，而是在忙国内的事。孝文王刚上位就死，留下了许多事情没有被解决，庄襄王要做的就是处理掉孝文王的那些烂摊子，然后再把矛头对准东周公国。

这时候，魏国感受到了秦军的压力，魏国的国土和秦国接壤，秦国想要打魏国，只要跨过洛水就可以直接攻打少梁，魏国也是为了安全，将太子增送到了秦国为质子。秦庄襄王很满意魏国的做法，于是不再管魏王，将矛头指向了东周公国。东周公国将国家建立在了原来卷国的领土上，这让嬴子楚非常生气，当年秦昭襄王打的那场仗他还记得，三万卷国士兵，只接受了秦军的一次齐射就全部变成了刺猬，如今的东周公国似乎要承受着和卷国同样的命运。

秦庄襄王将驻扎在蓝田的军队直接调到了东周公国的边境，以迅雷不及掩耳之势，灭掉了东周公国。蒙骜这一次立了大功。秦庄襄王正式任命蒙骜为大将军，带领着秦军转战回国，然后从北方开始向魏国的上党郡出发！

赵王开心坏了，因为秦军没有在收拾掉东周公国之后直接攻打当年没有让嬴子楚顺利回国的韩国，而是将军队摆到了魏国的边境，直接攻打上郡去了。韩王长长地喘了一口气，心想庄襄王这是在玩呢，怎么让蒙骜带着兵到处跑，也不嫌累？

一支出征在外的军队需要的不仅仅是斗志，还需要粮草。粮草是一支军队的主要开支，没有了粮草军队就等于是把自己送到了死亡的边缘。秦军开始了长途行军，这让赵王觉得秦军都是被胜利烧坏了脑子。既然你们秦军能折腾，那就让你们折腾吧，反正累的不是赵国军队，准备攻打的也不是赵国的都城，所以赵王是好了伤疤忘了痛，一点都不担心。

赵王是开心了，魏王却气疯了：太子增还在秦国呢，他秦王怎么就那么爱打仗？那么爱打是不是，好，我魏王就陪你打！

庄襄王在国内实施仁政，在国外大动干戈，蒙骜带领着秦军向上郡出发，魏国集结了二十万的军队，其中有燕国、齐国军队，驻扎在少梁之外，但是，奇怪的是，秦军并没有来打，而是绕了一个大弯，直接南下，直奔韩国而去！魏国做了一个长期的准备，但是秦军却又绕了一个大大的弯子，直接奔韩国而去！这让魏国非常不理解秦军的战术到底是属于哪一门哪一派！要说是迂回，那也没必要绕那么大的一个圈子对不对？

等秦军到了韩国边境的时候，魏国和赵国才恍然大悟！哦！原来是迷惑韩国，再看看韩国可是一点准备都没有，就连城墙上的士兵与平时相比那是一个不多一个不少，没有增加任何防御力量。再者，韩国本来就没有想到秦军会如此快速地来到自己边境，现在准备已经来不及了，本来国力就很孱弱，现在兵临城下，死都不知道怎么死的。

这一次换魏王长长地喘了一口气，但是韩王却是吓得食无味寝无眠，躺在床上反过来掉过睡不着，辗转反侧痛苦万分。

探子来报，秦军已经过了蓝田，马上到达函谷关附近。韩王立即命令军队在成皋和荥阳附近驻扎，以阻挡秦军直接南下攻打新郑。韩王的如意算盘打得不错，但是也没能抵挡住秦军的主力部队，秦军在蒙骜的

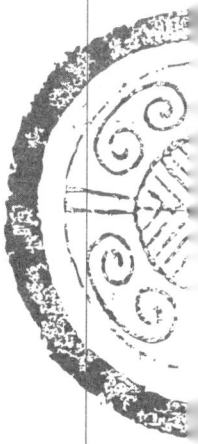

率领下，如狼群一样冲进了韩国的成皋和荥阳二地，韩军团灭，秦国把版图向南延伸到了成皋和荥阳，而此时秦军的领土，距离魏国首都大梁只有一箭之地！

韩王怕了，缩在新郑再也不出来，只要秦军不打他，他绝对不敢再打秦国，当年威风凛凛想要伐秦的韩昭王，此时变成了乌龟，连屁都不敢放一个。蒙骜再战成名，庄襄王命蒙骜立即回国，现在，正是攻打魏国上郡的时候！上一次绕了一个圈，那是做做样子，这一次得来真的了。

魏国探子探到了秦军的动向，但是却不知道这一次是不是真的，魏王也在想，这一次秦军是要去哪？难道又要在上郡绕一圈再回去？嗯，应该是这样的。

但是，魏国信陵君却不信，秦军上一次是从魏国上郡绕了一个圈再南下打了韩国一个措手不及，现在秦军的目的达到了，将边境延伸到了魏国首都大梁附近，而这一次不可能再绕一圈去打别的地方，在秦国边境，除了巴蜀之地，再者边是魏国！除非秦国想要从韩国宣扬达到新郑然后再去大梁，否则，秦军这一次的军事行动，是直接针对魏国的上郡的！

是的，信陵君猜对了。信陵君是个人才，是魏昭王少子，但是信陵君魏无忌的才华并没有在魏国得到重用，所谓天妒英才，魏王并不能容忍一个比他还有才华的人存在，不管这个人和自己有没有血缘关系和对魏国有没有利。

信陵君魏无忌活着的时候正是魏国走向衰落的时候，信陵君空有一身才华而无法施展，当年击败秦军的英雄壮举已被人慢慢淡忘，现在人们记得的，就是秦军的强大无敌，而不是信陵君的威猛。

信陵君有食客千人，有自己的势力和部队，但是，在魏国，信陵君魏无忌只能靠边站，没有魏王的支持，信陵君眼看着秦军来到了自己国家边界急得火烧眉毛但是毫无办法。

魏无忌没有办法了，可是食客里有人有办法，其中一人道："信陵君，魏王既然不支持你，不相信你的话，不如集合韩、赵、燕、齐、楚五国的兵力，集中对付秦军，秦军强大世人皆知，但也不可能同时对方五国的军队。"

信陵君茅塞顿开！对呀，魏国不支持我，但是有其他国家呀！齐国早就想伐秦了，燕国一直在魏国后面捅刀子，这一次也让燕国出出血！而韩赵楚三国，楚国可能比较难以说服，因为华阳夫人就是楚国人，楚国人现在和秦国的关系可比较亲密，但是如果五国灭了，那楚国自然也好不到哪里去。

那位食客抛砖引玉，信陵君立即大展身手，他先到大梁，从大梁出发直接来到韩国新郑，他受到了韩王的隆重接待。韩王表示，信陵君第一次来到韩国，一定要好好地游玩一番。但是，信陵君一句话把韩王火热的心情浇了个透心凉。

"大王，秦军强大，之前的成皋和荥阳一战，大王难道忘了吗？！"信陵君看见韩王的样子就恶心，当大王当成他那样，真是让人生气透顶。

"呃……国难如此，孤王自然不敢忘！"韩王有些发怵，心想这位信陵君到底是什么来路？他不在魏国好好享受生活，突然来到韩国难道不是来玩的？

事实上，魏无忌还真不是去玩的，是带着目的去的。

秦军强大世人皆知，但是六国不和，张仪联合抗秦的战略方针没有得到贯彻实施，到目前来说，秦国灭了六国那是迟早的事，如果现在不加强联合，秦国日益强大，如今庄襄王又灭了东周公国，获得了大片的肥沃土地，为秦军的后勤赚来了强大的保障，这样一来，秦军只会日益强大，而不会衰落。

信陵君目光长远，早就看出了问题的所在，其实不是秦国强大，而是六国不和。此时的六国正如兄弟一般，兄弟齐心，其力断金。六国之

间互相猜疑，给了秦国非常大的机会，秦国稍微耍一些手段，就能让六国之间矛盾凸显。问题是，六国即使不和，那也是六个诸侯国联合而成的庞然大物，他蒙骜也不是三头六臂，怎么就打不过他呢。问题的根结不是秦军不可战败的神话，而是六国不懂得如何联合。

怎么联合，是一种艺术，联合得不好，就会让秦军抓住机会，一举攻破六国联军。

信陵君走上前，道："大王，韩国的成皋一战是韩国的耻辱，荥阳更是韩国不可磨灭的伤疤，大王，如果要破秦军，必须联合燕、赵、齐、楚等国！"

韩王道："照你这样说，搞得你好像把其他国家都说服了一样！孤王必须看到其他五国的国君都在，孤王才能相信六国能够联合抗秦！"

信陵君眼珠子一转："此言当真？"

韩王心想，就是你说破了嘴皮子，六国也不可能联合，这都什么时候了，还想着联合，我成皋被打的时候，怎么没见赵国前来援助，魏国就在我边上，也没见魏国一兵一卒啊！他妈的，这些人总是喜欢白天说瞎话！

韩王气坏了，但是信陵君在魏国的威望在，而且人家也是为了韩国好，所以韩王也不好意思对信陵君怎么样。韩王对信陵君魏无忌以礼相待，好酒好菜招待着，但是却没有半点联合抗秦的意思。

信陵君急了，心道这些君王，脑子都坏了！

信陵君从韩国回来，绕道去了海边，来到了齐国。但是，信陵君魏无忌这一次没有直接说出自己的意图，而是对齐王道："大王，秦国在魏国边境驻扎，想必是要向魏国借道。"

"哦？"齐王说话都带着咸味，"为什么呢？"

"因为秦军想要伐齐。"魏无忌口无遮拦。

齐王大怒："你这是在骂我齐军无能是不是，他庄襄王要借道你魏国就借？你魏国又不是菜市场，想走就走的！再说了，秦军借道，目的在燕而非齐！"

信陵君道："这话韩王也说过。"

齐王好奇地问："韩王说过什么？韩王那个软弱无能的家伙，他能说出什么好话来？"

信陵君说道："韩王说，秦军借道，目的不在燕而是齐。"

齐王乐坏了，道："胡说，韩王那个大脑袋瓜子能想出这个问题来？秦军借道魏国，怎么可能是奔齐？燕国国土辽阔，燕昭王也不会那么轻易地放秦军过去，你难道想骗我？"

信陵君一笑，道："骗不骗，只有大王心里知道，如果大王实在不信，我这里有封从秦军探子身上搜索出来的军报，大王请看。"

齐王拿过来看了看，果然是在秦军的军报上看到了秦军这一次的军事动向其实不是燕国，燕国距离秦国太远了，在遥远的东北地区，而齐国，却是在海滨，要打燕国，的确不太可能，只要跨过了魏国，秦军可就是直接向齐国杀了过来。

齐王这次感觉到了问题的严重性，忙召集大臣开会。而信陵君则在心里偷乐：不使点手段伪造一份假的秦军军报，是不可能让齐王相信的！

经过了三天的会议，齐王终于决定，出兵三万，让管仲率领，信陵君直接指挥，联合韩国抗秦！

第三章

蒙骜率领的秦军如狼群一样长驱直入，直接杀到了魏国的上郡之地。这里是魏国的粮仓，土地肥沃，粮食充足，拿下了这里，秦军就等于给自己的国家找到了一个免费的粮食生产基地。

秦军需要的就是这样的地方，有人民，有土地，有了这两样，就能保证充足的后勤补给，这样，秦军不再也不用担心后勤的问题，也正因为如此，才让魏国觉得担心。事实上，魏国对这里也相当重视，信陵君魏无忌虽然宅心仁厚但也明白秦军是不会善良到放弃这里而去直接攻打大梁。再者，魏国是两块土地，中间被赵韩两国分开，秦军要打到大梁，则是要经过函谷关向韩国领土出发。

蒙骜的心有些大了，秦军有输过吗？有，但是在蒙骜手中没有输过。秦军是强大的，强大到即使是五国联合，那也不是秦军的对手，秦军是不可战胜的钢铁之军，什么五国联合，只不过是吓唬人而已。蒙骜带着满满的自信，使秦军十万余人在魏国上郡之地，与联合军队展开了一场旷古绝世的厮杀。结果，秦军不敌五国联军而败走，退守函谷关内任凭五国联军喊破了喉咙也不出来。信陵君无奈只得说了几句让秦军老实一

些的狠话后退兵，五国士兵各回各家各找各妈，信陵君的魏王却在魏国得到了极大的提高，到目前为止，魏国是只知信陵而不知魏王。

魏国沸腾了。就这么赢了？这赢得有点太容易了。秦军那么厉害，就让魏无忌打败了？魏国还没反应过来，就已经开始庆祝了起来，不管是怎么赢的，反正是赢的，在这战火纷飞的世界里，赢就是好事。

魏王却是心情不爽，魏国是赢了，但不是魏王率兵打的，而是那个该死的信陵君。信陵君的地位在魏国得到了极大的提高，甚至已经超过了魏王在魏国的地位。魏王在想，早晚有一天要搞掉信陵君魏无忌，让天下的苍生看一看，谁才是真正的魏国之主！

蒙骜战败，退守函谷关死活不出来。这次大败，是秦军最耻辱的一次，这一年，是秦国历史上很耻辱的一年，秦军上将军蒙骜居然在靠近自己领土的战场上失利，幸好有退守函谷关这一下下之策，否则秦军必定伤亡惨重，到时候秦军吃败仗是小，长了六国的志气那可就麻烦了。

果然，联合起来的五国像疯了一样，纷纷请求继续攻打秦国，一鼓作气，直接灭掉秦国，一了百了。结果信陵君却被魏王严密"看管"了起来，怎么也听不到民间的声音了。

蒙骜猜得没错，这一仗果然长了六国的志气，比如说韩国，一见这一仗打得那么轻松，只派了一万人就把秦军搞定了，便觉得那秦军也不像卷国难民说得那么战无不胜。韩昭王很开心，他比魏昭王还要开心，他在士兵回国后的第二天决定，他要攻打秦国，反正韩国靠得秦国比较近，而且还可以绕过函谷关，直接攻打咸阳，实在不行拿下雍城也不是不可能。

石俊在这时候想，必须得出马，不然的话蒙骜不死，怎么让自己舒坦？在赵国那么多年，他深深地明白了一个道理：人活着，一定要不要脸。石俊的计划很简单，出使秦国，让秦王干掉蒙骜！秦国失去了蒙骜，必然会再选新将，到时候推荐一个自己的人，那事情就变得更加简单了！

想法是对的，但是要实际实施起来就难了。石俊花了点钱，来到了秦国，这一次出使，他是以个人名来来的。结果还没有见到秦王，就被守城的军卒发现此人鬼鬼祟祟而一枪捅在了肚子上。幸好路过的王休及时赶到，把石俊救了下来，否则石俊定然落得个暴尸荒野下场。但是，人是被救下了，可是偷偷摸摸混进秦国的罪名还得由石俊担当。历史上，石俊这个人野心最大，但却是混得最无厘头的一个人。

韩昭王袭秦的白日大梦做得"如火如荼"，先不管韩王如何调兵遣将，只来看看魏国境内已经是一片沸腾，原因是信陵君的威望已经超越了魏王。这一点，秦庄襄王嬴子楚非常明白。庄襄王对自己和东周公国的战斗很满意，也正是这一仗，让秦国奠定了战国七雄的地位，让秦庄襄王这位经历了生死之难的秦王明白发展国家是多么地重要，国家强大了，百姓才能强大，百姓强大了，国君才能强大。

这个时候，东周公国三十万军队被俘虏了将近一半，这十几万人手无寸铁地蹲在秦国边境上等待秦庄襄王的怒火燃烧起来，他们忐忑地等着自己的命运审判，但是等了许多天，也没有人告诉他们，到底是卸甲归田，还是充军劳作。东周公国周靖公的爱将也是秦国的东周公国的降将谢垣在十几万人当中独自思考，如果秦一发怒火，把这些降兵都杀掉了那会怎么样？

谢垣觉得自己必须要做一个决断，要么是留下来等着未知的命运终结，要么是选择逃生离开是非之地。从此他谢垣去那天地之间做一个闲云野鹤，不归天管不归地辖却也自在。就在谢垣做强烈的思想斗争的时候，秦国咸阳庄襄王和王王休正在做一番激烈的争论。

"那十五万东周公国的士兵不能杀，杀掉便是丢掉了东周公国的人心。"王休极力地想为秦庄襄王赢得一点好的评论，但是现在看来，秦庄襄王似乎对东周公国存有偏见，一心要杀掉投降的十多万降兵。现在看来，似乎是秦庄襄王要比王休更加地有理由杀掉那些降兵。

庄襄王并没有多是说什么，而是执意要杀掉那些人，十五万人，杀掉这些人，就可以省去大量的粮食来养活他们，再者，可以节省出许多土地来为秦国向东周公国移民做准备。庄襄王在考虑能够得到东周公国民心的同时也要考虑本国人民的感受，十多万人，杀掉也就杀掉了，并没有什么不妥当的地方。大不了，不要那东周公国的民心又能如何，其实对庄襄王来说，这些都不是最重要的，对他来说，王休是否能够顺从他的意见，才是嬴子楚最关心的问题所在。

首先，王休现在的声望如日中天，尤其是在军队之中的威望更是深入人心，蒙骜、蒙恬和蒙毅兄弟，包括王贲等年轻将领，都对王休此人有着敬神一般的敬畏和尊重，甚至要超过了刚上任的庄襄王许多。这一点，是嬴子楚不能够接受的，在军队，帝王要拥有绝对的控制权，哪怕是一丁点的动摇都不行，而王休的行为是在挑战嬴子楚的权威。

其次，王休和吕不韦的关系有些走得太近了，身为君王，嬴子楚有必要在两人之间制造隔阂，让他们互相猜疑，最好反目成仇。

最后，嬴子楚觉得东周公国只是小地方，没必要留下下等民做为秦朝的合法公民。因为在赵国的时候，赵王可也没有拿正眼看过他。在他的心里，身份等级观念已经根深蒂固无法改变。

以上三点，足以让嬴子楚对王休产生无限的怀疑，甚至有心要除掉王休，只是现在看来，秦国还需要王休，嬴子楚不会笨到刨掉自己的墙角，动摇自己的根基。

吕不韦何等聪明，在与嬴子楚亲密地接触过几次之后，就从这位大王的言语之中察觉到了这方面的信息，在倒吸了几口凉气之后，吕不韦冷静地想起了王休这个人还是值得去深入了解的。大王需要什么，他吕不韦心里跟明镜似得再清楚不过。而王休，自然也明白嬴子楚对自己的信任度已经锐减到了想除掉自己的地步，现在看来，他不能再为那十几万人的生命做保障，而是从侧面了解到了嬴子楚已经接见了吕不韦，这让王休突然明白，嬴子楚真的成熟了，他要在臣子之间玩一种别人从来没有玩过的把戏。

庙堂之上，嬴子楚非常明确地提出来，杀掉东周公国的十万士兵以儆效尤，让其它属国看看，什么叫做上邦大国。在西北一带，秦国就是老大，什么周王室已经成为过去，秦庄襄王要让天下知道，在西北，他秦国就是天，天要是震怒了，迎接怒火的就只能是征伐。不得不说，庄襄王的办法还挺管用，他的命令一出，立即有人开始准备执行，而在王休看来，那十几万的东周公国降兵，算是倒了八辈子血霉了。

不过，在此之前，嬴子楚还是对王休说："这砍人头的事情，最好还是让武将去做，王贲将军年轻有为，让他去吧，正好也让他锻炼锻炼。你一个文臣就在朝堂之中辅佐寡人吧。"然后，嬴子楚又对吕不韦说，"相邦原为商人，深知与人交易之道，不如让你去东周公国之地，带些拿得出手的东西去安抚一下东周公国的民心如何？"

吕不韦心想，大王这样的安排是不是别有用心？第一，他不让在军中颇有威望的王休去砍人，而是派了一个年轻的将领以"锻炼"为由准备去收割十五万降兵的头颅，却让王休以"文臣"之身在庙堂之上辅佐明君，这是不是在证明，大王要把王休从军队之中剥离出来，让王休此人不再影响军队将领的思想，从而达到提高自己在军队中威望的目的？第二，大王让我去安抚东周公国都民心，这倒是小事，问题是东周公国已然灭亡，还需要安抚么？当然不需要了，大王如今要做的不是安抚，而是强势地收管东周公国故地的土地人民，既然如此，那么大王这样安排，就是要让吕不韦不要和王休天天黏糊到一起，让他们两人独自都有任务可干，而不会整天在一起研究如何瓜分君王之权。

吕不韦心定，觉得嬴子楚这一招敲山震虎，再一招暗渡陈仓的确要得很有水平。东周公国是个油水很多的国家，此国与西周公国是兄弟国家，瓜分了周王室大部分的财产土地，其国富得流油，如果把这种消息做为和王休争斗的理由，那也不错。只是表象上表露出来的情况，到底和本质有多大的区别呢？吕不韦暗暗地给王休使了个眼色，只见王休却

是在微笑着瞄向自己，顿时，吕不韦明白了：王休这是打算和嬴子楚一直捉迷藏啊！既然大王都这样了，而且王休似乎没有反抗的意思，那么就一起陪着大王把这捉迷藏的游戏玩下去，说笑到最后说笑得最好，不到终南山，谁他妈知道谁才是真正的土神仙？

吕不韦当即道："大王，臣定当竭尽所能，赴汤蹈火万死不辞地为大王完成此项光荣而艰巨的任务！"吕不韦高调地接受了嬴子楚安排的任务，并且等着一个人出来训斥他。果然，王休走出来了，在吕不韦暗笑的目光中，王休道："臣以为不可！"嬴子楚一看，心中连道了三个好字：好！好！好！果然不出寡人所料，两个人果然斗了起来，看来吕王二人还是凡人，在嗅到有油水的时候，还是一如既往如常人一样争先恐后地扑了上去。

"你认为不可？为什么不可？"庄襄王还是想看看王休到底要说什么，大王看臣子互相争斗，其实也是一种享受。

"臣以为，东周公国已然被大王所灭，所谓安抚只不过是幌子，我看吕相十有八九是看中了东周公国的财富，想据为己有。"

吕不韦听完了，心道怪不得嬴子楚要搞一把王休，原来王休真的聪明，稍微一点就知道了大王要干什么了，而且他和王休并未有任何语言上的交流他王休就能够明白吕不韦到底要干什么，看来此人不得不防。

"那依你看，该如何？"嬴子楚饶有兴趣地看着王休问。

"王贲将军年轻有为，在蒙骜等老将的熏陶下将来必然有所作为，现如今让王贲去杀降兵却是让王贲将军名声大坏，对今后降敌不利，不如让臣带兵前去，一来臣在军中颇有声望，二来可以接管东周公国故地百姓等。"王休故意把自己在军中的声望很好一事说了出来，这是把事情都摆在了明处，明处的疙瘩好挠痒，这点，嬴子楚也觉得王休做得很符合自己的胃口。

既然两个人开始斗了，那么接下来的事情就让他们两个人自己斗好了。嬴子楚才不管他们到底斗得怎么样，只要斗，那就好。

魏国的魏无忌实在是有点太不给嬴子楚面子，不过庄襄王暂时不去管魏无忌到底怎么样怎么样，他现在迫切要做的，就是让秦军的后勤得到充分的保障。庄襄王推行了一系列政策，让秦国这个庞大的机器开始凶猛地运作起来，不管韩国如何对秦国边境进行骚扰，不管魏王任何地得瑟和六国军队如何地嚣张，他要做的，就是为秦国的未来铺设一条宽敞的道路。

的确，庄襄王做到了。秦国的国力在不断地上升，尤其是秦国军队。在某种程度上，它更像是一支征伐机器，随时等待秦王的进攻命令。秦庄襄王有点累了，那么多年的改革，让秦庄襄王意识到自己有点太累了，于是他休息了一下。赵姬是他身边最美的女人，虽然是吕不韦送的，但是嬴子楚依然很喜欢她，并且和她生了一个孩子，叫赵政。关于赵姬，嬴子楚觉得此女子的身份实在很敏感，吕不韦把赵姬送到嬴子楚怀里的时候，对嬴子楚说这女子可是大户人家的女儿，琴棋书画无所不通，事实上，赵姬的确是在歌舞方面有很高的造诣。尤其是赵国歌舞，更让嬴子楚想起了在赵国的那段黑暗的岁月，这让嬴子楚时时刻刻都在提醒自己，一定不能忘记自己在赵国的那段提心吊胆的生活！

越是这样想，嬴子楚就越会仔细地观察赵姬，他发现赵姬并没有赵国大家小姐那样的气质和修养，而是和青楼里面的歌姬有几分相似。不过，嬴子楚怎么都不会承认自己的女人居然是"一双玉腕千人枕，半点朱唇万客尝"的烟花女子。所以，嬴子楚从心理上排斥把赵姬划定在"妓女"这个行业里面的行为，而是从内心里更好地接受了赵姬就是赵国大户人家女儿的半真半假的事实。

从在邯郸得到了赵姬之后，嬴子楚没少在赵姬身上"播种"，辛勤劳作果然得到了大丰收，赵姬在生下赵政之后，嬴子楚就让吕不韦来给赵政当老师，可是王休执意不服，"硬生生"地把吕不韦从赵政身边拉了下来，自己做了公子政的太子太傅，专门指导公子政的文治武功。

同时，王休把赵政的名字也改了，改成了公子政。

公子政问王休："我在秦国没有见到过你，你是怎么和我父王认识的？"王休哈哈大笑："你出生之前我就和你父亲认识了，难道你没有出生的时候就已经见到过我了吗？"公子政觉得这件事情很奇怪，为什么王休这个人的身上总是给人一种高高在上的感觉呢？于是，公子政在闲暇之余对庄襄王说，王休这个人有点怪。庄襄王哈哈大笑，说怪就对了，你只要跟着王休好好学习就是了，这个人虽然怪，但是文采飞扬，肚子里还是有点墨水的。

不过，正在和赵姬饮酒娱乐的庄襄王，听嬴政如此一说，他还是下意识地品味了一下王休这个人，好像是得到了儿子的心理暗示，又或者是王休本身真的很奇怪，庄襄王真的发觉王休这个人真的很奇怪。如果说自己的君王之术玩得不够好，那他们应该有所察觉，难道王休最近真的有点失心疯，开始真的和吕不韦斗起来了？那这样也挺好，自己的目的达到了，那还担心什么！

庄襄王在赵国当质子那么多年，早就学会了隐藏，他把自己的情绪隐藏得很好，把王休找来之后，王休根本不知道大王找自己到底是什么事，但是他能察觉到，大王似乎对自己的种种行为开始有所猜疑。君王最大的敌人不是国外的敌对势力，而是来自内心那种有对王位威胁之人的恐惧。

"太子太傅，孤王现在想想你那三马之策，也不过如此，不过，三马之策的确是点醒了孤王，你现在再说说，孤王要发展生息，现在还需要三马之策吗？"王休心想大王找我来，就是问问三马之策的，这点早就说过了啊，还需要解释一下？王休脑子一转，立即明白了，大王这是不信任我了！王休一笑，道："其实三马之策，并非实际运作之中的良策，要说政策，还是吕相提出的征伐之策比较妥当，更符合大秦国情。"

这时候，吕不韦来了，他听了王休的一番言论，心想王休这是要做什么，怎么把好事全都推到自己的是身上了？当初不是约定好，假装老死不相往来的么？老狐狸吕不韦有些吃不准王休到底想要做什么，但是他知道，那三马之策对秦王的影响非常大，秦庄襄王不会无缘无故地提到三马之策。但是他看见公子政也在，顿时明白王休要干什么了。

"太子太傅的三马之策还是有道理的，依臣看，还是让太子太傅解释一下三马之策到底好在什么地方吧。"吕不韦三句话，又把话题转移到了王休身上。王休暗骂吕不韦是老狐狸，同时又在思考着自己现在到底是什么处境。秦王不会无缘无故地问起三马之策，他肯定是有用心的，那么这个问题到底出在什么地方呢？王休不会想到是只有十三岁的嬴政无意之中向秦王说了一句话，就让庄襄王对王休产生了怀疑。

是啊，当初的三马之策是多么具有战略眼光，而现在自己登基了，那三马之策会不会传到别的国家？要知道三马之策在任何一个国家都适用，这是战国七雄的总纲领，能够有效地指导实践并且给国家带来实际利益。不过，庄襄王不会让三马之策传到国外，但是他不能够防止，因为他知道春秋时代百家争鸣，各家思想如喷泉一样爆发了出来，到了战国时代，各家思想基本成熟，虽然秦国遵循的是法家思想，但是也顶不住儒墨道等思想影响到秦军士兵的战斗意志。

庄襄王当即做了一个决定。

"王休，孤王认定你一身才华，但是孤王却不知道，那三马之策到如今已经不适合秦国发展，孤王对此也深表遗憾，不知道公子政现在学习情况如何？孤王要让公子政知道，臣子之间的和睦是非常重要的，尤其是首要大臣之间的关系问题。"

"很好，公子政很聪明，对战国乱世非常反感，有朝一日，公子政一定能够带领秦军将士将战国时代结束。"

吕不韦在一旁听了，心想这位王休那么有远见？一句话就把公子政点评了，不过点评的倒是挺有水准的。吕不韦一下子意识到了自己的投资在收到巨大回报的同时，有一个人正在威胁到他的人生计划。王休啊

王休，当初你与我患难与共，我帮助了秦王，现在不能让你毁了，你太聪明了，知道得太多了，我必须干掉你，才能让我安心。秦国，只有一个相国，他只能姓吕，不能姓王。现在不是你我假装争斗的问题了，而是我真的要把你赶出秦国。

吕不韦实在忍不住了，说："大王，不如这样吧，让王休再提出符合秦国发展的策略，当然了，要比三马之策还要厉害才行，不然的话，秦军可就受到了六国的威胁。"

秦王道："这样挺好，不如你再提一个？"王休明知道吕不韦要害自己，但是却没有办法说，无凭无据，王休只能打碎了牙往肚子里咽。吕不韦这是要铲除掉自己，因为他已经威胁到吕不韦的地位了。其实王休心里没有这样的想法。只是人心隔肚皮，谁也保不准哪一天最好的兄弟会害了自己。吕不韦也在心里想，我不弄掉你，我也不好过，我弄掉你，你也不好过，既然现在大家都不好过，那么就让你一个人不好过，让我好过些，人不为己天诛地灭。

秦庄襄王忽然看出吕不韦的意思，这是要铲除异己。但是庄襄王却是没有管，一山不容二虎，吕不韦和王休两人之间，只能存一个，到底是谁，无论是谁，都是秦国的损失也是秦国的福音。

两人死其一，秦国便不再有内斗，庄襄王觉得两人斗得差不多了，还该收敛一下。现在至少暂时是没有的，但是两个人都活着，会一直斗下去，庄襄王担心，当公子政继位的时候，还能不能控制住这两位秦国的泰山北斗。庄襄王觉得当初自己的"捉迷藏"游戏玩得有点过火了。

当庄襄王在思忖着如何处理王休和吕不韦之间的矛盾的时候，从秦国边境传来了一条不太好的消息，蒙骜战败，魏国信陵君魏无忌率领五国联军，把秦军打得落花流水，蒙骜固守函谷关不出。

庄襄王震怒！

吕不韦吓得不敢说话了，不停地使眼色给王休，见王休正在闭眼养神一句话不说，当即气得半死。庄襄王气一时半会还消不了，吕不韦见群臣都不说话，王休保持缄默，他心想，你们都不说，我也不说，大不了大家一起受处罚。我要是说错了，大王一个不高兴把我抓进去关几天，虽然大王不会弄死我，但那活罪我也不向受，于是，可爱的吕不韦眼珠子一转，决定来一个大封口，大不了大家一起装哑巴。

没人说话，可是庄襄王不是哑巴，他怒了，在等待有人及时地为自己平息怒火的时候，却见群臣屁都不放一个，当即怒火中烧，"说话！说话！"群臣见站在最前面的吕不韦和王休都没有说话，那他们更不能说话了，俗话说宾有主次，臣有贵贱，一朝之臣，也有大小之分，那些臣子见王休和吕不韦都装聋作哑，那他们更不敢胡说，要是说对了，也就是能平息一下庄襄王的怒火，要是一个不小心说错了，那后果不堪设想！

秦庄襄王再次发火，这帮子群臣没一个管用的，当即命令，立即砍了那十几万降兵的头颅！

而吕不韦心想，今天这是什么情况？不就是打败仗了么？怎么都不说话了？其实吕不韦不知道，如果在庄襄王震怒的第一时间开口，也许还有点作用，现在大家都不说话，形成了一种默契，既然都不说，那就全不要说了。吕不韦纳闷的时候，王休却是在暗笑，这是怎么了？大家怎么都害怕了？想到这，王休忽然清了清嗓子：咳咳！

这两咳嗽之声将打破了朝堂之上的鸦雀无声，声音立即传到了庄襄王的耳朵里，嬴子楚一听就知道是王休的声音，忙问："说！"王休忙道："胜败乃是兵家常事也！大王毋须多虑，不如让蒙骜将军回来休息几天，让蒙恬和蒙毅兄弟二人前去重振我军士气？"

"准！"

"诺！"

王休长长地出了口气，他知道大王肯定特别想见到蒙骜，听听蒙骜讲讲战场上的事情，但是现在蒙骜不在，依庄襄王的脾气，肯定不会胡乱地砍掉蒙骜，现在秦国正是用人之际，蒙骜上将军年事虽高，但却也

是一员虎将，庄襄王是不会胡乱杀人的。

吃准了这点之后，王休刚才的那些话，说得也算是比较稳当。

十天后，蒙骜从函谷关回来，也是十天后，蒙恬和蒙毅两位将军来到了函谷关，接手了战败的十万秦军。后来，蒙恬和蒙毅兵分两路，从函谷关出发，绕过上郡，从秦军北部回国了，这点，庄襄王到死，也不知道。庄襄王在见到蒙骜之后，才知道真的是魏国的信陵君带着五国联军把秦军干败的。这个魏王！庄襄王实在是忍不下去了，下令全国募集死士，不管花什么代价，一定要割了信陵君的首级！

吕不韦这时突然站出来道："不可啊大王，现在如果砍了信陵君的首级，那么在我秦国为质子的魏太子增一定会秘密送信回魏国，这点不得不防！"

庄襄王一听，哟呵，对呀，我们国家还有个魏国质子呢！要不是吕相提醒，他还真给忘了！庄襄王二话没说，直接命令：杀掉太子增！

嘶！

王休和吕不韦都倒吸了一口凉气！自古很少有杀质子的事情，当年嬴子楚还在赵国的时候，就非常担心也痛恨杀了质子，现在反过来了，嬴子楚忘掉了当年的痛，执意要干掉魏国质子。人家是质子，俗话说两国交战不杀来使，人家是太子，你把人家太子杀了，这矛盾就激化了，现在只是信陵君一个人的事，不能把整个魏国都牵扯进来。

王休当即道："不可，大王！魏太子增在秦国为质子多年，生活实属不易，整提提心吊胆，大王可曾想您当年在赵国为质子的时候，是否也在祈祷赵王不要杀了大王您？"

"可那赵王最后还是追孤王一直追到楚国边境，并且在韩国境内设置了几万道关卡就为了捉住孤王！"

王休道："话是如此，事实也是如此，可是大王还是回来了，如果赵王在大王还在赵国的时候下命令，那时候大王逃都来不及！"

吕不韦在旁边一句话也没有说，但正因为一句话也没有说，他心里才憋屈。王休啊王休，你现在是越来越有风头了，不行，王休不除，不韦心中不安呐！

庄襄王想想也是，如果赵王突然下了一个命令要杀掉我，那真是一点办法都没有。庄襄王设身处地地替太子增想了想，突然又为太子增感到悲哀了。但是，他不杀太子增，实在是咽不下这口气，魏国他欺人太甚了，有本事单打独斗，搞什么联军！

庄襄王越想越气，但是他又不能直接杀掉太子增，只能把这口气憋在心里，最后，终于憋出了病来。

要杀太子增的消息传了出去，立即引起了在王休家养伤的石俊的注意。这位倒霉了半辈子的人终于觉得自己的机会来了，他不顾伤势从床榻上跳起来，连招呼都不打直接跑了出去。他不是漫无目的地闲逛，而是拿出了从王休家里拿出来的几十金，募集了三位杀人不眨眼的死士。

这三位死士一位叫关一，一位叫关二，还有一位是关一关二兄弟两的死党名唤仇来。这三位大爷的名字取得真是颇有喜感，关一关二的本名除了他们自己已经没有人知道，就算是仇来也无法得知他们两的名字到底是不是数字的组合。关一年岁已高，但是杀起人来的确是有一套，他能用刀子捅进别人的心窝里却不沾一丝血迹，可见其手法之快。关二爷没有大哥那么风骚的手法，但是却有一套非常高深的机括之术，什么弹簧毒箭、陷阱绊马桩都是他的拿手绝活。至于仇来，年纪不大，同时也长着一双人所有女人都嫉妒的"美丽容颜"，在别人看来，仇来就是女人的克星，不过他那一招下毒的本事，让许多知道他的人都给他起了一个外号叫"美毒公子"。

这三个人是在市井之中吃酒，被酒肉朋友满天下的石俊看到的，石俊认识他们，他们也认识石俊。见面之后寒暄几句，几杯热酒下肚，石俊把自己酝酿了许久伟大的乱秦计划说了出来，当即得到了三人一致赞同。现在看来，要乱秦，最主要的是要挑起魏国和秦国之间的战争，现在信陵君已经把蒙骜打得落花流水，秦庄襄王气得要杀掉魏国太子增解

恨，不过人还没杀，所以魏国一直没有什么大的动作，只要能让庞大的能够和秦国抗衡的魏国出兵攻秦，那么秦国虽然不可能会灭，但让其痛上几天也未尝不可。

乱秦大计就在四个臭皮匠身上定了下来，既然定了，也拿了石俊的八十金疙瘩，那么关一就得好好地计划一下怎么才能把太子增杀掉。

王休回到家中，不见石俊，问一下管家，管家说石大爷一大早就风风火火地出了门，就再也没有回来，今天也没看见这位石俊石大爷的身影。王休一听，心道坏了，不知道石俊又搞什么鬼去了。就在王休满城寻找石俊的时候，突然从秦宫里传来消息，有一个刺客忽然袭击了在秦宫西侧魏国质子太子增，并且造成太子增肩部受伤！

王休大惊失色，牛车也不坐了，直接小跑来到了秦宫，这时候的秦宫已经封锁，王休拿出令牌才钻了进去。到处都是秦军，抓了一个人问了问，那士兵说太子增身旁有一个人保护，所以没有受大伤，这是肩膀被刺客的匕首划了一下，现在太医已经前去治疗了。王休放了那个军卒，直接赶到了太子增处，只见太子增果然没事，肩膀处的伤也并无大碍，刚要走，却见石俊一脸严肃地看着王休，道："怎么那么不小心呢，质子要是被杀，那可就麻烦了！"

王休忽然感觉到在石俊的身上，散发出让人看不透的妖气。

庄襄王对于太子增遇刺一事不太感冒，简单地安慰了一下就忙自己的事去了。倒是王休，感觉这事情似乎很不一般。

现在看来，关一是真正地意识到，自己被石俊耍了，他明明不应该出现在那里的，但是他却出现了，并且那么明目张胆地出现。关一那一刺可谓是惊天地泣鬼神，但是石俊一出现立即打乱了他原本的招数，让他大惊失色的同时刺歪了匕首，只是在太子增的肩膀上划了一道小伤口。关一还没有逃出秦宫，就被石俊摆了一道，他惊慌失措地逃出秦宫之后，就看到大队的军卒封锁了城门。

关一长喘了几口气给自己压压惊，同时也在考虑，要再进去可就难了。而这时候，石俊也挂出了刺客的画像，那画像上关一关二和仇来的容貌要比现实中凶恶了许多。关一兄弟三人在秦国混不下去了，只能外逃魏国，把石俊害太子增的消息，直接传到了魏王的耳朵里。

公元前 247 年，秦庄襄王命蒙骜攻打上郡，占领上郡，并设立太原郡。信陵君魏无忌合纵燕、赵、韩、魏、楚五国联军在黄河以南击败秦军，蒙骜败退。联军乘胜追击至函谷关，秦军闭关不出。此战过后，信陵君名震天下。而秦庄襄王怒于此战的失利，想要杀掉在秦国为质子的魏太子增，经人劝说后秦庄襄王才打消此念头。五月，庄襄王薨，葬于芷阳，嬴政继位。一代君主庄襄王的一生，就这样隐没在历史长河之中。他在历史的长卷之上，为秦国书写了一段无法抹去的强大之路，为嬴政铺垫了一条平坦的继位之路。嬴政继位之后，秦国早就灭了东周公国，占领了东周公国的土地，为秦国军队的后勤做足了保障，占领上郡之后，秦军的粮草源源不断，为秦军的远征提供了强大的支持。

公元前 247 年，嬴政继位，年仅十三岁，继位之后，封吕不韦为十万户，号文信侯。拜王休为师父，封十万户，号武德侯。从此，秦国最强大的时期终于到来了。中国历史从春秋时代的奴隶社会向战国时期的封建社会过渡，而秦朝的强大，把封建社会在中原大环境下稳定了下来，让封建社会慢慢地发展了几千年……

公元前 239 年，嬴政二十一岁。

随着年龄的增长，很多事情就能够看得见听得见，嬴政自然能够看得见许多他不愿意见到的事情。秦国的强大是因为吕不韦将嬴子楚带了回来并且灭了东周公国，使秦国有了比上郡更富裕的粮仓，还是因为王

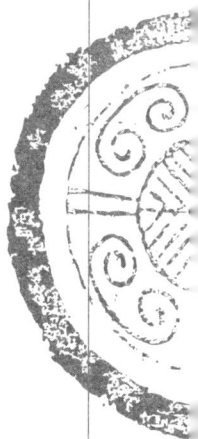

休在背后搞的三马之策。秦国的强大又是因为强大的军事力量，秦国的强大还源自于大良造商鞅的变法，并且动用发家思想以法治国，秦国的强大当然更离不开那些暗中扶持秦王的势力。

这些势力之中，如今来看属吕不韦的最大。吕不韦为文信侯，封十万户，其势力已经触及到赵太后的寝宫。这是谁都不愿意看见也不愿意去说的事情，谁说谁死。这不是开玩笑，而是实实在在的丑闻。秘密不说出去才是秘密，说出去了就是新闻。

嬴政当然能够看到这些，只是他没有说出来，他虽然贵为国君，但是还没有能到能够把吕不韦干掉的地步。他需要的不是杀戮，而是忍耐。后宫之中太乱，嬴政根本就不想到后宫去。嬴政虽然能够听得到一些风吹草动，但还不知道吕不韦和赵太后的事。

吕不韦也知道，事情闹大了，谁见到谁死，除了嬴政。但是这件事情往往只有嬴政一个人不知道，恰恰是嬴政一个人不知道，所以事情才能被压下来，最后知道事情真相的那个人，通常多是这件事情的核心人物，也是影响到事情人物中关键人物的人物。

通常情况下，一旦这个人发现了事情的真相，就会愤怒地反击，会把整个事情中心的人全部杀死，甚至还会带着些许处在事情边缘的人。

早些年，嬴政的父亲嬴子楚还是刚被立为太子的时候，吕不韦送了一个非常美丽的女人给他，嬴子楚在赵国多年，多年不知女人味，第一次见到吕不韦的美人自然非常喜欢，于是干柴烈火火上浇油野火烧不尽。就是这些个人，让历史变得更加扑簌迷离。女人、权利、金钱交集在一起，形成了一曲震撼人心的交响曲，这些旋律永远震动着人的心灵，让人兴奋地看向过去，展望未来的时候，想着那些到底应该不应该让我们去奋斗的点点滴滴。

时间过得久了，有些事情就容易让人忘记，很多事情都会尘封在历史的尘埃之中，让人看不见。嬴政的血液里到底流淌着的是吕不韦的血，还是嬴子楚的血，这已经无从考证，但有一点可以肯定，嬴政绝对是秦国之君。

历史上不知道嬴政到底是不是嬴子楚的儿子，也不知道是不是吕不韦的儿子，反正是从赵姬的肚子里出来的，可惜古代没有 DNA 鉴定，如果有的话，估计秦朝的那一段历史将会更加精彩。嬴政反正是从赵姬的肚子里出来的，赵姬后来成了嬴子楚的女人，那么嬴政自然就是嬴子楚的儿子，也是秦庄襄王的儿子，那么嬴政是太子没有错，嬴政是秦国国君也没有错。

吕不韦既然能帮嬴政当上太子当上大王，那么也就有那个本事把嬴政弄下来，但是当嬴政长到二十一岁的时候，吕不韦的脑子忽然清醒了，他发现，现在如果要把手握军政大权的嬴政搞下来已经不是那么简单了，他必须再小心一点，甚至，赵太后这条船已经不能再上，否则就是船翻人亡的危险。

吕不韦被吓出了一身的冷汗，他决定，不玩了，趁现在还有点力气，不如捞点钱吧，商人么，商人本性就是为了赚钱，不榨取剩余价值怎么能叫商人！吕不韦能够急流勇退，表现出来的冷静和果断让人佩服。

吕不韦微微地笑了笑，觉得自己发现得也不晚，如果让年轻的嬴政知道了他和太后通奸的事情，那死都不知道怎么死的。六国之中，秦国最为强大，吕不韦深深地明白，法家的以法治国是多么地厉害，当年秦孝公嬴渠梁的大哥就是因为违反了商鞅的新法，而被割去了鼻子。现在吕不韦想着那些过去，就觉得浑身发麻，那些残酷的刑罚，是他吕不韦绝对承受不起的。

吕不韦想想都觉得背后发凉。他看得出来，嬴政不是好惹的角色，从他的眉宇之间就能看出来那种杀戮的野心和遥望九鼎的欲望。聪明的吕不韦不会想不到如果自己离开了赵太后之后，赵太后是多么地怨恨自己。床榻的缠绵之间，赵太后不忘给吕不韦一些提醒："如果你离开我，我就杀了你，现在我是太后，你是相国，太后总是比相国要大的。"

吕不韦吓得居然没有从床上下来，而是在床上软了一夜。吕不韦没想到女人狠起来要比男人狠上几十倍，当初他不信，现在他信了，赵太后也不是好惹的主，当年的赵太后还是他吕不韦一名宠妾的时候，吕不韦可没看出来当年柔弱的女子现在居然能够左右他的生死。

谁都怕，不只是吕不韦，其实赵太后也怕，赵太后自己都不知道嬴政到底是不是嬴子楚的儿子，如果是那万事都好说，如果不是，那么嬴政就是吕不韦的儿子，那嬴政尊称吕不韦为"仲父"倒也没有错。可问题是，嬴政会接受自己是吕不韦的儿子吗？天下会接受她赵太后淫乱宫闱，和吕不韦私通吗？答案是肯定不接受，那么只要事情败露，那等待赵太后的就是一口明晃晃的砍刀。

仲父仲父，就是大伯的意思，按辈分来说，嬴政没有叫错人。

可是，吕不韦到底知道不知道呢？如果吕不韦知道嬴政有可能不是嬴子楚的儿子，那么吕不韦会做什么，会不会将嬴子楚赶下王座，自己坐上去当大王？如果吕不韦上台了，那么赵太后的日子也不好过，秦国人个个充满了血性，他门认定了的大王是不会那么容易改变的，尤其是在这种战火纷飞的时代。

赵太后更害怕，如果事情败露了，赵太后是必死无疑，嬴政不会轻易地放走任何一个能够败坏他名声的人，哪怕是自己的亲生母亲，赵太后在寻找一个机会，寻找一个能够让自己全身而退的机会，而这个机会，就是让吕不韦从人间消失，永远地消失。

在利益和生命受到威胁之前，牺牲他人永远是上上之选。在政治水平方面，赵太后和吕不韦旗鼓相当，若要论权力，吕不韦还不是赵太后的对手。

吕不韦的嗅觉远比赵太后要灵敏，担心的正是赵太后。赵太后早年是吕不韦的宠妾，被送给嬴子楚之后，她摇身一变成了秦国的太后，身份地位皆与以往不同。伴随着地位的改变，随着而来的就是权力的增加，这不是单纯的身份的改变，而是拥有了对别人的生死产生了不

大秦谋略

可改变的影响。吕不韦想，如果赵太后怨恨自己，那么事情就变得尤为复杂，必须先下手为强，虽然杀不了赵太后，但可以让赵太后离开咸阳。吕不韦决定，不如让赵太后离开咸阳，那么事情可就好办多了。吕不韦想到这里，突然想到了一个人。

吕不韦找王休的时候，王休却不在咸阳。没有找到王休，他就去拜见大王，吕不韦问："大王，请问武德侯去哪了？"嬴政没有直接回答吕不韦的问题，而是说："都说九天之外有神仙，但是不知道这些神仙是不是都长生？"

吕不韦一愣，这是什么意思？问我这个干嘛？但是大王问了，如果不回答那就是藐视大王，罪名和通太后私通一样严重。吕不韦却是想不出来大王问这些到底是什么意思，自古神仙之术都令许多帝王玩命追逐。吕不韦经商许久，所接触之人多为江湖市井，听到的消息也是杂七杂八，都说在东海蓬莱仙岛之上，有那长生之术，那么，嬴政问了，肯定是听到了关于帝王之术的一些风言风语。

"大王，本相不知道九天之外有没有神仙，倒是听说在齐国之外的蓬莱仙岛有神仙居住，那些神仙都是长生不老的。"也不知道是不是吕不韦胡说，还是吕不韦真的知道齐国海外的蓬莱仙岛有神仙，反正吕不韦说了，嬴政也信了，但是年轻的嬴政没有把注意力完全集中在这件事情上，而是对吕不韦的突然拜见有些奇怪。

嬴政的优点恰恰就表现在这里，能够及时地回到事情的本相上来。

"你来找寡人有何事？"

"我是想问大王，武德侯去哪了。"吕不韦以为嬴政让王休去办大事去了，如果办大事，自己应该知道，但是他手下的探子说武德侯不在咸阳，那武德侯去哪了？

嬴政说："相国和王休果然情谊非同一般，武德侯去了天牢了，这几个月一直在天牢里。"吕不韦大惊，王休什么时候被关进去了，而且还被关进去几个月了！天呐，嬴政的手段是越来越高明了，怎么把王休

第三章

弄进去这事压得那么严实？

吕不韦惊出了一身的汗，他从侧面问："那……王休犯了什么法？"

"哈哈！"嬴政大笑了出来，道："没犯法，相国不必为武德侯担忧，武德侯只是去探望一位老朋友。"

吕不韦被嬴政的话说得云里雾里，武德侯在天牢里还有朋友？是狱卒还是天牢里的犯人？吕不韦完全吃不准到底是什么人还是王休的朋友，他必须到天牢里去看看。

我们一直都忘了一个人，这个人严格来说是武德侯王休的师兄弟，只不过不是师从一个师父。

石俊，那位曾经是韩国使者出使赵国的人，然后又莫名其妙混进秦国却被守卒刺伤的冤大头，现在就关在秦国的天牢里。石俊在天牢里关了二十多天。王休见到他的时候，他全身发臭，头发凌乱，面容憔悴。

他是被吓坏了，他在暗骂玉龙子为什么不来救他，王休见到他之后说，玉龙子不会来救你了。本来雷打不动的石俊听到了这句话之后，整个人都软了。连玉龙子都放弃了自己，那么还有谁还能来救自己？石俊心灰意冷，王休说了其他的话，他一句都没有听进去。王休为了让石俊说话，并且为了劝说石俊离开玉龙子而改投九龙真人，他费尽了口舌，甚至搬到天牢里，专门来劝说石俊。

可是石俊完全听不进去，他的脑子里，一直都在想，玉龙子为什么不来救他。事实上，不是玉龙子不救，而是玉龙子没时间来救，他夜观天象，知道秦国将要大变，这段时间还是老实一点比较好，石俊在天牢里是不会死的，可要是出手去救了，那石俊是必死，嬴政是不会让一位曾经试图拿着父亲性命去换韩国平安的孟贼那么容易地逃出天牢的。

吕不韦不明就里，来了之后见王休真的在天牢，顿时松了一口气。

王休好奇地问吕不韦："文信侯怎么有时间来天牢闲逛呀？"

吕不韦道："武德侯都住进来好几个月了，我文信侯就不能来看看你么？"

王休哈哈大笑，吕不韦也哈哈大笑，两个人的肚子里都装着自己的心事，但是表面上却不说，只有石俊看着两个人都对自己有兴趣，觉得自己活下去似乎还是有希望的，于是忽然站了起来，道："我要吃肉，我要喝酒！"

王休一愣，惊奇地看了看石俊，又看了看吕不韦，道："吕相，你果然是位神人，都三个月了，这位石俊石大爷怎么都没有开口，你一来他就要喝酒吃肉，哈哈，吕相固然是位神人！"

吕不韦打了个哈哈，道："过奖过奖。"

王休大笑，心想你既然说话了，那么我就好对九龙真人交差了，只要石俊一说话，九龙真人那边就能搞定玉龙子，石俊是玉龙子的徒弟，他没疯没傻，九龙真人就不会那么为难。这个世道讲究的是仁智礼义信，可不是小偷小摸之流所能媲美的。

王休出去了。天牢里就剩下了吕不韦和石俊。

早些年，吕不韦就听说过韩国派出使臣，要拿嬴子楚的生命来逼秦军撤军，但是赵王脑子没有糊涂，并没有答应，可是韩国却对秦国产生了无法愈合的伤害，秦国恨死了韩国。这种恨伴随着庄襄王的驾崩而传到了嬴政的身上，嬴政想到过如果自己在赵国，并且有人拿自己的命当筹码去换秦军撤军，那他心里也不爽。

吕不韦听说过这件事情，但没想到这件事情的始作俑者居然就是眼前这位疯疯癫癫浑身发臭如同乞丐一样的秦国政治犯。

吕不韦靠近了一些，问："关了二十多天了？"

石俊没说话，而是看着吕不韦，忽然道："你是吕不韦？"

吕不韦点头："我就是吕不韦。"

"你来这里，不是为了看我的对不对？我只是一个犯人，没有什么值得你投资的，你是来找王休的，并且你是来监视王休的。"石俊一语道出了吕不韦此行的目的。

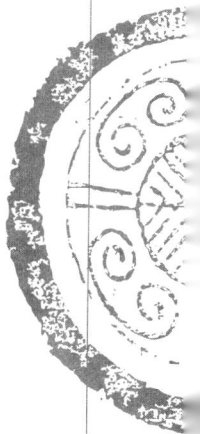

吕不韦汗颜，心想自己隐藏得已经够深的了，却没有想到被人家一眼就看穿了。

石俊继续道："你有难。"

吕不韦大汗，背后一阵发凉，却是大笑："我有什么大难，我贵为相国，一人之下万人之上，我还有什么难？我看是你有难！"

石俊笑了："我无难，你有难，你虽然贵为相国，但是你却和一位你本不该接触的人接触了，你怕这个人怨恨你，所以你担心，你在寻找一个能帮助你的人。"

吕不韦听完，心想这位石俊到底是什么人物，难道真的就是一位非常简单的韩国使臣？不对，石俊不对，石俊都能让整天神神叨叨的王休来天牢里住上三个月就是为了等他开口，那他肯定不是普通人！

吕不韦不打算隐瞒了，喝退了侍从后，又让侍从花钱让狱卒暂时离开一会，在确保周围一切安全了之后，他才问："那么，我这难该怎么避？"

石俊大笑，忽然将手伸到了吕不韦的面前。吕不韦不解，以为是向自己要钱，当即拿出一锭金来放到了石俊的手上。但是石俊却是摇了摇头，而是看了看锁住牢门的锁。

吕不韦顿时大悟，忙叫侍从："来人，不管花什么代价，都要把石君从这里弄出去！不管花什么代价！"

石俊出来了，这点符合王休和吕不韦的共同利益，但是嬴政却不知道石俊已经从天牢里出来了，他不知道石俊出来了，自然就不知道吕不韦干了什么。

嬴政问王休："你那位朋友怎么样了？"

王休道："很好，只是疯疯癫癫的。"

嬴政听了很满意，道："那就让他在天牢里一直蹲到死吧。"

于是王休就把"石俊"从天牢里的一个牢房换到了两外一个牢房，这个牢房除了王休之外，谁也不能见，就是狱卒也不行，王休甚至把狱卒都换成了自己的人。于是乎，一个巧妙的偷天换日，把石俊一事隐瞒了过去。

石俊在吕不韦的家里。

"婴儿贪玩。"石俊突然来一句，吕不韦听得云里雾里。石俊左搂右抱，一会在左边的歌姬脸上舔一口，一会在右边歌姬的胸上摸一把，"婴儿贪玩，看中了一样玩具之后就会一直玩，但是如果婴儿喜欢上了另外一样玩具，就会把前一个玩具扔掉。"

吕不韦不太明白石俊到底在说什么。

石俊笑了笑，道："不知道吕相有没有读过《君王乱》？"

"《君王乱》？"吕不韦现在有点后悔把石俊从天牢里弄出来了。"不韦是商贾出身，怎么读过那么多的书？！石先生有话不妨直说！"吕不韦实在受不了这样和石俊绕圈圈。

石俊道："想必你也没有读过，此书不在民间，而是在那蓬莱仙山之中，君王乱，讲的就是自然是君王的故事了，但却不是现在的君王，而是盘古大神开天辟地后初代君王。"

吕不韦耐着性子听着。

石俊道："那本书乃是天地所成，书中讲了一个人，名字叫桂萼，桂萼统治着一个小国叫冯国，国家不大，方圆只有千里，国内有民十万，有兵三万，但是兵强马壮，周边国家畏惧桂萼之国的士兵悍不畏死，倒也不曾犯边，后来桂萼王心大了，觉得自己的士兵很强大了，周边国家也很多都比自己国家大，但是却不曾打我，既然你们都不打我，那我就去打你们，也好扩充扩充自己的领土。桂萼出兵了，打了一个国家，这个国家没有丝毫准备，以为冯国不会来犯，所以没有一点防备，就这样戏剧性地被冯国打了下来。文信侯，你猜后面怎么样了？"

"不知道！"吕不韦快急死了。石俊还在这里卖关子。

"哈哈，文信侯勿急，听在下慢慢道来。冯国攻下了第一个国家，

周围的国家立即引起了重视，纷纷防御，这就导致冯国再也没有攻下其他国家。但是第一个被他攻下来的国家灭亡了，但是他的国君却对桂荸说，我没有打你，你没有打我，我们保持友好的关系，但现在你把我打下来了，我就得听你的命令，这样吧，我告诉你一个秘密，但是我有条件。"

"桂荸就问那亡国之君有什么条件，秘密是什么。亡国之君说在他的国家有一个山，翻过那个山就是一片一万里的草原，那草原土地肥沃但却不属于任何国家，那里的人民无知无畏，只要你去了，你就能统治那里，前提是，你把我的国家还给我，如果你去了之后，我来帮你治理你的冯国。"

"桂荸听了，心想这是好事呀！于是就答应了亡国之君的条件，把他攻下来的国家还给了亡国之君，又把自己的国家交给了他去治理，桂荸就带着他的军队向山那一边出发，结果他的军队到了第三个国家领土范围内的时候，被那个国家的国王当成了来犯的敌人而一举歼灭，三万的士兵一个不剩连同桂荸全部被斩杀，冯国失去了保护国家的最后力量，就这样被那位亡国之君一箭三雕不但要回了自己的回家，还借刀杀人杀掉了桂荸，同时不费一兵一卒占领了冯国所有的土地。"

吕不韦似乎听出了点味道，问："根本就没有什么《君王乱》一书对不对？"

石俊哈哈大笑，道："有还是没有，吕相心里清楚，在下觉得吕相是不是应该学一学那位亡国之君呢？不出点诱惑，你又怎么能脱身？当然了，这种诱惑，不必是你自己，也不必是金银，吕相自己考虑吧！"

第四章

　　吕不韦何等聪明，立即听明白了石俊话语之中的意思。他是要让吕不韦转移赵太后的注意力，好让自己脱身！好一招金蝉脱壳！吕不韦不得不佩服石俊的聪明之处，就是整个秦国除了他吕不韦，还真找不出第二个人来。吕不韦暗暗高兴的同时，忽然地又在为自己担忧：这个人有些太聪明了，甚至都要超越了自己，这是不是一种潜在的威胁？如果这个人哪一天忽然得势了，必然会影响到吕不韦的势力！

　　这个人，用时可用，无用之时必须除去！

　　石俊被安排到了吕不韦专门为他准备的住处，那是一处非常隐蔽的地方，负责为吕不韦清点货物。石俊就这样在吕不韦的安排下活了下来。

　　王休知道吕不韦把石俊弄走了，他没说，也没问，而是帮着吕不韦收拾了他走了之后的烂摊子。吕不韦没有一句感谢，反倒是想着怎么把石俊弄死。

　　还有一个问题比较紧迫，那就是吕不韦怎么玩那一招金蝉脱壳，玩不好就把自己玩进去了，位高权重的吕不韦不愿意看到坏的后果。赵太

后隔三差五地呼唤吕不韦前来幽会，可是吕不韦总是不来，这让赵太后很生气。吕不韦也急，这件事情如果再不解决，那么赵太后发起飙来谁也挡不住。

嬴政的年龄越来越大，如今已是二十一，心智成熟，为人稳重，再有王休、李斯等人辅佐，吕不韦发觉他的压力越来越大。

嫪毐的出现，解决了吕不韦一个大问题。

"我让你当舍人。"吕不韦对嫪毐说。

嫪毐没见过吕不韦，但听过吕不韦的名声，在嫪毐的眼中，此人只是一位商贾，但是商贾能干什么？他嫪毐也能干出一番事业来，但前提是有人推荐，而眼前的吕不韦是最佳人选。

如果吕不韦能在适当的场合适当的时机为自己推荐，那么在秦国，嫪毐就会一步登天，那一日，那些看不起他嫪毐的人，早晚要被嫪毐踩在脚下。嫪毐打定了注意，吕不韦让他做什么，他就做什么，哪怕是送死！

嫪毐太傻了，还没看穿吕不韦的目的，吕不韦是把嫪毐送到了虎口里。

"相国让嫪毐做什么嫪毐就做什么。"嫪毐发现自己也没有讨价还价的余地。

"很好，记住，你现在不再是市井无赖，你是我吕不韦的家奴，出去不要给我丢脸。过几日我会带着你见太后，你要做好准备。"吕不韦说完就走了，让家丁给嫪毐做了一身合适的衣服。

嫪毐感觉还不错，总得来说是有个家了，最起码在吕不韦的帮助下，他马上就能看见太后了。在这种自我升华的美好感觉中，嫪毐美美地休息了几天，这几天里嫪毐几乎完全沉醉在即将飞黄腾达的美梦之中，这一点，吕不韦看得再清楚不过。

三天之后，太后宣吕不韦秘密进殿，太后这是想吕不韦了。

吕不韦进去的时候不是一个人，而是带着嫪毐一起去的，嫪毐心里在犯嘀咕，这时候把我带进来是不是有点不太好？这里是太后寝宫，如果我看见了什么不该看的，那是不是就被砍了脑袋或者被车裂？

嫪毐有些犯愁，但是吕不韦硬是把他带了过来，在来之前吕不韦再三叮嘱，无论发生什么，只要按着他说的做就行了，保你平安无事。

嫪毐信了。

这个市井无赖还不知道，他这一次进见太后，完全改变了他的人生，他和吕不韦一样由一个没有地位的市井之徒，摇身一变变成了大秦国炙手可热的人物，说一句话震天响。

太后看见了吕不韦后，屏退了左右正要上前，却发现在吕不韦的身后站着一个长相还算不错的男子。太后的好奇心立即被吕不韦身后的那个男子给吸引了过去。

"这是谁呀？"太后慢悠悠地问，但是心却被那男子给吸引了过去。嫪毐长得不错，虽然皮肤有些粗糙，但那个时代的人谁皮肤好？！

嫪毐经过吕不韦的精心收拾，变得跟个人一样。

"拜见太后！"嫪毐把从吕不韦那地方学来的礼节全都用了出来，不管对错，反正跪拜是没有错的。

太后的眼睛始终都没有离开过嫪毐，见嫪毐五官端正身材魁梧是个好面首，便对吕不韦道："这位是谁呀？带到我寝宫里是何目的？"

吕不韦道："太后，你不知道，他是嫪毐，是我在市井之种看见的奇人！"

"齐人？"

"不是齐国人，是身怀绝技的人。"吕不韦解释。

"哦，有什么绝技？"太后的兴趣越来越浓了。

吕不韦对嫪毐使了一个眼色，嫪毐站了起来，忽然地把身上的衣服全都都脱了，露出了在市井之中单练出来的一身肌肉。太后眼珠子都快掉了出来，他还是头一次看到那么强壮的男人，这要是在床第之间……

太后面色绯红，不敢直视嫪毐，嫪毐见太后似乎是春心大动，当即

来了精神，对太后道："太后，草民嫪毐，擅长以神鞭旋转身体，不知太后是否有兴趣观看？"

太后一听，还有神鞭？当即道："那……那还不取你那神鞭？我看你身上已无一丝布匹，但不知道你那神鞭放在何处？"

嫪毐一笑，道："神鞭自然在胯下！"

太后这一次是完全地被他的话吸引力过去。

嫪毐这一次是在太后的面前表演了他的绝技，以神鞭插在木头之中，然后带动身体旋转，这是一招天外飞仙呐，这可是千古奇人！真正的奇人！

太后很高兴，心里很激动，两胯之间已是大浪淘沙！

"以后就留在宫中吧，吕不韦，嬴政身边需要人，你去常去帮帮他，不要经常来看我了。"太后发布了最后的命令。

吕不韦听到太后说的在这句话，快把肠子都乐断了。事情在石俊的指点下，吕不韦的亲自操作下，嫪毐的实施下，完美地把自己从这个恐怖的圈子里抽了出来。而嫪毐也达到了自己的目的，从此住在了太后的身边。

可是，事情还不是那么简单的。吕不韦专心地服侍在了嬴政的身边，嬴政年轻，很多事情需要吕不韦来决定，王休在一旁辅佐，但是王休并没有多说什么，历史总是会顺着他预料的那样发展，他要做的就是要让嬴政登基，灭六国，但是现在发生什么都不属于他王休所管辖之内。

一切都很正常，就算嫪毐进宫也算是正常的。

嫪毐进宫之后，吕不韦的权利受到了极大的制约，因为嫪毐不但受到了太后的宠幸，还被封为长信侯。嫪毐的权利大了，自然也就不把吕不韦放了眼里。吕不韦是什么人物，是商贾，骨子里就是一个贱种，再怎么装饰也还是低人一等的商人！嫪毐呢，嫪毐是市井百姓，是农民，是封建地主阶级的最直接被统治者，而吕不韦连农民都不如。

嫪毐开始看不起吕不韦了，这让吕不韦很不爽，当初的金蝉脱壳现在变成了引狼入室。吕不韦不得不找到石俊，但是石俊不在，听家人说，石俊去找王休了。

吕不韦很奇怪，怎么石俊总是喜欢和王休在一起？他们两人到底是什么关系？吕不韦因为嫪毐的缘故，开始不太相信身边的人，加之他年岁已大，很多事情不得不慎重地为家人考虑，若干年前大良造商鞅一家人被车裂砍头的事情还让他很害怕。

年复一年，嬴政越来越大了，他的权利也越来越大，当年被吕不韦把持在手中的权力被嫪毐分走了许多，正因为这样的分权力，让嬴政渔翁得利，竟然将权利慢慢地从他们两人手中收了回来。

不过，这中间少不来王休的帮助。

王休的使命就是帮助嬴政统一天下，然后让嬴政死。他也很清楚石俊的目的，但是他现在不说。

现在所有问题的焦点都集中在嫪毐和吕不韦身上，吕不韦和嫪毐的矛盾日益激化，最终演变成了吕不韦对嫪毐的一种仇恨和杀心。

吕不韦不能让嫪毐就这样逍遥地活着，他要干点什么让嫪毐不好过。

吕不韦在家中等了石俊三天，终于，在第三天晚上，石俊回来了，见到吕不韦的时候，石俊满嘴的酒气。

吕不韦虽然不高兴，但是也没有说什么，他是商人，商人自然知道什么时候该忍气吞声什么时候该雷霆大怒。

"石先生。"吕不韦上前作揖。

"不敢不敢！"石俊装腔作势。

"石先生，不韦是有事要求先生指点。"吕不韦真想现在就把石俊杀了，石俊和嫪毐是同一路货色，都是过河拆桥翻脸不认人的杂货。

"吕相有何难事？"石俊也聪明，他发觉了吕不韦的脸色有些不太好看，于是也不再拿样子，坐下来后问吕不韦到底发生什么事情了，脸白得跟白布一样。

“嫪毐权益越来越大，家中奴仆三千，食客五千，食有肉出有车，在咸阳已是一大豪门了。”

石俊哈哈大笑，道："拿些酒来！"

"酒？"吕不韦不明白石俊都喝成这样了，怎么还要喝！现在可是谈正事的时候！

石俊见吕不韦一点动静都没有，便又哈哈大笑，道："吕相一动不动，怎么反倒被那个市井之徒牵着鼻子走？"

吕不韦似乎明白了什么，忙让家人拿酒来，斟满之后，端起酒樽道："还请石先生详细指点一二。"

石俊道："嫪毐，乃是市井无赖，没有家底背景，靠的是太后的宠幸才有今天，当年若不是吕相你，他嫪毐能有今天？现在嫪毐的权势越大，对吕相就越有好处！"

吕不韦不懂，问："这话怎么说？"

石俊道："常言道，暴风的中心往往是最宁静的，吕相现在和嫪毐就处在暴风的中心，反倒没有什么大事，但是在石某看来，他嫪毐早晚要出事，树大招风啊！"

吕不韦深思了一会，忽然道："石先生的意思是？"

"我没有任何意思，吕相，听说吕相府中歌姬的大风曲异常动听，不如吕相能否让石某欣赏一二？"

吕不韦眯着眼睛看着石俊，笑道："那有何难？来人，为石先生上奏大风曲！"

石俊回到了吕府之前，是在嫪毐家中饮酒。

石俊看得时间差不多了，不走可就来不及了。那是嫪毐，而不是王休和嬴政。王休千杯不醉，喝再多不会胡言，可是嫪毐不同，他的嘴巴比天还大，三杯黄酒下肚，什么话都可以向外说。

再者，石俊知道太后和嫪毐的关系，不是密切，而是非常地密切！

太后还为嫪毐生下了两个孩子，现在就养在嫪毐的家中！

现在嫪毐和嬴政的关系复杂了，嬴政是什么人，嬴政是秦国大王，是战国七雄之中媲美齐国的最有实力的国家之一的霸主，是一国之君，是秦国最高统治者，而嫪毐呢？他只不过是太后的一位面首而已！

石俊走后，嫪毐有些生气，石俊你算个什么人物？想走就走，酒还没有喝高兴呢你就走了，还有，我嫪毐还有一些大事还没有说，你听都不听就走了？

嫪毐原来是在生石俊的气。

旁边的那些大臣们都觉得嫪毐今天真的有些喝多了，不过大家都很开心。毕竟是喝酒嘛，又不是造反，嬴政和王休二人是不会管的，再说了，吕不韦现在正和嫪毐对着干，趁这个机会说不定还能借嫪毐的能力扳倒吕不韦。

大家的如意算盘打得都不错。

嫪毐见大家都围着自己，觉得有种被人捧上了天的感觉。

"他石俊算个什么？我嫪毐有今时今日，也没有靠他石俊，他说走就走！真是……不给我嫪毐面子！"嫪毐打了个酒嗝，满嘴的酒气差点把旁边的歌姬熏死，嫪毐稳了稳自己的身体，继续吼道："我嫪毐有子，乃是秦王假父，你们谁敢不听我的！"

慢！

在场的大臣忽然听到了这一句：他嫪毐是秦王假父？这句话是什么意思？难道他和太后私通？！

和嫪毐在一起饮酒的大臣们忽然都醒酒了，看着嫪毐的样子觉得异常地可怕！他们一直都没有见到过嫪毐的妻子，但是却看见嫪毐家中有两个孩子。

大臣们细细地品味着嫪毐的话，再也不敢久留，纷纷起身告辞。

而这时，有几位在一旁服侍的奴仆便慢慢地退出了嫪毐家，开始向王休家中走去，也有不少人秘密地向吕不韦家中走去。

当嫪毐说出那句话的时候，他忽然觉得不对劲，那句话无论如何也不该说，即使是喝酒了也不能说，那是要灭九族的！

嫪毐这才意识到这些大臣为什么纷纷不辞而别，他知道，自己闯祸了！他马上遣散了酒席，将自己关在了家中，脑子飞速旋转思考着下一步该怎么办。

这会，嫪毐是死定了，但却不知道死亡什么时候到来。

嫪毐说自己是秦王假父一事迅速传遍了咸阳，秦王嬴政听到了之后，第一时间命令：发五千兵，抄了嫪毐的家！再发五千兵，软禁太后！

王休带着五千兵，浩浩荡荡地向太后雍城出发！吕不韦几乎是和王休同时带兵出发的，两个人意气风发，这一次，嫪毐是死定了！

嫪毐现在就在家中思考着，他的门人出了一个必死的主意：与其等死，不如豁出去干！

嫪毐的脑子里还有酒精在作用，当即命部下整理军队，自己快马加鞭来太后住处，盗走了太后的玉玺，又让在咸阳的人盗走了皇帝玉玺！

这一次，嫪毐完全地把自己逼到了绝路上。

嬴政还是头一次碰到有人敢造反！他的兴趣也来了，倒是要看看这位嫪毐有多大的本事，能掀起什么大浪来！

嫪毐反了，带着玉玺和士卒三万，开始攻击咸阳，一时间秦王嬴政没有准备，被打得措手不及。王休和吕不韦都在路上，听探子回报说咸阳打起来了，当即后军变前军，回军勤王！

嫪毐的攻势很猛，但是猛不过秦王，秦王深受父亲嬴子楚的影响，万事都有个后续准备。咸阳虽然少了王休和吕不韦，但还有昌平君和昌文君！

嫪毐很暴躁，他这一次不但要反了，还要弄死吕不韦，这一切，可都是吕不韦惹下的祸根！

吕不韦的背叛让嫪毐的流氓本性再一次爆发了出来，这一次他不但

大秦谋略

要杀掉吕不韦，还要顺势干掉嬴政，还有那个王休，在嫪毐的心里，至少是要干掉吕不韦的。嫪毐并非是傻子，他之前没有发现吕不韦的用心，现在，他终于彻底地明白了吕不韦原来是打算用他来做诱饵，还让他自己脱身。

好一个狠心的吕不韦！

嫪毐在心里把吕不韦咒骂了千遍但却难解其心头之恨，吕不韦是将他一步一步的引入了必死之局里，从现在看来，嫪毐还没有完全被吕不韦利用，至少，他现在手里有军队，还有可以询问的谋士。

咸阳危急。

驻扎在咸阳的军队立即被昌文君和昌平君接手，开始抵御来自嫪毐的军队。

嫪毐的军队毕竟不是正规军，就算是正规军也无法抵挡来自咸阳的经过专业训练的军队，这一点，嫪毐在用人用兵方面就输了。当嫪毐攻到咸阳的时候，昌文君严阵以待，没过几天，嫪毐的军队被昌文君、昌平君二人打得落花流水，嫪毐还没来得及跑就被俘虏。

军队打仗一事无需多述，打打杀杀毕竟不是常人所能接受的。关键是要说一说嫪毐。嫪毐是完蛋了，在吕不韦的精心策划下，同时是在石俊的完全控制下，嫪毐现在和一具尸体没什么区别。

嬴政该出场了。

吕不韦把抄嫪毐家之后得到的财产全数报给了嬴政，嬴政只是点点头就让这些金银财宝全部入库。接下来，是昌文君和昌平君汇报了一下百姓和军队的死伤人数，这点，嬴政也是轻描淡写地说了几句就带了过去。再接下来，就是王休汇报关于嫪毐的处理事宜。

这个问题就有些不好解决了。对于王休来说，这是一次汇报，对于嬴政，这是一次严重的袭宫！

先不说赵太后，光说嫪毐，嫪毐是死定了，嬴政挥挥手，冷冷地说："车裂，灭三族！"

于是，嫪毐被车裂，他扯淡的一生就这样被五马分尸，他刚过上好日子的家人，也成了嬴政的刀下之鬼。谁能料到，生命短暂的嫪毐能让年轻的嬴政发那么大的狠心来灭掉他的三族呢！

可是袭宫就是袭宫，这个罪名是无法改变的。

过了一段时间之后，王休在和嬴政的谈话中涉及到了这个问题，嬴政就问王休："灭三族，是否可以平民心？"

王休道："三族足够了，事实上，造反之罪，是要灭九族的！"

嬴政觉得自己还是太仁慈了，在接下来的岁月里，他应该更加地心狠手辣！秦国现在日益强大，再没有一个强大的国君，那么这个庞大的机器早晚要被像嫪毐这样的人毁灭。嬴政思来想去，忽然又想去了一个潜在的威胁。

吕不韦。

嫪毐只是进宫没几年就造反了，那你吕不韦呢，是不是正密谋筹划着造反的事情？嫪毐只是短暂地起兵，就已经攻到了咸阳，那吕不韦如果早就有所准备，那如果他起兵的话，现在的情况就不是那么简单的了。光一个昌文君和昌平君是无法镇压的！

嬴政想到了这里，惊出了一身的冷汗。做事要不留余地，野火烧不尽春风吹又生！自从嬴政有了这样的想法之后，吕不韦的一举一动他都看着不舒服，甚至，有时候吕不韦的一个眼神，都让嬴政觉得那是一种暗号。

嬴政并非惊弓之鸟。

万事都有一个爆发的过程，嬴政不会让那个过程发生的。现在嬴政终于有了一个非常好的借口可以询问吕不韦。

"内宫奴仆可都严查？"嬴政看着群臣，说。

吕不韦一身冷汗，他知道，嬴政这是在试探，他并没有直接说出来嫪毐进宫的事，而是说了奴仆。当初嫪毐进宫，也是奴仆。既然嬴政要严查奴仆，那可能是找到了一些证据了。

"回大王，一切都好。"说话的是吕不韦。

嬴政瞄了一眼吕不韦，道："蕲年宫损坏部位可曾修好？"

"都修好了。"吕不韦再一次回答。

嬴政点点头，没再多问。

朝会散去，嬴政并没有离开蕲年宫。

王休和吕不韦看出了嬴政似乎还有什么话要说，便留了下来。吕不韦的心里忐忑不安，王休心里在揣摩着嬴政到底要再干些什么。

"秦国日益强大，粮草充足，兵强马壮，而却偏安一隅，秦地虽然水草充足，但是却不适合谷物生长。"

嬴政这一句话包含的信息量很大，王休是瞬间就明白了嬴政到底想要说什么，但是吕不韦不懂。秦国现在很强大了，干嘛又说到谷物上面了？

嬴政又道："父王回国之时，乃是从楚国绕道而行，韩王不放边关，我父王多受了多少的罪！"

吕不韦这一下忽然明白了！嬴政长大了，这是要对外发动战争！而且这一次的战争对象是韩国！

"韩国，在七国之中势力最弱，但国内地势形势复杂！如果要进兵韩国，则需要一些时日勘察！"

"勘察勘察！勘察个屁！嫪毐都乱了，还等着勘察？如果等着勘察，寡人是不是早就被赶到骊山等死了？"

吕不韦和王休慌忙跪了下来。

嬴政大怒："韩王欲向赵王借人，以此退秦兵，这是大逆不道！"

王休接过话道："大王所言极是，韩王忤逆，欲灭我大秦之王，不如发兵二十万，攻打韩国，拿下新郑！"

"准！"

"诺！"

秦国黑色大军二十万，由王翦率领，浩浩荡荡地向韩秦边境出发。

韩国国内乱了，新继任的韩王知道秦国的厉害，当年卷国三万人，和秦军还没照面，就被秦军一举扫灭得干干净净，现在秦军二十万直接南下，目的就是要攻下韩国。韩王头大了，不知道如何是好。

而这时候，内史章忽然上前道："大王，我可退秦兵！"

韩王一听，嗯，不错，我韩国还是有人才的，当即就命令内史章为大将军，再问内史章："你需要多少兵马？"

"无需一兵一卒！"

"哦？内史章，你可不要开玩笑，现在是在打仗，不是让你吹牛的时候！"

"大王放心，我无需一兵一卒，足以退秦兵！"

韩王很高兴，封内史章千户侯，虽然他不要一兵一卒，但还是派了一千精兵给他，由他率领，万不得已的时候，也要有个照应。

内史章看见那一千兵，顿时不太高兴。一千兵从派出来开始就一直跟着他，并且形影不离，无论内史章干什么，吃饭睡觉上厕所，一千精兵就跟游魂一样跟着。

内史章快疯了！

内史章出去了之后，韩王在大堂之上冷笑："如想叛我韩国，着实不可能，你们生是我韩国的人，死是我韩国的臣，即便是韩国灭亡了，你们也不可能投靠秦王！"

秦国的军队在一个月之后来到了韩国边境，但是他们没有看到韩国的军队，而是在宜阳的城墙上看到了内史章。

能和内史章坐下来谈谈倒也不错，王休心里想。内史章是韩国的灵魂人物，地位和韩王不相上下。但是韩王还没有意识到，这位内史章已经有了反叛韩国之心，因为内史章本来就不是韩国人，他是燕国人。

内史章有东北人彪悍的性格特征，站在城墙上巍然不动，面对二十万黑压压的秦军，他面不改色心不跳。

王翦问王休："那个人是疯子吗？"

王休看了看内史章，道："你说他是他就是，你说他不是他就不是。"王休说完，内史章忽然在城墙上做了一个动作，而这个动作让王休非常惊讶！

王翦也看见了那个动作，骑在马上好奇地问王休："他真的不是疯子？"

王休没有回答，而是请求王翦："箭射内史章身后十丈之处，必有收获！"

王翦更好奇了，想问又把话咽了回去。他知道王休是个人物，秦王都要让王休三分面子。王翦虽然有些看不起这位柔弱书生，但是王休说话王翦是要慎重考虑的。王翦心想，箭射内史章身后十丈之地，那有何难？王翦立即命令弓箭手开始准备，片刻之后，一阵如乌云一般的箭雨从内史章的头顶上飞了过去，箭雨飞过的呼啸之风，吹起了内史章的衣襟。

秦军依然黑压压的一片，但是没有人发出任何声音。黑压压的秦军在发射完了箭阵之后，只听到内史章身后穿来凄厉地惨叫。

王翦大惊，心道："好小子，原来是有埋伏啊！"当即，他看王休的眼光就不同了！王休是怎么看出来内史章身后有埋伏的，而且刚才他看到内史章对王休做了一个动作，王休就猜到内史章的身后有埋伏了？

"武德侯果然是眼光，王某以后定当另眼相待！"

"王将军客气了，刚才也是内史章告诉我他身后有埋伏的，我只是借用王将军的士兵箭阵而已！大功劳还是王将军所得！"

"客气客气！"

内史章和王休终于可以坐下来谈谈了。

内史章听说过王休这个人，当年秦王三马，可是在赵国出了名的，但是内史章那时候还在燕国，并不知道这事是真是假。

不过，内史章还是挺佩服王休的眼光的，当年的异人现在已经化为

尘土，此时的嬴政与嬴子楚相比有过之而无不及。内史章相信秦军的实力要打下韩国只是时间问题。

"只是！"内史章道，"只是韩国国内地形复杂，山地众多瘴气遮天野兽横行，秦军如要攻下韩国，可不是一朝一夕的事！"

"内史章这是要反韩王？"

"反不反是早晚的事，韩王对我猜疑颇深，只因我本不是韩人而是燕人，哼，那一千精兵如不跟着则罢，既然跟着我，那就是秦军的首批箭下亡魂！"

王休倒吸了一口凉气，心中暗想，即便是攻下了韩国，此人也不可留！

"既然韩国地形复杂，那内史章大人可有良策？"

"千里之堤溃于蚁穴也！"内史章说完，起身告辞。

王休细细地品味了一番之后，突然顿悟。而在这时候，探子回报，王翦要攻城了！

历时一个月的攻城战，以秦军主动退守而告终，韩国在损失了一半的土地之后，还有几座重要的城池守了下来。韩国虽然最弱，但还不是不堪一击，韩王虽然自大，但还是有自知之明。

秦军的失利没有让嬴政灰心，相反，嬴政反倒是对那位内史章的言论产生了极大的兴趣。

"千里之堤毁于蚁穴"。

嬴政立即召集王休，问："韩国内部分化严重否？"

"严重。"

"像内史章那样的人多不多？"

"挺多。"

"那，秦韩边境之地，可有像内史章那样的人？"

"应该有。"

"使重兵，攻打秦韩边境，放弃攻打城池，要在一年之内，拿下秦韩边境的大部分土地，直到宜阳！"

王翦得令，继续攻打。

韩国从来没有见到如此打法，一时不知道如何应对，在不到一年的时间内，秦韩边境的大部分土地都被秦军占领，韩王这时候才感觉到秦军的力量是如此可怕，但是现在想想，国内几乎没有大将可用了。

内史章的叛变让韩王非常恼火，但是他一点办法都没有。

公元前 231 年，秦军从秦韩边境一直攻打到了南阳郡。这里属于韩国的地盘。

南阳郡盛产美女。

不过，秦军对美女没什么兴趣，他们感兴趣的，依然是土地和城池，有了土地和城池，美女自然就有了。现在，秦军就在南阳郡城池之下，南阳郡守一看黑压压的充满了血腥味的秦军，两腿发软脑子发热，当即把整个南阳郡的土地都献给了秦军。

面对得来全不费功夫的南阳郡土地，王翦高兴得好几天都没睡着觉。只要得了南阳郡，韩国就毁了。南阳郡代理太守腾第一时间来到秦国，向秦王说了一个惊天大秘密。

"韩国国内空虚，兵力全部压在了韩赵边境，人数有五十万，但是秦军之前攻打边境地带，韩军慢慢地将那些军队抽离了出来，现在整个韩国军队不足十万。如果让我攻打新郑，明年的这个时候，大王您将站在新郑的城墙上，踩着韩安王的脑袋，君临韩国！"

"好！"嬴政非常高兴，当即任命腾为内史，代替内史章在韩国的扶植势力，带领秦兵，攻打韩国！

王休知道这件事，心种暗叹秦王嬴政：好一招借刀杀人！

内史腾对韩国太熟悉了，他出生在韩国，生长在韩国，最终还是要灭掉自己生活了几十年的国家，他心里虽然不爽，但是命运的大流从自己身边流过的时候，他就决定了要选择怎么样的随波逐流。

人最重要的就活着，而不是为了什么忠杰而死。

内史腾把自己的意志观念发挥到了极致，所到之处，生灵涂炭。

秦王嬴政知道韩国将亡，当即命令王翦：“跟在内史腾的后面，接管所有的城池！务必不能让城池的管理权落到内史腾的手中！”

王翦得令，马不停蹄，内史腾在前面打，他在后面接收，公元前230年，当内史腾打到新郑的时候，嬴政正好跟着王翦一路来到了新郑。

正如内史腾所说的，秦王嬴政真的是站在新郑的城墙上，踩着韩安王的脑袋君临韩国的。韩安王被俘虏了，他最后说的一句话就是：“叛徒腾，你不忠不孝不仁不义！”

赵国开始害怕了。

韩国和赵国的命运相关，都怪当时那位石俊，非要到赵国借什么质子！赵王现在担心的是秦军找这个借口来攻打赵国。

赵王担惊受怕了一年多，秦军居然在赵国的土地上没一点动静！这让赵王很奇怪，派人去打听了一下，探子回来后，赵王问：“秦军什么时候打我？”

探子郁闷了一下，回道：“现在还打不了，秦军现在就在韩国新郑整顿，不知道什么时候出发。”

赵王长喘了一口气，把李牧和司马尚叫了过来：“如果秦军犯边，你二人负责抵御！”

赵王现在倒不是怕秦军直接来攻打，而是怕秦军使出攻打韩国那一招，那太可怕了，内史腾一个人，就让整个韩国灭亡，如果李牧和司马尚两个人有一个叛变，那赵国可就完了。于是赵王只能让两位将军同时出征，这样互相牵制互相监督，可能要好一点。

赵王没有算计错，李牧忠心耿耿，司马尚更是无话可说，二位将军来到赵国边境等待秦军，可是这时候，赵国国内发生了非常严重的地震。这一次，秦军还没有攻打，赵国国内就慌了。

赵王许久才从这种难以接受的消息中回过神来！

秦军终于要动手了？

是的，秦军终于要动手了，但是这一次不是拿赵国开刀，而是先攻打的韩国，韩国和赵国唇亡齿寒的关系，城门失火怎能不殃及池鱼？何况赵国和韩国离得太近了！赵王现在真恨不得把韩安王抓过来捅几刀，但是他现在没有机会了，韩安王已经被秦王俘虏。

韩国的灭亡让其余五国更加害怕，当年的五国联军成员国现在更加地害怕，秦军太过强大，所过之处无人能生，这种疯狂的屠杀举动让亲眼见到韩国灭亡的赵、魏等国的后背发寒。

如果苏秦知道韩国已亡，那么他肯定会活活再气死。六国如果连横，何惧现在的秦国！

历史只是历史，历史枯燥无味，换一个角度之后，我们会发现历史之中也有许多有趣的东西，但这种有趣的东西不是屠杀，也不是征伐，而是在这些事情背后的那些人和事，穿插了之后，才会影响到我们所谓的"有趣的"东西的发展。

比如内史腾。严格来说，内史腾不是一个好人，但是站在秦国的角度上，内史腾是一位英雄，因为从开始到最后都是他一个人在打韩国，王翦起初只是攻打了韩国边境，后来内史腾直接投降了然后帮着王翦开始进攻，王翦后来就一直在跟着内史腾接手被他攻打下来的城池和土地。

秦朝攻打韩国时间不长，一年多，但是没费多大劲。

接下来就是赵国了，赵王这才回过神来，秦军真的动手了，韩安王被俘虏，不知道死活，那么接下来会是谁呢？会不会是赵国？

会，嗯，赵王笃定接下来肯定是他赵国，于是派出李牧和司马尚镇守边境重城，可是在这关键的时候国内发生了大地震，百姓死伤无数！赵王慌了，这到底是什么情况啊？怎么仗还没打，自己国内怎么就地震了？

地震，给秦军一次绝佳的进攻机会，赵国国内乱成一团，秦军王翦将军正好带兵攻入，不费吹灰之力就打到了李牧镇守的城池之下。令王翦没想到的是，李牧还是个人物，和司马尚两个人还算有点本事，居然死守城池，让王翦持续攻打了好些天都没有入城一步。

该死的，王翦用拿浓重的陕西口音骂了起来。

老秦人不应该就这样被人家阻挡在门外，得想个办法。办法是在想了，现在再看看赵国是什么情况。

赵王见秦军蒙骜王翦被阻挡在了长平之外的韩国土地上，十分开心，命郭开带些慰问品去前线慰劳慰劳。将士们都辛苦了，不能让他们白辛苦，现在国内地震，百姓疾苦，也没什么好东西给，就给点吃的吧！

郭开带了满城将士吃的高粱面粉等等，在门外叫了半天，守城的人以为是秦军细作，拒不开门。郭开不爽了，老子是来给你带慰问品的，这一路不知道有多艰苦，放弃了宫里的丝绵被什么的不好好享受，跑到你这里来吃苦，你他妈以为我愿意来的呀，我来了你还不开门，这不是找不自在么？

郭开在心里面产生了一股无法散去的怨气，心想不要让他郭开逮住李牧的任何机会，否则必定让李牧死无葬身之地，不就是个将军么？赵国又不缺他一个李牧！

郭开阴险地笑了笑。

守城的将士看了半天，发觉这个人穿的还就是赵国宫廷内的服饰，再看看面貌，似乎是赵王身边的宠臣郭开，于是命人放下暗中准备把这位"秦军细作"干掉的弓弩，命人回报了李牧。

李牧一听是郭开来了，立即打开城门，命人把郭开迎接了进来。可是，郭开一进门就甩脸色，让李牧云里雾里不知道到底是怎么了。李牧问司马尚："得罪这位爷了？"司马尚说："没有啊，我也是才知道他要来。"

李牧是位将军，为人处事方面自然都是男子汉作风，没有那么多花花肠子，但是司马尚却是个精细人，见郭开甩个脸色爱理不理的，再问了一下开门的守兵，顿时就明白了，这是故意的呀，不是李将军做得不行，而是郭开生气了，因为郭开认为李将军把郭开关在外面关得时间太久了！

司马尚立即把这个问题说给了李牧，李牧一拍脑袋："哎呀，我怎么就没想到！"李牧马上命人倒酒上茶，好吃好喝地伺候好了，郭开心里的那团怨气才算散了去。

不爽归不爽，东西还是要给的，不然回去没办法交差，但是郭开留了一个心眼，他带来了一千车的军粮，但是只给了五百车，还有五百车他让心腹拉到了自己地盘上去了。

贪财如命的郭开不知道，他这一次的举动，正在加速赵国的灭亡。

赵王迁不知道郭开干了什么，他以为郭开肯定是老老实实地把东西送到了将士的手中，所以赵王迁很高兴，命郭开拿着印有赵王印玺的嘉奖书到前线去表扬一下李牧和司马尚。

郭开十万个不情愿地上了路，他不知道前线的情况已经不同了，秦军又来了。

王翦深知李牧的厉害，知道强攻无望。李牧是继廉颇之后赵国名将，曾经败过魏国，干过燕国，打过韩国，也收拾过秦国，王翦见是李牧守城，觉得这一仗如果要是强攻的话，那这城池根本拿不下来，必须得想一个不用强攻的办法才行，想来想去，突然探子回报说有一个赵国人正在来前线的路上。

王翦非常惊讶，问身边的探子："多少人？前方可有埋伏？"

探子回："一行二十人，穿着赵国大臣服饰，为首是位白白胖胖的人，没有埋伏，没有带兵。"

王翦心想，这就奇怪了，这会是什么奇人异士，敢在秦赵两国打仗的时候穿梭与秦赵之间？这是吃了熊心豹子胆了难道？王翦现在把王休

当成神人一样看待，自从听了王休的话在韩国城墙上乱箭射死了埋伏在城池内的一千伏兵之后，王休在王翦心中的地位直线上升。

"武德侯，你觉得这会是什么人？"

王休晃了晃脑袋，"不管什么人，抓了再说呗！"

人呢，有时候总是会被表面现象所迷惑，王翦不敢前去抓人怕有埋伏，但是王休却把这事情看得很简单，不就是几个人么，抓来就得了。

王翦派了一小队骑兵过去，冲到郭开面前就把郭开给逮住了。

郭开吓得尿了裤子，见惯了大场面的郭开却还是头一次见到那么多骑兵冲到自己的面前并且还无礼貌地把自己从车上给拖了下来。郭开毛了，这些士兵可不是赵国士兵啊！身上的衣服更不是赵国士兵穿的衣服呐！

"你们是谁呀？！"郭开虽然有些贪财，但是脑子不笨，他知道眼前的一群穿着黑色衣服不戴头盔头发歪着扎的骑兵绝对不是一般的绑匪。郭开知道，这群人训练有素，马术娴熟，腰中的长刀上散发着骇人的血腥味，这是杀过人的人，这是在死人堆里穿梭了好几个来回的人！

他们是秦军！

郭开想到这里，顿时觉得两腿发软，眼冒金星。

跟着他一起来的那些宦官见情况不对，有的就要跑，但是就听空中几声破空声响起之后，那些打算逃跑的宦官的后背就多出了几十支箭，穿胸而过。

郭开像死狗一样被秦军骑兵扔到了王翦的面前，王翦一看这个人，肥头大耳白白净净的，一看就知道是个大官。

再看郭开，他一抬头，没看到太阳，却见上面写着大大的"王"字和"秦"字的遮挡了天空，根本看不见太阳，黑压压的一片，如同乌云一般。

郭开认清了现在的情势，没有错，他现在被秦军给抓住了！

王翦什么都还没问，只听郭开大叫："我说！我说！我什么都说！"

王翦好奇地盯着眼前这位胖子，问："你知道我要问你什么你就什么都说？"

"说！说！什么都说，只要你们不杀我！"郭开为了自己的命，把自己的国家就这样抛弃了。

王翦和王休对视了一眼，心想这也太容易了，完全不用拷问，什么劲都不费，人家直接就要什么都说了。

下面，就是王休和郭开的对话，当然了，并非是公平对话。

"赵国守将是谁？"

"李牧那个混蛋！"

"还有谁？"

"司马尚！"

"你来这里干什么？"

"送嘉奖令。"

"嘉奖谁？"

"李牧。"

"你是赵王身边什么人？"

"我？……我乃赵国贤臣郭开也！李牧乃是小人也，守住一个城池能有什么用？眼高手低，目中无人！"

"贤臣？脸都不要了你！"王休自己都不好意思往下问了，"完全就是一个十足的奸臣，奸得像黄鼠狼似的。李牧将军乃是赵国上将军，容得你如此侮辱？"

郭开心想，这是什么情况啊，怎么夸起李牧来了？

"情况不是这样的，赵国有李牧必败！"郭开恨不得现在就带领着秦军攻进赵国城池之内，但是郭开还是有点脑子的，"将军，不知道找我郭开有何吩咐？"

王休受不了郭开脸上的谄媚样，走到一边拿出三十金，道："这是给你的。"

"无功不受禄啊！"郭开见到那些金子，眼珠子都快蹦了出来。

"李牧乃是赵国上将军，李牧一天不除，你郭开就被李牧踩在脚底下，想想看赵王迁现在多么地信任李牧，又是嘉奖又是什么的，你郭开却在战争的道路上与赵王迁越走越远，想想吧，如果李牧一直把你踩在脚底下，你郭开能有什么出头之日？"王休一句话说到了重点。

郭开想想也对呀，如果李牧一直守着这个城池，为赵王挡住了秦军的进攻，那李牧在赵王面前的地位将飞速上升，到时候赵国那还有我郭开的位置？

郭开越想越堵，当即道："不知道将军要我做些什么？"说完，郭开把那些金子塞进了怀里。

王休道："该做什么，你自己明白，今天我不杀你，去吧！"

郭开如同得了大赦令，提着鞋子就跑。

王翦叹了口气，赵国有这样的奸臣，灭亡只是早晚的事。

王休可是看得真切，郭开是个不折不扣的小人，这一次他回去，赵国可就热闹了。

赵国地震，紧接着就是大灾，庄稼颗粒无收，百姓痛苦不堪，民不聊生。这些还不是秦军攻打的结果，而是地震引起的。现在李牧镇守边关，秦军久攻无望，干脆在赵国边境驻扎了下来，就等着赵国国内大乱。

果然，郭开回去之后，第一件事就是向赵王迁报告了一件事情。

李牧在赵国边境，大开城门，秦军进来如入回自己家一样，畅通无阻。李牧这是明显地要叛国，而且还和司马尚说好了，只要时机恰当，立即倒戈。

赵王迁不太相信，问他："这些你都是怎么知道的？"

郭开立即道："还用问么，大王，我带过去的二十个舍人都死了，都是李牧放箭杀死的，我在城门之下，用一具舍人的尸体挡了一下，才幸免于难！李牧小人也！"

赵王迁大怒！

李牧啊李牧，枉寡人如此信任你，让你镇守边关，你却私通秦军，你这是置几十万赵军与水火之中啊！好呀你，既然你不仁，可别怪寡人不义了！

赵王迁当时决定，撤回李牧，让李牧和司马尚回国接受正义的审判！可是，当郭开拿着命令来到了李牧之处时，李牧却是一脚将过来踢了出来。

"滚滚滚！"李牧大怒，赵王迁疯了，现在把我撤回去，那就是等于把赵国拱手让给了秦军！李牧深深地知道赵王迁是中了秦军的离间之计，但是他毫无办法，只能拒不受命，死守城池，拒不让出兵权！郭开不是等闲之辈，他能从一名小小的宦官混到如今的地位不是没有原因的，他眼珠子一转，立即想到了一个主意。

李牧乃是赵国猛将，如今被郭开陷害，他身边的人纷纷在邯郸为李牧游说，希望能通过自己的能力改变李牧眼下遇到的局面，其中最辛苦的，自然是李牧的妹妹，沁兰。沁兰在赵国本不出名，和赵国众多的美女想比，沁兰只能排在末尾。可是沁兰在哥哥李牧的影响下，颇有些女侠的味道，现在哥哥有难，所谓长兄如父，他必须去救。

救人，是要讲究一些策略的。眼下郭开一人之下万人之上，专揽独断，陷害李牧不在话下，沁兰要救人，必须要除掉郭开。可是，在赵国能除掉郭开的，目前来说除了赵王，就没有其他人了，沁兰想了想，想出了一个更加疯狂的主意。

郭开是憋着一肚子气回到了赵王迁身边，赵王迁一看郭开身边居然没有跟着李牧，当时就郁闷了。

"反臣李牧呢？"

"他，拒不让出兵权！还说大王是个傻子，这时候让出兵权就等于是找死！"郭开是豁出去了，不弄死李牧他是誓不罢休，反正秦军早晚

是要打进来，早一点晚一点那只是时间问题，现在主要是弄死李牧作为投名状向秦军继续示好。

赵王迁震怒，反了反了，这是真要反了，连孤王的话都不听了，好，你不听是不是，那就暗地里搞死你！赵王迁立即派出死士，潜入李牧驻守城池，务必要将李牧带回来，不论死活！死士得令，连夜出发，快马加鞭于三天后达到李牧驻守处，避开哨兵，生擒了李牧！

司马尚一见主将被抓了，还以为是秦军潜入了进来，当即鸣鼓准备作战，但是当士兵都集结好了，却没看见秦军，反倒是看见了不少赵王迁身边的死士抓着了李将军。

司马尚一眼就看出来了，赵王迁中了离间之计了！他立即整顿军务，加强防守，他知道，很快秦军就要进攻了！

就在秦军准备进攻的前几天，秦军军营中出现了一个娇小的身影，她化妆成秦军将士，在成千上万的帐篷之中找到了一个较大的帐篷。当她来到帐篷跟前的时候，看着门前老虎一般的守卫，她有些胆怯了。

这个娇小的身影就是沁兰，此时的沁兰已经是为了哥哥豁出去，不赌这一把，兄长李牧就是死。沁兰看了看那顶较大的帐篷，立即避开守卫的耳目，从侧面潜入了进去。可是，当她潜入进去的时候，却看见有个文绉绉的人坐在鹿皮之上，手中捧着一叠厚厚的竹简正在聚精会神地阅读，完全没有注意到有人潜入了进来。沁兰以为他就是秦军将领，当即跪倒在此人面前道："民女拜见将军！"

听到声音，王休抬起头来，这才看到有人进到了自己的帐篷里。再看看门外，似乎没有人禀报，当即王休就明白，这女人是自己偷偷闯进来的，当时，王休就对这位穿着男装但是面容却是女子的人起了浓厚的兴趣。秦军几十万人的军队，这女子是怎么混进来的？还有，她说是民女，可现在是在赵国境内，一个民女在赵国的地盘上潜入到秦军的军营里，这又表示什么？

王休的兴趣不仅仅如此，他压住心中的好奇，问："你是何人，为何来此？"

　　沁兰听这人说话了，忙道："妾身乃是赵国罪将李牧之妹，此来不为其他，只为将军救我兄长一救，将来必当结草衔环当牛作马涌泉相报！"沁兰在其实不知道王休之前自称"妾身"，这是一个谦虚的说法。王休听了，心道这女子出口成章，倒是有点大家闺秀的味道，只是这女子说自己是罪将李牧的妹妹，那么她为什么要让秦军将领来救李牧呢。

　　王休顿时就对这个女子产生了一种别样的感觉。"你可知道，这是秦军军营。""妾身当然知道。""你既然知道，那你不怕我抓了你，要挟李牧？"

　　"妾身知道，但是妾身的兄长现在在赵国已是身处水深火热之中，赵国奸宦郭开陷害民女兄长，以无妄之罪令兄长以死罪，在赵国兄长是死，还不如归顺秦国，或许有一线生机。"

　　王休听完，觉得这女人说得异常悲壮，为了兄长能活命，居然连自己的国家都不要了，不过能够陷害自己亲人的国家，也不是什么好国家。王休顿时对这位侠肝义胆，亲情至上的女子产生了敬佩之情。"你叫什么名字？"

　　"民女名唤沁兰。"

　　"沁兰，沁兰……"王休默默地念了几声，再看这位女子，心中顿时产生了一种别样的情愫，似乎有一个声音在自己的耳朵边催促着他，帮她，务必要帮她。王休抗拒不过那声音，同时，好像答应了之后，便又担心再也见不到这位奇女子，当即说道："可惜，我不是主将。"

　　沁兰一愣，此人不是主将？那住那么大的帐篷干什么？这秦军军营里，也只有这个帐篷比较大啊？王休似乎看出了沁兰心中疑虑，道："我乃是秦军军师王休，武德侯王休，你随我来，我带你去见主将。"

　　沁兰担心王休会害了自己，但是眼见此人相貌不凡，也不像是那奸相之人，于是将信将疑跟着王休来到了王翦所在的主帐……王翦很好奇

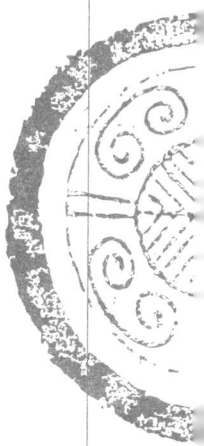

王翦在这个时候还带着女人进来，问了之后，当即点头答应。

在李牧被赵王迁秘密地抓回去了之后，就再也没有听到过李牧将军的消息。反倒是赵王迁派出了赵怱和颜聚两个饭桶前来代替，人还未到，秦军就发起了冲锋。司马尚立即命令守城军卒准备迎战，但是赵怱却不爽了，这是什么意思？我主将刚来你就抢着要发军令？好，我这时候不杀你那什么时候杀？当即，赵怱就命刀斧手把司马尚捆了，推到城墙上咔嚓了一刀。

秦军细作看见了司马尚被砍了，回报王翦和王休。

王翦问："该出手了？"

王休点点头："敌将内讧，赵王迁用人不当，出手，杀他个片甲不留！"说完，看了看身边的沁兰，只见其眼中尽是泪花，不知道是为国哀痛，还是为兄悲伤。王休的心中产生了些许涟漪，不知道是情，也不知道是爱，总之，是对这女子的不忍。

王翦带着三十万秦军，几乎不费吹灰之力冲进了赵怱和颜聚防守的城池，如入无人之境，杀了个天昏地暗，刀剑都砍钝了！赵军溃不能成军。秦军在赵国境内，如煞神一般，四处攻城略地，无所不胜，赵军几乎无法抵挡。公元前228年，秦军攻破邯郸，赵王迁出逃。

郭开开心坏了，心想李牧啊，你跟我斗，你能斗得赢么？见秦军已攻破邯郸，郭开立即来见王翦。郭开说，我有赵国将军一名，愿献给秦军，要杀要剐悉听尊便，条件就是换取我郭开的一条狗命。郭开说完，心中暗想，哼！赵国，到头来还不是被秦国灭了么！我收了秦国的好处，自然要帮着秦国办事了，对不起了赵国，人为财死鸟为食亡，天下没有不爱钱的！

再一次见到王翦和王休的时候，郭开那个笑得开心，这一次功劳大了吧，秦王怎么得奖赏我一个郡守当一当吧！没想到王翦只是看了看郭开，只扔了一句话："拖出去砍了！"郭开就这样与这个世界永远地告别了。剩下半死不活的李牧在王翦面前，抬起头来，昂首挺胸道："国亡而将不降，要我李牧降敌，万万不能！"

这时候，王翦上前来，道："要你降？本将说过要你降了么？本将是替人怜惜，你命好，有个侠肝义胆的妹妹，换作是本将，就是死也值得了！"李牧听得是云里雾里，莫名其妙，什么替人怜惜？

这时候，王休出来，带着一个女人。

李牧挣扎着看了看，却见是沁兰。李牧当即就愣了，原来降敌的不是别人，正是自己的妹妹啊！随即胸口苦闷，一口鲜血喷出！王休忙让人将李牧带回后帐，让他的妹妹好生照顾。王休想，这对兄妹，果然是忠心不二，国家亡了，但是心仍然姓赵。由此，王休对沁兰，更是多了一层爱慕之情。

赵王迁实在想不通，李牧背叛了赵国，郭开忠于赵国而没有离开邯郸，赵忽和颜聚两位将军实力也不弱呀，可怎么就亡国了呢？还令赵王迁想不通的是，公子嘉为什么不跟着他一起出逃，而是跑到代郡干什么去？更让赵王迁想不通的是，为什么燕、魏、齐等国不来支援？

赵王迁还有许多事情想不通，但是现在也没时间去想了。不过有一件事情他明白了，赵国是没有希望了，赵国军士死的死降的降，这个本和秦国同宗的诸侯国，就这样被自己的亲戚攻占，赵王迁心灰意冷，赵秦两国本来就同祖，不如献出赵国地图，接受赵国灭亡这个事实了吧！

赵王迁回到了邯郸，向秦国献出了赵国地图，赵国的命运和韩国一样，从战国七雄之中彻底地抹去。秦军从占领的韩地设置了颍川郡、三川郡和上党郡之后，又在赵地设置了太原郡、云中郡、邯郸郡、巨鹿郡、雁门郡、代郡、常山郡七郡，每郡设郡守，据守拥有最高行政权，集政治、经济、军事等于一身。

秦王政二十年左右，秦军铁骑继韩国之后，攻破邯郸，灭掉韩赵二国，秦王嬴政之名，传遍天下。

秦王灭赵，这对本来同祖的诸侯国，就这样在历史中合并成了一家。其实历史本来就是揉揉杂杂地将一些不适合历史发展的东西合并到了一起，没有什么理由。西汉司马迁用客观的语气在史记中叙说了赵国亡国的事实，然而事实上正如司马迁说的，赵国是后来在赵王迁献出赵国地图时算得上是概念上的灭亡。

灭韩赵两国后，秦国的国力得到了极大的提高，设置三川郡和颖川郡之后，秦国得到了韩地大量丰饶的物资。秦国的黑色大军现在全面地包围了魏国。

魏国上下乱作了一团，信陵君魏无忌不怕，不过他年岁已高，不成什么气候，现在的魏王已不在是当初的魏王，同是魏国，但是抗秦的决心却不一样了。以前的魏国还有抗衡秦国的实力，现在的魏国也有，但是军在士气，没有了士气，就算是再强大的军队，也不能够成气候。

魏国在地理上处在非常敏感的位置，在秦国赵国之间，国都乃是大梁。许多年前，魏国和秦国关系还算不错，秦孝文王死了之后，庄襄王紧急继位，庄襄王上来的第一件事就是去教训了一下韩国。再后来，庄襄王干了一件大事，让蒙骜带兵，从韩国直接转到魏国，直取魏国上党郡。魏王一急没招了，倒是信陵君联合五国抗秦，败秦于河外，让秦庄襄王很丢面子。

当年秦国有白起，那是何等的威风，如今的蒙骜，蒙恬蒙毅等人也不错，只是威风不如当年。秦魏两国关系不错是不错，经过信陵君一闹，两国的关系闹僵了，庄襄王差点干掉魏太子增。现在秦王大军压阵，魏景闵王很是担心，秦军太强大了，强大到魏国没有办法和秦军抗衡。

在魏国历史上，似乎每一次和秦军干仗，几乎都是以战败而告终，唯独有那么几次联合韩国、齐国等国一起伐秦才算赢了几次。魏景闵王不敢正面与秦王交锋，赵国和韩国是实实在在的例子，魏景闵王不是笨蛋。

"怎么办？"魏景闵王看着群臣，丧气地问。

"秦军过于强大，魏军不是对手。"堂下一位大臣说出了实话，魏景闵王虽然听着不太舒服，但总算是有人愿意表态了。

"强大是强大，寡人不是没有看到秦军的强大，寡人要的是对策，对策！"魏景闵王几乎快气疯了过去。这群饭桶，平时叫嚣得挺厉害，关键时刻总是掉链子！

"韩赵两国的灭亡给我们沉重的教训。"臣子道，"这个教训告诉我们，与秦军对抗的结果不是很乐观，不如……"

魏景闵王一听，顿时来了精神，"不如何？"

"大王，韩国之所以灭亡，那是因为当年嬴子楚回国的时候，韩国没有放行，而是在边境之地设置了许多关卡，目的是和赵国联手把嬴子楚困在国内杀死，而赵国的灭亡则是因为囚禁了如今的秦王之父嬴子楚，又或者是其他原因，而十多年前秦军攻赵的时候，我们已经献出了丽邑之地，可惜没有等到援军，现在秦军攻楚，正好给了我们足够的时间防守！"

魏王大喜！

这是好办法，魏国大梁城墙坚固，号称七国第一，如今秦军来了，我们坚守不出，等待援军，让秦军劳师动众却在干等，岂不是上等的兵家之法？好妙计好妙计！就这么定了，秦军攻楚就让他不停地攻吧，楚国之大不是秦军一天两天就能打下来的，不如采取群臣之妙计，收军大梁，和秦军慢慢耗着。

魏国举国想出了如此一个绝招。秦军行军疲累，必然驻扎在城外，如今魏国只要闭门不出，便可拒敌与城门之外！消耗战对魏国来说有利，对秦国有害。

秦国咸阳。

嬴政眼见攻楚久攻不下，干脆让秦军休息休息，从魏国边境一路进军，来到了蔡国。蔡国在楚国国内，是国中之国，灭掉蔡国得到补给，

123

再和楚国慢慢耗，秦军有的是时间。同时，嬴政采取了李斯的建议，启用年轻将领王贲率军二十万，直奔魏国大梁。这时候，秦军兵分两路，一路南下围困楚国，一路东进，直取大梁。

楚国方面暂时不说，魏国那边固守大梁也可以放一放。王翦率领秦军主力五十万，在蔡国边境驻扎了下来，蔡国吓坏了。这是什么情况？秦军不是去攻打楚国的么？怎么来到穷乡僻壤的蔡国来了？蔡国国君蔡哀侯的嫡系重孙蔡夋公此时已经是楚国家臣，蔡国在春秋时代已经灭国，但是楚国保留了蔡国的国姓姬姓，一直没有正式地收编蔡国残留军队。现在，就是这点军队引起了秦军的注意。

奇怪的是，没有人明白秦军为什么要把注意力集中在蔡国这个已经灭国的小土地上，就连楚国也搞不明白，秦军是不是太无聊了，开始拿蔡地练手？事实上，不是王翦无聊，而是王翦在等时间，等王贲那边的消息。楚国对于秦国来说还是一块硬骨头，短时间内啃不下来，王翦身旁没有王休帮助，不敢贸然进攻。

现在，王贲率领二十万秦军长驱直入，直接杀到了大梁城下。

王贲杀到地方才知道，大梁的城墙真他妈的厚。魏国军队在大梁死守，王贲打了几个月，都没攻进去，根本上不了墙。王贲气坏了，派人回去询问一下王休。王休此时不在军队里，而是在咸阳吕不韦家中。

嫪毐被干掉之后，吕不韦的势力也被削弱了许多，吕不韦现在老实了，并且自从嬴政用李斯为相之后，吕不韦的地位急剧下降。王休不想再看见吕不韦，嫪毐一事，让王休明白吕不韦的为人有些问题。嫪毐进宫，完全是吕不韦搞出来的鬼，这点王休心知肚明，只是他没有说出来。铲除嫪毐一事，王休没有出手，而是站在一旁冷眼相看。

九龙真人说了，这事不好插手，让嬴政一个人搞去吧，再说了，咸阳还有昌文君和昌平君两位大好人在，不需要王休再多干些什么，事情干得多了，也不太好。

王休领了师父的命令，就在家里整天修书著说，不过今天是个例外，王贲将军派人来询问，魏国大梁城墙坚固，秦军攻城遭遇到了点小小的困难，看王休能不能出个注意，那魏国大梁拿下来。

王休想了想，王贲挺懂事的，按照道理说，这事得先去问问嬴政才对，现在直接来找他，说明王休在王贲将军心中的地位和在王翦将军心中的地位差不多。可是王休不能直接出主意，而是修书一封，让王贲将军的心腹带到了王贲手中。

然后王休直接求见嬴政。

嬴政听说了，觉得这事情还挺大，王贲能在这时候问一下自己，嬴政也觉得很开心，但是问题出现了，王休已经把意见送了出去，那再和嬴政说，是不是有点晚了？

不晚，嬴政和李斯商量了一下，觉得魏国固守大梁，那就让他守着，嬴政命令王贲围城，把大梁围他个十年八年，让魏景闵王在大梁里面自生自灭吧！

王休听了，心中暗笑。他送出去的消息，和嬴政的命令几乎一样，王休的命令是，原地待命，重军围城。这时候，沁兰见了王休，对王休说了一个建议，魏国都城城墙坚固，但是不知道防不防水？王休没在意，沁兰也没再多说。现在对沁兰来说，待在王休的身边总是能让她安心，再也不用回到那该死的赵国，而哥哥李牧也卸甲归田，从此再也不用领军打仗了。

对李牧来说，当一个普通人最好。

不说楚国那边的战况，光魏国这边，秦军就连连给嬴政带来好消息，继灭韩国、赵国两国之后，秦军灭国的经验又多了一些。秦军围城，这让魏景闵王头疼欲裂。

这到底是什么玩意！秦军能不能有点不埋汰的招数？总是围城，这是要围到什么时候！

大梁这边被围了个水泄不通，王翦那边也是如此，王翦派兵，把整

个蔡国围了个水泄不通，气得楚王咬牙切齿，蔡国，那可是盛产美女的地方！正因为蔡国盛产美女，所以很多楚国士兵的家眷都是蔡国人，也正是因为如此，楚国才没有在名义上灭了蔡国，而是保留了蔡国的故土，没有收编为楚地。蔡国有一部分女人，可都是楚国士兵的家属。王翦这一招后院点火，太损了。楚王暴躁无比，命士兵再也不要管什么战术了，出动重兵，攻打王翦！

这一仗没有被载入历史，因为楚国出征的人都死光了。楚国出动十万精兵，为求速度，全部轻装上阵，昼伏夜出，花了将近半个月的时间才来到蔡国边境，但是刚到边境，就被等了很长时间的秦军一阵齐射……

秦军的箭阵天下无敌。

王翦继续围城，王贲继续围城，同时不停进攻骚扰，魏景闵王好像一头水牛，被秦军这群吸血蚂蟥叮得头破血流，虽然死不了，但全身都是伤。前线送回咸阳的消息不断，嬴政在李斯的帮助下，分析得出一个结果，魏国必灭。现在轮到王休休息了，但是还没休息几天，嬴政忽然召见王休。魏国派出密使来见秦王，要求秦王撤兵，只要秦王政从魏国撤兵，魏国愿意为秦王政说出一条惊天大秘密。

嬴政这个人很奇怪，除了喜欢打别人以外，还有一个特点，那就是怕死。嬴政曾经在一家乡下农家待过，看见过许多山匪抢劫杀掠，他害怕死亡，而魏国使者的"惊天大秘密"正是能让嬴政不会死的秘密。嬴政非常感兴趣，知道王休是山中修炼过的高人，便让王休过来参考参考，看看这条惊天大秘密到底靠不靠谱。

王休一听说这件事情，心里笃定，这是完全不靠谱的，不过这却是和他师父九龙真人布下的大局有关。历史的变迁，总是有一只大手在操控，而这只大手就是局，也许就是九龙真人布下的局。九龙真人说过，秦国三百年，超过三百年，也就不再是秦了，那时候必然有一位能人出来改朝换代，不过现在时间还没到，现在王休要做的，就是要听听那惊天大秘密到底是什么秘密，有多"惊天"。

"靠谱不？"嬴政问。

"还行。"王休说。

"什么叫还行？行就是行，不行就不行，怎么就还行？"嬴政不高兴了。

王休立即道："生老病死，是人之常态，是天意，是不可违抗的，你看老秦人的祖先，先祖秦孝公，先祖秦穆公，乃至老秦王庄襄王，哪位不是天地之奇才？可是依然没有逃脱归天的命运，大王，这是人的必经之路，所以这事不靠谱。"

嬴政没有听到他想听到的，当即发怒了，"放屁，那你说的什么会稽山修道，那都是骗人的？"

王休道："会稽山修的是人伦道，而大王您修的是帝王道，不一样的。"

嬴政想想也是，我修的是帝王道，怎么能和你这些人伦道相提并论，刚才真是失态失态！

王休接着道："帝王道和人伦道的不同，就在于走的路不同，所谓大路朝天各走一边，说的也许就是这个道路，你修的道和我修的道是不同的，但是道却是相同的，你我都在朝着一个目标进发。"

什么目标？嬴政心想"道"还有不同这分种？

"当然有！"王休说，"道有天地之道，人伦之道，君臣之道，道生一，一生二，二生三，三生万物，道乃万物之祖，所以，道就有千变万化，自然有不同的分种。"

"那么，这和'惊天大秘密'有什么关系？"嬴政严肃地问。

王休现在觉得嬴政的样子不像是一位帝王，而像是一位寻仙的方士。

王休提出了这一点，希望嬴政能够改正。

嬴政接受了王休的建议，觉得自己需要改正，不过在改正之前，嬴政说："耗尽全力，也要找出这个秘密的所在。"

"那么这个秘密是什么？"王休到现在还没有听赢政亲口把所谓的"惊天大秘密"说出来。

"长生之术。"赢政说完，甩手而去，只留王休在风中凌乱。

长生之术，自古就有人千辛万苦地追寻，但是到头来依然是竹篮打水一场空，人都是会死的，只是死的方式不同而已，有些人的死重于泰山，有些人的死轻于鸿毛，无论轻重，人固有一死。寻找长生之术是历来帝王都要考虑的问题，只是有的帝王看透了这一切，没有继续而已。

赢政也落进了这个圈子里。

"现在王贲将军围困大梁，胜利指日可待，王翦将军围困蔡地，楚王已自乱阵脚，这些都对秦国有利，我王现在切不可分心，应当竭力地扫灭六国！"

王休没有被所谓的惊天大秘密迷惑。

赢政当然知道这一点，征伐天下乃是他的梦想，戎马一生扫灭六国，为大秦国开创史无前例的盛世王朝，替代以往的周天下，成为中原之主，现在暂时不应该为长生之事困扰，但是事情还得有人去办。于是，徐福出现了。

但这些都不太重要，至少对现在来说不太重要，重要的是王贲那边的战况。

魏景闵王被困了一年多，现在终于到了夏季，丰收的季节，可是王贲却把大梁围得像个铁桶。

魏景闵王气得快要吐血了，可是他一点办法都没有，当初群臣的建议就是退守大梁，让秦军折腾去吧，没想到秦军一围就是一年，这一年来，大梁城内可成了秦军练射箭的好地方了。

不过，大梁城经过了魏国几代君王的修缮，城墙牢不可破，而秦军没有重型的攻城武器，只要围困，等待魏国不攻自破。

想法是好的，可是实践起来却又出现了许多难题。

秦军自身的消耗非常大，加上王翦那边攻楚同样是久攻不下，这时候的嬴政，完全没有心思搞什么长生不老，而是为战况胶着而忙得焦头烂额。

嬴政忙坏了，王休快忙死了。王休看了看魏国地图，一条黄河从魏国流过，嗯，这条河忽然让王休感到有些害怕：现在是夏季，黄河随时都有可能发洪水！

王休立即修书，让心腹送到魏国王贲将军手中。王贲将军打开绢帛一看，原来是让王贲注意黄河之水，免得秦军将士遭受无妄之灾。

王贲一看，水？水……水！

对了，就是水，魏国大梁城离黄河之水不远，而且路面都是沙土，只要将黄河水引到大梁城外，以水灌城，不愁淹不死魏国人。

王贲的脑子突然开窍了，宛如神仙降临。

绝计啊！王贲自己都为他那发达的脑子感到激动。

说动就动，王贲一面感谢王休献计之恩，一方面派出工程兵开始动手，秦军二十万人，分出十万人出来，昼夜不停地开始挖，铲子挖坏了用手刨，也要刨出一条大沟来！

秦军这个发达的战斗机器又开始运作了，王贲是总指挥，王休是顾问，嬴政是荣誉指挥，整个秦军就是一个超级无敌的挖掘机。

几十里的路，在很短的时间内，就被秦军挖出了一条大大的沟渠来，黄河之水顺着沟渠一泻而下，如洪荒猛兽一样灌进了大梁城。

传说，大梁城的城墙厚达二十丈，高约三十丈，全部用黑土夯筑而成，秦军接连攻打了一年，都没有把大梁城攻下来，可是自从王贲用水灌城之后，大梁城的城墙开始坍塌。

魏景闵王这下真的慌了，这是天要亡魏啊！

既然都已经死到临头了，不如做最后的斗争，魏景闵王不能让列位魏国老祖宗看不起，他整顿士气，将大梁城内的十万守军不管老幼病残全部集中到了一起，然后在一处缺口下，提枪上阵，对着秦军，展开了一次自杀式的冲锋。

第四章

这是一场没有载入史册的战斗，魏国发起了自杀式的冲锋，结果全军覆没。王贲的水灌大梁让魏国人害怕了，魏景闵王深深地体会到了韩安王和赵王迁的痛苦，这是别的人体会不到的。

　　历史悠久的大梁城，就在这样的情况下，被王贲攻破，魏国，灭亡。

第五章

韩、赵、魏三国，在短短的时间内被秦王政所灭，王翦、蒙骜、王贲等将领的威名远播天下。秦王政的名号吓破了周边国家的胆，尤其是燕国。燕国地处东北，在齐国之北，土地异常肥沃，但却处贫寒之地。战国初年，韩国、赵国、魏国、秦国、齐国、楚国六国纷纷开始改革，唯独燕国在改革之中保持传统，硬是不动弹。因此，燕国不停地地落后，而且一直落到了最后。

燕国很弱，这是事实。燕国北有东胡，南有强大的齐国，西有魏国，东边就是大海。燕国夹在中间苟延残喘，被齐国欺负了很多次，差点灭国。当然了，这还是中华民族内部斗争，东胡在其中不停地骚扰，燕国连丢几十城。

燕王抓破了脑袋，都不知道为什么燕国总是挨打。想来想去，终于想明白了，哦，原来是没有改革。各个国家都在改革，只有燕国没有动静。但是现在改革已经晚了，齐国奉行"尊王攘夷"策略，逐渐强大，而燕国此时再改革，却是再也跟不上齐国的脚步，六国纷纷强大了，唯独燕国拖了战国七雄的后腿。不过燕国还是有点自尊的，东

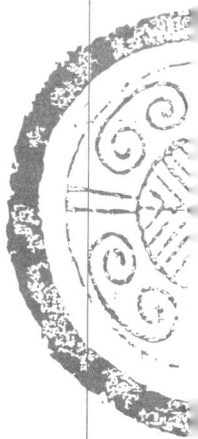

胡的不停骚扰，燕国的不停进攻，硬是没有灭掉燕国，燕国就这样在战国几十国之中逐渐锻炼出了强大的内心，灭掉了周边的一些小国家，发展成了战国七雄之一。

燕王还是有点本事的。

再后来，燕王招用苏秦、乐毅、邹衍等贤人，逐渐让燕国强大了起来。面对秦军的不停扫虐，加之韩赵两国的灭亡，燕国太子丹深深地明白，擒贼先擒王！是的，要搞定秦国，必须先拿下秦王政。

石俊就在太子丹的身旁。自从吕不韦完蛋了之后，相貌没有多大变化的石俊换了一个身份，来到了燕国，楚国他是不能去的，去了也是死，楚王是个暴脾气，要是知道石俊曾经和嫪毐有点瓜葛，肯定会当场砍了石俊的脑袋。

"这个办法可行？"太子丹问石俊。

"绝对可行！"石俊说，"杀了秦王政，太子丹您就是天下的英雄，剩余的四国，会以您为尊，尊你为王！"

太子丹的思绪在石俊的声音影响下，飘得有点高了。

嬴政打了个喷嚏。

这是有人在说他的坏话呀，并且在不停地打他的主意，嬴政开始睡不着了，命令，所有人觐见秦王，须在百步之外，上前一步者，格杀勿论。

在那个战国时代，诸侯王有着绝对的生杀大权，那就是一国之君，诸侯之王。

秦王的命令得到了有效的执行，王休站在百步之外，都看不清秦王政的脸了。

"有人要打孤王的主意，王休，想个办法，找到此人，杀掉，提头来见孤王。"嬴政现在越来越冷血，尤其是在听到王贲用水淹没了大梁城之后，更加地认为，只有铁血的手段，才能更好地维护统治。

"不用审问？"王休暗地里高兴，嬴政终于上道了。

"格杀勿论！无需审问！"嬴政冷眼以看。

王休严格地执行了命令，但是他没有去找人，而是去寻找了一个人。

石俊不在秦国！王休身上冒出了点冷汗，自从嫪毐事件之后，王休算是真正地明白了石俊和那件事情是分不开的，嬴政当时还年轻，不过现在嬴政成熟了，自然明白那些道理，当年的赵太后是被嫪毐灌了什么迷魂汤了，还生了两个孩子，可惜那两个孩子都成了嬴政的刀下鬼。

无论如何，王休要想出办法阻止石俊陷害秦王，至少秦王现在不能死，因为还有三国未灭。

王休开始在整个中华大地上找人，万万没有想到，石俊现在是在燕国太子丹家中正襟危坐，和太子丹喝茶聊天。

事情就是这样的奇怪，明知道事情正要发生，却没有办法阻止，王休就碰到了这样的事情。

王休不知道怎么找到石俊，因为那个家伙神出鬼没，像个幽灵。

王休决定，以不变应万变，反正该来的迟早要来到，既然秦王都能感觉得到，那他王休不会比秦王政差了多少。王休想到这里，心中释怀了许多，于是决定，啥都不干，就等着你石俊来点大动静，生活本来就缺少许多乐趣，既然石俊要搞出点乐子来，那就来吧！

王休干脆躺在家里，搂着小妾的蛮腰，捏着小妾的肥乳，睡了个天昏地暗。

卫国，是一个颇具传奇色彩的国度。传言吕不韦就是在卫国出生的。卫国还一位厉害的人物，和吕不韦一个姓：姜。

古代的姓和氏不太一样，姓是国家，氏是家族。

荆轲就是姜姓，庆氏。庆和荆是通假字，所以很多人都把荆轲叫庆轲。

荆轲是一位响当当的汉子，身材魁梧，五官端正，英俊潇洒，是位

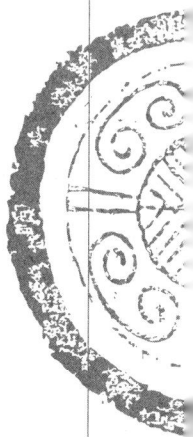

大帅哥，文武双全，是一位能人。

荆轲的文化水平挺高，读过《春秋》、《尚书》，还学过剑术，在这里，不得不提一下荆轲的剑术。剑术不讲究花招，而是使用，剑乃是兵中君子，那么用剑的人自然也是君子。

荆轲就是君子，使得一手君子剑。

田光第一眼看到荆轲的时候，便觉得这小子是个人才，加之培养提拔，将来必成大器！田光从来没有怀疑过自己的眼光，而且，田光查到荆轲乃是春秋时期齐国大夫庆封的后代，庆封是个大好人，所以从通常概念上来理解，荆轲应该也是个大好人，从他使的剑上就可以看出来。

田光找到荆轲，进行一次深入灵魂的交谈。

"你想光耀门楣吗？"

"必须的！"

"那你想成就一番事业吗？"

"必须的！"

"你想为燕太子丹效命吗？"

"燕太子丹是谁？"

田光花了十天的时间为荆轲讲解了当前的形势，作为游侠，荆轲必须要掌握到各国的情况，当然了，韩赵两国就不用说了，那已经成为了历史。

太子丹第一次见到荆轲的时候，似乎不太相信这位大哥是个人才，横看竖看都像是从山里来的樵夫，除了有一身肌肉之外，实在看不出来什么地方特别。

田光说："不能用普通人的眼光去看待问题。"

于是，太子丹就请荆轲洗了个澡，对于平民来讲，这是无上的光荣。

太子丹和荆轲二人，就在澡堂子里聊着天，石俊想去，结果没去成，因为他得到了消息，秦国举国上下，都在寻找他的下落。

田光也没有去，他还有另外一件事情要办。

太子丹就这样和荆轲坐在澡堂子里，放下身份，带着满腔的热血问荆轲："当前形势，对燕国非常不利，大侠可否有妙计？"

荆轲想，什么妙计，我能有什么妙计，我空有一身武艺，却只能用来打猎。当个游侠也不是我的梦想，让我去当个宰相可不符合我的性格。

太子丹看出来荆轲实在不是出妙计的样子，就擦了擦身子，找田光去了。

"怎么办！"太子丹问田光。

田光想了想，"刺秦！"

太子丹吓了一跳，这是要玩大的啊！

"不入虎穴焉得虎子！"

"好！那么详细的计划呢？"

"我有匕首一把，削铁如泥，让荆轲带着，见秦王后一击必杀，以荆轲的武艺，刺杀秦王政那只是小菜一碟！"

"可有把握？"

"十成！"

"就怎么定了！"

话又说回来，要刺杀秦王，必须要到跟前去才行，冒然见秦王，最多是在百步之外，在没有弓弩的情况下刺杀秦王，简直是痴人说梦，搞不好还把自己搭进去那划不来。想来想去，荆轲也想不出什么办法来刺杀秦王。但这是一个扬名立万的好机会啊，荆轲不想失去，可他实在不想去。可他的满腔热血不能就这样被一点点的困难浇灭了，他要拿一个投名状，才能让秦王相信。这时候，荆轲在两难之地艰难地作出选择。

太子丹知道荆轲的脾气，此人认定了的事情，雷打不动，十头牛都拉不回来，不认定的事情，同样是雷打不动，十头牛也拉不回来。太子丹想一想，还是请荆轲吃吃饭吧，不管干什么，总得让人家知道

自己的诚心才行。这社会，诚信为本，不像有些个王八蛋，真是见了利益忘了本。

酒宴就设在太子丹的府上。酒席之上，觥筹交错，好不快乐。那熏的肉，烤的肠，无不散发出美妙的香味，那醇香的美酒，更让荆轲差点就忘了自己就在太子丹的府中而不是在天上人间。

席间，太子丹命田光不停劝说荆轲，田光不负所托，把太子丹夸成了再世伯乐，全世界只有太子丹一个人才有这样的眼光发现荆轲的能耐，别人就算是给了火眼金睛也不一定能够看出荆轲有绝世之才。荆轲被田光的糖衣炮弹轰炸得晕头转向，再加上美酒佳肴里外夹攻，荆轲很快就发觉马上就要坚守不住防线了。

太子丹为了达到自己的目的，提高刺秦成功率，也让燕国从此没有了后顾之忧，他不得不低三下四地让田光代替自己求得荆轲开口答应，可是荆轲就是不点头。对荆轲来说，这不是玩笑，不是小孩子过家家，输了还可以再来，这刺秦大计如果失败了，面对的可是秦国几十万军卒丧心病狂的报复，不但连累了自己，还连累了燕国，甚至要让天下的百姓生灵涂炭。荆轲不是笨蛋，他深深地明白自己一旦答应了，将面对怎样的责任，在责任面前，谁都不敢托大。

太子丹和荆轲想的不同，只要荆轲答应了，那就是置之死地而后生，不管他秦国如何，反正燕国是尽力了，况且天下诸侯王多惧怕秦国，燕国这也是敢为天下先。就算失败了，那他燕国也能名垂千古，秦国只能是遗臭万年。到时候，荆轲之名必将流芳百世，管他成功与否，只要是好男儿，都应该为抗秦而出一份力。

田光可与太子丹和荆轲想得不一样，田光乃是谋士，谋士要做的就是尽量为自己的主人出最好的主意，现在对燕国来说，刺秦并不是最佳选择，在秦国有多少能人异士为嬴政服务，而且还有那死不了的王休和蒙骜组合，加上年轻的王贲，还有蒙恬蒙毅二兄弟，这些都不是燕国所能抗衡的。是，燕国曾经也打败过秦国，但那是很久以前的事情了，往事不堪回首，过去的事情田光也不好意思拿出来再提。

刺秦绝对不是小事，别说刺秦，就是刺杀秦国一位将军，都难如登天。别说荆轲不答应，换作任何人都有可能不答应。但是要让燕国有出路，只有干掉嬴政。田光是主张干掉嬴政的，这种想法得到了太子丹的支持，想法是好的，但是要行动起来，却是不太容易了。光现在，要劝说荆轲，都不是那么简单的事情。

田光把头发都想白了，也没想出什么好的招数来"俘虏"荆轲。在田光的眼里，荆轲有些"不识时务"，俗话说得好，识时务者为俊杰，很明显荆轲不是这类人。田光想出了许多可行性，但是让一个人心甘情愿地去送死，的确不太好办，换作是任何人，都会拒绝，想到这里，田光又有些理解荆轲的心理世界了。

田光找到荆轲，问他你到底怎么样才能答应呢，做人也别太矫情了，见好就收，太子丹都出面了，又是请你吃饭又是请你唱歌，连自己的爱妾都叫出来露面就为了讨好你让你答应，你再不答应，不是不给我田光的面子，而是不给太子丹，甚至是不给燕国的面子了。荆轲回答说，那我也不能答应啊，刺秦是什么情况，那是去送死，不是去秦国渡假旅游的，秦国强大，灭了几个诸侯国之后，其威名远播，不是燕国一家怕他，齐国也怕，楚国也怕，但是人家没找人去刺秦，为什么你们要去刺秦？

田光被荆轲问住了，对呀，为什么别的国家不去刺秦？田光想想，是不是这个问题太过于极端了？田光换了一个劝说的方式，对荆轲说，其实刺秦不刺秦倒是无所谓，主要是太子丹敬重你的为人！你想想看，在燕国，说到荆轲，说不翘大拇指？都夸你是响当当的好汉，东北一只虎，关外一条龙，你是英雄所以才找你，我们怎么不找别人，怎么不在街上随便拉一个人？就因为你有些手段，才挑选的你！

荆轲被田光的甜言蜜语轰炸得有些晕头转向，自己细细一想，田光说的也不无道理，在燕国，谁不知道荆轲之名？那的确是响当当的一条

汉子！虽然这样想，但是荆轲也有自知之明，刺秦？开玩笑，秦王那么容易被刺？这里面得有多少技术含量？武器、配合人员、情报人员、撤退路线等等都还没有定下来，就开始要刺秦了？真是天大的笑话。

田光看出了荆轲所想，对荆轲说，要不这样，今晚再去太子丹处，跟太子丹好好商量商量，既然你不答应，俗话说做事要有始有终，你不答应也得去跟太子丹说一声，别让人家在那空等。早点说不去，也好让太子丹有时间去找别人。话说秦国这几年就得对燕国动武，再不抓紧时间可就来不及了。

在酒席上，太子丹似乎也不再提刺秦的事情，倒是让自己的爱妾再一次出来为荆轲献舞。荆轲看得如痴如醉，倒是忘了自己来干什么的了。太子丹看在眼里，心想英雄难过美人关，荆轲再厉害，最终还是被爱妾给迷住了。太子丹让爱妾为荆轲斟酒，荆轲本就喝得晕晕乎乎，再见太子丹女人的小手，顿时被那玉指般白嫩的小手给迷住了。那是什么手，那是他从来没有见过的，最完美的手，如果能握住那女人的小手那怕只有一盏茶的时间，那也知足了。

这时候，太子丹说荆轲啊，要不刺秦就这样算了，既然你荆轲都不干了，那我们只要另寻他人，今晚就算是散伙饭，大家吃完各回各家各找各妈，谁也不管谁。以后如果需要帮助，尽管来找我，没事也就别来了，万一刺秦失败，秦国肯定不会放过我，到时候连累你英雄，可就不好意思了。燕国那么多的英雄，也不缺你一个。

荆轲被太子丹说得面红耳躁，甚是不爽，什么各回各家各找各妈，我还没说不答应呢。荆轲的暴脾气就被太子丹给激出来了，当即跳起来说，谁说我不答应了？燕国那么多的英雄，论武功论才华，论相貌论人品，有谁能和我荆轲比？

太子丹听到这里，就问怎么说，你就是答应了？荆轲一想，忽然意识到自己有些过于激动了，便回转了话锋，转移话题说太子的爱妾之手，

大秦谋略

真是天下罕有啊!

太子丹也没多说什么,酒席散了之后,田光把荆轲送了回去。田光在路上也没多说什么,只是说了一些家常里短,张家的狗咬人了,李家的菜地被王家的猪拱了,赵家的孙子和周家的孙女定了娃娃亲……荆轲快听烦了,说还是说说刺秦的事情吧。田光很惊讶地说你不是不答应吗?你不答应那还有什么可说的,隔墙有耳,英雄还是不要多事为好。

荆轲很不爽,怎么就不要多事了?但是他还是没有直接说答应,这事不能冲动,冲动是魔鬼。荆轲回到了家中,田光也回去了。荆轲来到房内,却见有一个大盒子放在自己的床头前,听家人说,是太子丹派人送来的,也不知道里面是什么东西。荆轲想,太子丹送来的,太子丹能送什么来?难道是金银玉帛?不可能,要送,太子丹会在酒席上就送,不会现在偷偷摸摸地送。既然不是,那会是什么呢?

荆轲也懒得去想去,直接打开了箱子,只见里面是一层布,上面似乎是染了血迹。再打开布,却见一双带着血迹的似乎是女人的手掌被人砍下来放了这里。荆轲的注意力被那双断掌给吸引了,那不是别人的手,从那手掌指甲上涂的胭脂来看,那是今晚他在太子丹处饮酒时,太子丹爱妾的手。荆轲没想到,太子丹竟然有这样的手段,能够毅然决然地砍下自己爱妾的手送给自己。

在那双断掌的旁边,放着一个小盒子。荆轲没有注意到这个小盒子,在带着激动的心情欣赏完这双美丽的手掌之后,荆轲才看见盒子,打开之后没有意外,那是太子丹送的一张便条。

"适闻荆轲英雄颇爱此女之手,现将此女之手掌送于英雄,希望英雄好生珍惜,是煮是蒸悉听尊便,但愿英雄能够慎重考虑所托之事。"

荆轲那个叫感动。太子丹太有情义了,这双手不就是太子丹情义的最好证明?荆轲当即决定,还犹豫个什么!就这样吧!不就是死么,死有总于泰山有轻于鸿毛,我荆轲名垂千古的时刻就要到来了。

当夜,荆轲就来到了太子丹的府中,严肃地答应了太子丹的请求,

太子丹非常高兴，两个人相拥而泣，太子丹说，你这是为了燕国的百姓而不是为了我个人，将来成功了，燕国定当奉你为国父，世世代代香火不断！你的后人，也将在燕国享有爵位，在不是空头支票，我现在就给你兑现。荆轲也抱和太子丹说，你别这样给我戴高帽子了，我也是一时感动才答应的，这一次如果成功了，一切都好说，如果失败了，我也不要求什么，你要善待我的家人。太子丹毫不犹豫地答应了荆轲的请求，连夜把田光也叫来了，三个人在密室之内，开始着手商量刺秦大计。

田光说，这刺秦不同与其他，很多事情需要细致地研究之后才能实行，这没有彩排，一次性决定成败。当年秦国灭赵国的时候，赵王迁拿着赵国的地图献给了秦王，使赵王迁有了接近秦王嬴政的机会，不如这一次我们也拿燕国的地图献给秦王吧。太子丹觉得这个主意不错，就按照这个注意去办。赵国灭亡前，赵王迁是拿着赵国的地图献了出来，才保住了一命，也接近了秦王，那他也可以，地图多得是，燕国国土辽阔，不如割出一块地来假以献给秦王，不就行了？

不对，这样的话也不行。秦王自己会看地图，偷鸡不成蚀把米的事情他不干。思来想去，荆轲决定采用田光的建议，为秦王讲解地图。燕国的地图太大了，上面画满了一些只有燕人才能看得懂的符号，不如让荆轲自己去讲，并且将匕首藏在地图之中，这样，图穷匕见，一刀见血，大功告成！

多么完美的计划！荆轲的热血都在沸腾！在这之前，荆轲都没有发觉自己还有那么强的天赋。事情既然定下来了，于是太子丹派出了荆轲为使者，带着燕国的地图，踏上了刺秦的征程。这一去也不知道成功与否，太子丹的心里算是提着一块大石头，不上不下，整天悬在哪，让人提心吊胆。

出发之前，田光拉着荆轲交代了一件非常重要的事情，在秦国国内大臣之中，有一位夏无且，他也是燕国人，而且就坐在秦王群臣的第一位，到了秦国之后，可先与这位夏无且联系，刺秦之时，他会助

大秦谋略

你一臂之力。

夏无且？燕国人，怎么会在秦国当差？

荆轲懒得去想那么多，背上地图，带上干粮，向西北出发了。

王休正在睡觉，被人一脚踢醒了，王休怒火中烧，正要开骂，睁开眼睛一看，却见师父九龙真人站在他的床榻之前，正一脸鄙夷地看着他怀里丰乳肥臀的沁兰。

"起来起来起来！"接连三声，九龙真人把王休从床榻之上拉了起来。

"师父，您老人家来这里干什么？"

"来这里调整一下战国之局。"

"什么？"

"调整一下战国之局，你让你的女人穿上衣服行不行？"

小妾知道这个老头是个人物，赶紧抓起亵衣裹了身子，甩着大屁股一路小跑躲了起来。九龙真人把目光从小沁兰那一甩一甩的肥臀上强行抽了回来，道："注意夏无且，此人有反叛之心。"

"夏无且？那个郎中？"王休想了想，此人挺老实的啊，虽然性子有点急躁，倒没有什么其他的坏处。郎中都是慢性子，慢性子的人从来就没有什么好胜之心，王休也没看出来夏无且会反叛。

"知道了师父。"王休说完，九龙真人就走了。

"恭送师父。"王休打着哈气说完，又把沁兰叫了回来搂在怀里继续睡。但是，王休睡不着了。九龙真人不会突然来调整战国之局，不是说三百年么，现在才多少年？王休觉得有些奇怪，爬起来坐在床边看着蜡烛的火光发呆。

沁兰起身来，将丰满的乳房贴在王休的后背上，说："夫君为何发愣？是不是昨晚睡得不好？"王休说不是昨晚睡得不好，而是心里有事。沁兰也没多问，男人就是天，天的事情那是她们女人所能过问的？

她起身去给自己的天倒茶。每一次，夫君在想事情的时候，都是她亲自给他倒茶，被人倒茶她不放心，只有她亲手烧的水，亲自倒的茶才能让她觉得踏实。

多少年了，沁兰越来越喜欢眼前这位自己的男人，虽然他有些大男子主义，但是现在谁不大男子主义？男人就是天，男人就是家中的支柱，女人本身就是男人的私人财产，那么女人就没有资格说自己的主人。倒了茶，沁兰就为王休披好了衣服，自己也不睡了，坐在旁边跟着他一起发呆。

"你怎么也不睡？"

"我陪你。"

王休奇怪地想，夏无且怎么了？会叛变秦国？他是燕人没错，但是秦国和燕国没什么交集呀？哦对了！王翦围了蔡地之后，分出一部分兵力来，去燕国探路去了！如果他真要叛变，那么王翦那边就会遇到一些不必要的麻烦，说不定会遭遇伏击。但是从各种迹象上来看，王翦部去燕国探路，从没遇到什么阻碍，甚至是畅通无阻。这说明两种情况，一是夏无且不知道王翦去探路，二是夏无且知道但是没有通风报信。

难道夏无且想干点什么别的？那也没理由！夏无且只是一个郎中！王休现在在怀疑，自己的师父是不是想太多了。

王休越想越烦躁，在心里打定主意，不管有没有事，一定注意那个夏无且。想完看看沙漏，还有点时间，再看自己的娇妻含情脉脉一脸崇拜目不转睛地看着自己，当即一伸手把沁兰胸口的那一点点布扯了去，沁兰娇呼一声，却不抵抗，任凭王休像个饿虎一样把自己扑到在床上……

秦王政这几天心情总是不太好，秦国对燕国的用兵不太顺，燕国虽然比较弱，但是打起仗来还是挺厉害的。都说关外的人比较凶猛，现在看来，传言非虚。

王翦也知道，燕国常年都在打仗，一会和东胡打，一会和齐国打，有时候又和秦国打，打来打去，本来不怎么样的军队，也打出经验来了。

挨打也有经验。

秦王政不爽的地方就是这里，燕国地处东北，久攻不下这是什么意思？贫寒之地难道能锻炼出来钢铁之师？

打！使劲地打！再厉害的军队也有弱处！他燕国那么嚣张，那还能嚣张得过赵国？赵国多么雄厚的实力不也是被秦国给灭了？嚣张是要付出代价的，现在就要燕国为他们的嚣张付出惨痛的代价！嬴政命令王翦，把探路的尖兵都给撤回来，派大军和王翦部会合，让王翦指挥，赶紧把燕国拿下！

王翦大将军在外，接到秦王政的命令后，迟迟不动兵，为什么？燕国太冷了！等到来年春天，王翦决定好好地收拾一下燕国，现在主要的还是楚国，因为楚国就在秦国边上。将在外，君命有所不受，王翦不能只顾嬴政的感受，他得想想这仗到底该怎么打，能不能打。

王翦觉得，还是先收拾点周边国家比较好，这样能创造出更好的国内环境来。

对，国际环境很重要，国内环境也很重要。国际环境乃是敌我矛盾，那只要出兵，就容易解决，而国内矛盾那是人民内部矛盾，那不是出兵就能解决的，那要符合大多数地主阶级的利益才行，王翦就是地主阶级，他得考虑到许多人的感受，光知道打仗那还远远不够。

荆轲到了秦国了，他越是看到秦国的繁荣景象，就越觉得秦国可恶，打来打去有什么意，大家相安无事不是最好？打到了最后，受罪的还是穷苦老百姓！荆轲严重的仇富心理让他坚定了刺秦的决心。当然了，荆轲其实不是仇富，而是一种对敌人的鄙视。我们严肃一点说，荆轲此人还是挺让人尊敬的，至少那份胆量让人佩服。

荆轲觉得最大的罪犯就是秦王，如果秦王不那么暴戾，能像现在这

样天下大乱？大家各自管理自己的诸侯国，干嘛要打来打去？荆轲越想越气，找到了一家酒馆，喝一顿再说！

大侠都是有女人的，这是不争的事实。

荆轲一来到酒馆，就被一个女人看中了。这个女人无名无姓，只是为了出场需要。当然了，在古代，女人很少露面，除非是有特殊需要，比如说青楼的女子，歌妓，还有女匪。

那个女人其实很普通，但是在喝醉酒的人眼里，就很不普通了，荆轲一眼就看出了那个女人对自己有点意思，于是便走过去，邀请女人一起共度良宵。女人爽快地答应了。

一夜缠绵之后，女人和荆轲大汗淋漓，女人裹着纱巾，对荆轲说："你是杀手。"

荆轲震惊：这都被看出来了？

"我是杀手！"荆轲认真地说道，"我是一个致命的杀手！"既然被认出来了，那就实话实说吧，看这女人还能说些什么。

女人咯咯一笑，"对，你杀了我的心，我的心死了，在你的心里，从此，我就是你的影子，天涯海角永不分离。"

荆轲一愣：什么玩意？！这女人不是看出自己是个正儿八经的杀手，而是胡说八道呢！荆轲顿时有种被侮辱的感觉，他在心里笃定，今晚一定要在床上好好地收拾一下这个女人，真是不久不出手，这些女人都反了天了！还没等荆轲出手，这女人再一次将荆轲搂到了丰满的胸脯里，又是一阵激烈的肉体碰撞。事实证明，这女人也就是一个妓女。

荆轲累了，倒头睡了过去，女人拿起荆轲的衣服闻了又闻，闻出了男子汉的味道。

第二天，荆轲去找夏无且。

夏无且见到荆轲的时候，非常震惊，这是燕人？来找我？这不是找死么！现在秦国正在对燕人用兵，你现在来，就等于是告诉嬴政，我是在通敌！夏无且对荆轲的到来表示强烈的不欢迎，但是又见对方是燕人，夏无且又对这位老乡有着别样的情感，虽然现在秦国和燕国两国不太和睦，可是这不影响夏无且和荆轲之间的老乡之情。

夏无且是燕人，身在秦国但是心也在秦国，不能因为他是燕国人而将他归位燕人。夏无且本人不认为自己是燕人，但是骨子里那种对燕人的感情还在，在秦国多年，夏无且用全局的眼光来看，战国早晚要结束，迎接而来的将会是一种全新的局面，那是大一统，必然是在秦国统治之下的大一统，周王室的统治将分崩离析，崭新的秦帝国将取代周王室而成为中原之主。

他的分析很有道理。荆轲的出现让夏无且更加认为自己的想法是正确的，为什么，因为燕国已经嗅到灭亡的气味，从而使出这一置之死地而后生的绝招来挽救必败的惨局。然而对于荆轲提出来的要求，夏无且又无法拒绝，这又是为什么，因为夏无且的骨子里还是流淌着燕人的血液。绫罗绸缎能改变一个人的爱好习惯，甚至能改变一个人的性格，但是并不能改变一个人骨子里的血统，夏无且被荆轲掐住了软肋，这点，夏无且毫无办法。

夏无且在毫无办法的情况下想出了一个不是办法的办法，惹不起还躲不起么？他立即就要赶荆轲走，但是荆轲不走，死也要让夏无且听他把话说完，夏无且不管，现在是非常时期，无论如何也不能让荆轲在这里久留，赶紧走，立即马上！

荆轲就是不走，夏无且硬是赶着他走。正在推嚷之际，忽然那个女人从荆轲的身后走了出来，对夏无且作了一个揖，夏无且的眼睛立即直了。这是女人么？哪里来的？茂如天仙，简直就是是神仙下凡啊。夏无且都快疯了，荆轲怎么还知道用美人计？

荆轲却不知道，这个女人只是出于礼貌而出来对夏无且做了福。

夏无且说，只要这个女人跟着他，他就同意让荆轲住在这里。同是老乡，他想荆轲不会连个女人都舍不得吧？夏无且不知道自己为什么会这样想，人都是有弱点的，夏郎中的弱点也许就是女人。这个女人的出

现一下子打破了荆轲和夏无且之间的僵局，马上，夏无且就投降了。

荆轲看出了夏无且的意图，立即把剑拔了出来，说你要是再打女人的注意，我就在你的身上戳一个窟窿出来。夏无且一见荆轲说动刀子就动刀子，当即就软了，说行吧，你有什么事情就说吧，说完了就悄悄地在这里住下来，当我的一个护卫。不管荆轲来干什么，他的语气里透露出来的意思，肯定是对大秦不利。

夏无且说，你说吧，我听着，我倒是要看看，燕国能逞什么能。

荆轲说：我要刺杀秦王。

夏无且被吓得咣当一声倒在了地上。

是的，荆轲是要去刺杀秦王，来之前老师田光说了，在秦国有一位叫夏无且的人，在秦朝为官，并且是坐在靠近秦王的位置。荆轲问夏无且，是不是你啊？

夏无且口吐白沫，吓得不敢从地上起来了。燕国这是要作死，如果他们老实地备战，全民动员对抗秦国，说不定还有一线生机，现在燕国孤注一掷，公然挑衅秦国的权威，这是自己把自己推向无尽的深渊。

这种事情最好还是不要到处乱说，免得遭受灭顶之灾，秦王是好惹的么？秦王是那么容易就被刺杀的么？当然不是。荆轲要刺杀秦王，首要的前提条件就是要接近他，而现在别说接近，就是连进宫都有很大的问题。

夏无且是一个头两个大，他顿时觉得自己快中风了，燕国啊燕国，燕国你能不能想点好的主意出来，刺秦？你这是在开天大的玩笑。秦王嬴政那么好刺，早就被人刺掉了，韩赵两国，哪一个不是有刺秦之心？如此好刺，还等着你燕国来刺？夏无且捂着脑门长叹不已，这事到底该怎么办？

荆轲说这事情也好办，只要你带着我进到秦宫里，我就有办法刺秦。夏无且说你还是等吧。

王休辗转反侧，无法入眠。在他的心里，总是在担心着夏无且，他从沁兰的丰乳肥臀中钻出来，来到窗户口，忽热那看到了外面血红色的月亮。

月亮出血，这是要出人命啊！王休吓得连忙穿好了衣服，叫上侍卫，连夜直奔夏无且的住处。无论如何，也要把夏无且这个人看住了！师父的话不是无的放矢，肯定是有原因的。

王休带着兵卒来到了夏无且的住处，不过问题是，一个大臣带着兵去"看望"另外一个大臣，似乎不太好。王休决定，让兵卒散开，只要他发出信号，兵卒立即冲进去。安排好了之后，王休又觉得没什么大问题，因为夏无且只是一位郎中，说白了就是瞧病的。

既然是瞧病的，那么王休就有办法去找夏无且了。

听到家人报说王休来找他了，夏无且连忙让荆轲暂时躲避起来，别让王休看到，因为王休总是会在意想不到的时候发现端倪，他的那双眼睛太可怕，总是能在不起眼的地方发现不寻常的地方。

两个人开始聊了起来，王休说自己病了，夏无且没看出来王休病在什么地方。王休这疼那疼，夏无且只是顾左右而言他。最后，各怀鬼胎的两人终于消停了下来。王休让夏无且帮忙诊治一下，夏无且开始把脉。

瞧病有四法：望、闻、问、切。中医的博大精深，前提就是靠这"四法"来确定病情，王休既然说他病了，那么夏无且就认真地把脉，把"四法"认真严肃地在王休身上过了一遍。

"你没病。"夏无且摸了半天王休的脉门，他的脉象平和，强劲有力，根本没有病。王休咳嗽两声，说最近睡眠不太好，总是疑神疑鬼的。

说者有心，听者也有意，夏无且的额头上开始冒冷汗。"先生身体不太舒服？"王休看出了夏无且的样子很紧张，便出口相问，大家都是

朋友嘛，关心一下总是好的，反正这一次来就是要求证一下自己为什么那么担心夏无且，也是为了证明师父的话是错的。夏无且和王休的关系还是挺不错的。

"前日感染了风寒，只是身为医生却无法为自己诊脉，可惜了，只是用点药，也许过了不几天，病就好了，风寒这病，来得快去得也快。"

"风寒？那是大病，俗话说，寒热病乃是万病之源，不好好修养，会牵连全身的。"王休也不知道懂不懂医理，就在那胡扯，顺便看着夏无且的表情。

他的表情没什么问题，好像真的是感染了风寒，不过为了图个心安理得，王休决定让夏无且暂时休息几天，明天他会向秦王政汇报一下，就说夏无且感染了风寒，为了不让病传染给别人，夏无且决定休息上一个月。

夏无且借坡下驴，也就答应了。

王休走了，夏无且瘫坐在地上，背后都湿透了。王休来得太是时候了，什么时候不来偏偏在荆轲来了之后就来了，而且听外面兵器碰撞的声音，那是带着兵卒来的啊！刚才王休几番言语，暗藏杀机！

先是装病，又是诊脉又是探舌，后来又说我有病，我有什么病？夏无且发现王休说的话隐藏得特别深，似乎每一句话都藏着针，随时会在夏无且的心脏上扎上一针。

荆轲从里面出来，说这人是谁？

夏无且心想你还担心这个，这个人是除了李斯赵高之外，秦国的又一泰斗，三人在秦国成三足鼎立之势，虽然平时不怎么管事，但是王翦蒙骜以及王贲等人行军打仗，可都是会向他咨询。这人就是秦国军事力量的精神领袖，是秦国军队除了嬴政之外的唯一一个最受人尊敬的人物。

他就是军神。

秦灭两国（荆轲来的时候，魏国还没有被灭，不过秦国正在对燕国用兵）时，其中有很大一部分功劳都是王休的，只是这人淡泊名利，似乎不图官职和权利，就是图一个爽。

此人很可怕，此人的一举一动总是让人感觉他不是在开玩笑，总是让人觉得他的动作是有意义的，但是又看不出来到底有什么意义！

荆轲立即说，那我去宰了他！

夏无且连忙拉住荆轲，"你去宰了他，你还没出这个门，就被他抓着，现在他就在门外，带着兵卒把我家围了个水泄不通，苍蝇都飞不进来，你贸然出去，那不就是寻死，如果不是看在田光和你又是我同乡的份上，我都不想劝你！"

荆轲冷静了下来，想想也是，现在对秦国不太熟悉，而且身上又带着燕国的地图，贸然出去，必定会引起别人的怀疑，不如先把田光和太子丹的想法和夏无且谈谈，合谋一下，说不定能提高刺秦的成功率。

王休在外面站了两个时辰，心想还是不对，问题依然没有解决，就这样回去了还是睡不着，不如就在这里等着，等到天亮，看看夏无且到底是怎么了。

同时，王休命人向在外的王贲，让他行军魏国，对魏国展开全方面的进攻。现在需要的不是时间，而是早点把魏国拿下来，魏景闵王是个千年老妖怪，身边谋士无数，不早点动手，恐怕又会重蹈当年蒙骜将军的覆辙。王休真的等到了天亮，也没有见夏无且家中出来个什么人，这下王休更加奇怪了，师父怎么会无的放矢？不可能呀！九龙真人难道是没事情做，专门下山来溜达溜达的？

不，肯定不是这样的，王休认定了夏无且有问题，所以，他还得进去一趟。夏无且刚躺下准备休息，又听家人说王休又来了。这下夏无且困意全无，忙穿好衣服开门迎接。

"打扰！打扰！"王休抱拳，"还是觉得不太舒服，睡不着，不知道夏先生到底有没有什么神药？""我看，先生不是来讨药的，是要讨

酒的。"王休哈哈大笑，说："行吧，那就喝一点，反正是睡不着。"两个人在月亮之下，桂花之中，饮起了酒。

觥筹交错，歌舞升平。王休酒量惊人，夏无且不在话下，两人棋逢对手，一坛子上等美酒下肚，居然没反应。不知道是两个人心中都装着事，还是因为两个人的酒量真是海量，两个人决战到了天亮，几坛子美酒下肚，两个人居然都没醉。

喝酒之间，王休和夏无且就对上话了。俗话说，酒壮怂人胆。

"话说，大秦正在进入征伐阶段，统一六国是必然的，不知道夏先生对此有什么看法？"

"鄙人只是郎中，只知道诊脉瞧恙，对行军打仗和政治斗争，没有任何看法，对六国统一什么的，也没有看法。"

王休和夏无且又是几个回合，将坛子里的酒全部喝光了，夏无且命家人继续取酒。夏无且不知道从哪搞来的歌姬，唱得王休心里直痒痒，但是现在使命在身，不好乱来。

"现在是宵禁，这样饮酒作乐，似乎不太妥当。"

"那把歌姬撤了不就行了！"

在没有歌姬的情况下，夏无且和王休开始干喝。喝着喝着，王休突然道："既然先生对此没有看法，那么大秦铁军征伐到燕国的时候，先生可有亡国之痛？"

"鄙人只是郎中，郎中瞧病，怎么能因为对方的身份而鄙视？再说了，燕国亡与不亡，与我已没有多大的关系了，不过可惜，我的祖国如果被灭了，我的心里还是有几分心痛的。不过已是大秦人，即使有心痛之感，又能对何人诉说？"

"先生太过冷血了，先生必然是燕人，而如今大秦正在对燕国用兵，已连攻三十余城，难道先生就没有一点看法？"

"鄙人只是郎中，能有何看法？"

王休决定不问了，直接喝吧！接连喝到天亮，王休和夏无且都把自己喝晕了，才算结束，这一次饮酒可是过了瘾了。王休晃晃悠悠地走出了夏无且家的大门，门口站了一夜的兵卒忙把王休扶上了马。

夏无且出来相送，一出门就看到那么多的兵卒，当即感叹自己的昨天晚上的判断力是如此惊人，居然真的猜到了门口有兵卒，如果就这样让荆轲出来的话，那只有死路一条。荆轲一冲动，说不定现在就能杀上秦宫。

太吓人了。

秦王冷血无情，四处征伐，现在同时对燕国、魏国、楚国用兵，却没有显出一丝疲惫之象，这得需要多大的勇气，就这样，秦人还非常支持嬴政四处征伐。

看来大秦统一六国，那是必然之路。

夏无且决定和荆轲好好地谈谈。

王休回到了家中，立即接到了秦王政的召见。

"说吧，昨天晚上喝了多少酒？"嬴政问。

"三坛。"王休实话实说。

"问出了什么来没？"嬴政继续问。

"什么？"

"朕问你，你深夜带兵去夏无且家中查问，有没有从夏无且的口中打听到什么关于燕国的动静？"

"哦，没有，夏无且闭口不谈燕国，任凭臣怎么问怎么试探晓之以情动之以理，夏无且咬死了自己是秦人，但是他的确是燕人，难道就没有一点必将亡国的痛楚？"

嬴政道："那是他忠心，朕也不相信他会叛国，夏无且是好人。"

"大王说得是！"

现在换王休一身冷汗：嬴政怎么知道自己昨天晚上去夏无且家中了？难道在王家，还有嬴政的细作？

真可怕。

嬴政长大了，什么事情都不需要别人来提醒了，他现在有自己的手段，比如说昨天晚上的事情，嬴政了如指掌，只是没有点破。

"密切监视夏无且的行踪，一旦有反，当场诛杀！"嬴政冷冷地说了这么一句话。

"诺！"

秦国大军现在正压在燕国边境，还有王贲的大军在魏国国内四处征伐。

燕王没想到秦军来得那么快，赶紧向魏国求援，希望魏国能帮一把，只要把这关过了，魏国要什么就给什么，燕国可是有上好的战马，魏国可没有那个。

可是密信还没送出燕国，就被秦军截了下来，但是秦军却不进攻，依然是守着燕国边境。

不是秦军不打，而是秦军实在打不动了，都攻打了将近三个月了，拿下了三十余城，但是燕国太大，和楚国差不多大，就是打不下来，秦军远程作战，消耗非常大，后勤补给有点吃力，所以秦军决定在燕国和魏国边境处等待补给，而这时候王贲带兵在魏国四处征伐，给王翦的军队带来了许多便利。

还有一方面原因，王翦不是不能打，而是在燕国有一秦国叛将叫樊于期，此人对秦军作战手法非常了解，他要先除掉此人，方能大面积用兵。

太子丹急坏了！怎么秦国那边还没有动静？按着日期算，再加上一个月的缓冲时间，荆轲早就应该到了秦国了，怎么现在秦国那边燕国的细作怎么还没有发出任何秦国的消息？是不是荆轲那边遇到了什么问题？

太子丹越是着急，秦国那边的消息越迟迟不送来。太子丹怀疑，荆轲是不是已经遭遇不测，如果真是这样，那燕国就完了，现在干等已经于事无补，现在要做的就是赶紧让燕王备战。

田光也是非常着急，但是他冷静的想，这事不可能，荆轲如果被抓，燕国的细作肯定会向这边发来消息，消息从秦国回到燕国，快马加鞭也这要一个月的时间，难道说，荆轲被秘密抓捕了？

那也不可能，荆轲是去找夏无且的，如果荆轲被秘密抓捕了，那么夏无且那边肯定也出问题，想想看，秦国一个医官被杀了，那么秦国怎么可能没有反应。田光认为是自己想太多了，荆轲现在也许正在计划这样的事情，这是他们太心急了。

田光安慰太子丹道："别急，也许是荆轲在路上遇到了什么麻烦，放心，荆轲乃是一代游侠，不会为这点事情而耽误的，刺秦乃是大事！"

太子丹心想，大事大事，大事他荆轲也不知道回个书信！

田光也在急，荆轲这是什么情况啊？怎么一点动静都没有？难道是被秦人干掉了？不可能，秦人虽然勇猛彪悍，但是还没有厉害到把荆轲直接找出来杀掉，不可能，秦人还没厉害到那种程度。

安慰是安慰，担心还是要担心。燕国国内四处战火，太子丹实在坐不住了，决定出门巡游，看看燕国现在战况如何。

这时，田光似乎是想起了什么，我们不知道荆轲的状况，可以派人去看看呐，不能死脑子在这里干等，想到这里，他对太子丹说，我们燕国有一个贤臣，叫秦开。

太子丹想了想，说："是啊，老臣里面是有一位叫秦开的，怎么了？"

"他有一个孙子，叫秦舞阳，十二岁的时候杀过人，现在正在流亡，太子您知道不知道？"

"那么大的事情我能不知道？等会，你的意思是？"

"我就是那个意思！"

"好，就按着你的意思去办！"

荆轲依然那么执着，夏无且实在是熬不住荆轲的死磨硬泡，对他说，你要刺秦王，需靠近秦王百步，方能面对面，那时候你才有机会出招。不过现在你既然带了地图，就有理由靠近，但还需要点别的。

荆轲说还需要什么，现在就去准备。

夏无且说缺得东西多了，缺一颗人头，同时还缺一个副手。秦王身上配有长剑，近战的话，那剑对你的威胁很大，这是对你不利的方面，对你有利的呢，乃是秦国武将无论在什么条件之下，都不能登上王台，哪怕是有人刺杀秦王。

荆轲说我不需要副手，副手只会给自己增加负担，游侠一般都是独来独往的，至于第二个消息，倒是很有用，只要不让秦王跑出去，那一切都好办。夏无且在荆轲的脑袋上拍了一巴掌说，这不是小事，你要意气用事，那个副手可以帮助你展开图，你就有机会拿出匕首刺秦王！

荆轲问："那人头作何用？"

夏无且道："你在燕国，难道不知道燕国有一叛将叫樊于期？"

"知道，此人弃暗投明，乃是大英雄！"

夏无且冷笑："可是对秦人来讲，此人就是大叛徒，王翦在燕国边境迟迟不动兵，就是在等待机会除掉樊于期，嬴政对此人恨之入骨，早已灭了樊于期三族，如果荆轲你拿着樊于期的人头来见秦王，我敢保证，你一定能够上台为秦王献图！"

荆轲当即问："那人头在哪？"

"在燕国！"

太子丹收到了夏无且通过细作发来的密信，信上说，要靠近秦王，必须要拿樊于期的人头来，不然的话，无论如何也靠近不了秦王。太子丹看完了信，长长地松了口气，看来荆轲在秦国并没有出事，而是在细心地寻找契机。既然人还在，刺秦大计还没有泄漏，那么接下来的事情都好办，太子丹找到了樊于期，此人是秦将，见到太子丹之后，此人的性情发生了一些变化。

樊于期看到太子丹的到来颇有些不好的预感，想把太子丹拒之门外，可既然是太子丹来了，那么他也不好不接待。几番客套之后，太子丹把自己的想法说了出来，就连旁边的田光都觉得太子丹这一次说得有些太直接了。

"我实在不忍心杀你，你是我燕国的大将，将来必为燕国出大力。"太子丹的眼睛里含着泪水说。樊于期乃是秦人，听太子丹一说，顿时明白了什么，但是他没问，而是一直听太子丹说。妈的，樊于期在想，这都是什么事！这燕国整天都在搞什么？今天打齐国，明天打东胡，从来就没有消停过！

现在太子丹要借自己的某样东西，樊于期也觉得事情也该差不多完结了。这么多年在燕国，他深深地感受到了自己这条路是走错了，虽然秦国对自己也不是那么和善，但是在燕国，燕人也不是那么容易待见自己。樊于期觉得自己走的是一条苦路，现在太子丹的要求，正好成全了樊于期。樊于期不想欠燕国什么，更不想欠秦国什么。

"燕国现在正是用人之际，而且秦军大兵压境，更不能对将军动手，但是，我派出的刺客已经到了秦国，虽然带着我燕国的地图，可是却无法近秦王身。"

"太子需要我做些什么？"

"我向想你借一样东西。"

樊于期想了想，我身上有什么东西能借给太子的？"不知道太子丹要向臣借什么？"

太子丹顿了顿，道："我要借将军的项上人头。"

樊于期无语。

太子丹也没有说话，而是在等樊于期的回答。

过了许久，樊于期道："好。"

在燕国多年，樊于期的内心虽然没有饱受折磨，但是那种背离家乡，

远在异国为臣的心让血性的秦人樊于期心中很不舒服。多年来，樊于期在燕国是以猛将著称，但是在秦国，樊于期却是一名叛将。秦人痛恨樊于期，但是燕人却是很喜欢樊于期。可是在燕国，樊于期找不到自我归属感，这种找不到心灵港湾的痛苦让樊于期非常难受。

就好像一头狮子离开了狮群，投靠了其他的狮群之后，经过了一段时间的生活，虽然新狮群接受了自己，但是自己在新的狮群中却总是找不到自己的地位。但是要回到原来的狮群，却又发现原来的狮群早就不认识了自己，并且还自己当成是外来的侵略者。

这一点，让樊于期的内心承受着"叛徒"的折磨。樊于期的家人也在秦国，这么多年来，他的部分家人来到了燕国，但是还有一部分人却是死在了嬴政的刀下，这不怪嬴政，而是怪这该死的战争。

曾几何时，樊于期想到过结束这种状态，而回到一种让自己舒服的生活中去，辞去官职，买一处庄园，好好地度完自己的下半生，但是回头想想，这种生活在秦国的时候就可以去做，没有必要非要到了燕地才能去干。这时候的樊于期，在生活目标上，完全失去了方向，太子丹的出现，正要解决了樊于期这个苦恼的问题。

死，也许不是结束，而是一种全新的开始，对樊于期来说，这点正好可以证明自己。就像那狮群，年轻新来的投靠的狮子用死亡的代价捕杀了一头河马，不但满足了狮群的需要，也证明了自己。

樊于期答应了，太子丹倒是很意外。太子丹没想到樊于期答应得那么痛快，这倒是让太子丹有些不好意思了。这是什么情况？樊于期就这样答应了？

太子丹说，既然你答应了，那我会好好地照顾你的家人，你放心的去吧。樊于期长叹了一口气，不知道是全身都放松了，还是感叹自己的命运就是这样扯淡。

太子丹抽出了宝剑。

但是樊于期却道："我的东西，自当我自己拿出来献给太子！"说完，樊于期拔剑自刎。

樊于期虽然是秦国叛将，但是却为了燕国甘愿舍弃了自己的生命，借出了一样永远无法归还的东西。太子丹含泪把樊于期的人头包裹了起来，交给了田光。

"找到秦舞阳，让秦舞阳把樊于期大人头带给荆轲。刺秦大计，务必完成！"

太子丹要置之死地而后生，如果这一次不成功，那么秦军必然会发动大规模的攻击，燕国危在旦夕，不成功则成仁。

田光看着樊于期的首级，心中感叹万千，这就是壮士！壮士无所谓生死，唯独有名！现在樊于期的人头也拿到了，就差找到秦舞阳了。那家伙是一个比荆轲低一级的游侠，严格来说是一个游荡的杀人犯。

找到秦舞阳并不费什么事。当秦舞阳看到樊于期的首级时，他觉得自己扬名立万的机会来了。他带上了樊于期的首级，走上了秦道。

都说英雄无泪，其实英雄把泪化成了血。在那段可歌可泣的历史之中，总有那么些人虽然没有建国立业，但却在历史之中留下了不可磨灭的印记，那是帝王也无法超越的史诗。人活着总是要干出一番惊天动地的事业来，无论是成功还是失败，总是要向世人证明，自己所做的一切都可以用"英雄"二字担当。

对燕国来说，或者对整个战国来说，樊于期是位英雄，荆轲也是位英雄，至少目前来说，秦舞阳也是英雄。太子丹的行为也可算得上是英雄，他的谋略和胸襟，他的气魄和胆量，几乎无人能及。在六国之中，唯独有太子丹有这样的勇气敢于刺秦，但是，也正是因为太子丹，而加速了燕国的灭亡。

历史，是无法改变的。

乱世出英雄，对于荆轲这样勇敢的英雄，我们应当给与正确的评价，对于历史来说，他们只是一位匆匆的过客，但是对于历史中的人物来说，

他们却是活生生的，响当当的人物。那些是曾经对历史有过影响的人，他们有热血，有理想，有抱负，他们敢于直面自己的人生。

樊于期献上了自己的首级，无声无息地为刺秦大计贡献出了自己的生命，勇士秦舞阳带着樊于期的首级，出现在了荆轲的面前。荆轲看见秦舞阳的时候，总觉得此人在什么地方见过，怎么那么熟悉！秦舞阳其实和荆轲没有见过面，只是英雄惺惺相惜，产生的磁场让二人顿时有种寻找到失散多年亲兄弟的感觉。

秦舞阳是个人物，但是杀人逃亡之后一直到被太子丹找到，秦舞阳都没想到会有那么光彩的一天。能和荆轲一起刺杀秦王，哇塞，这事情要传出去，那得多么威风！荆轲乃是燕国大侠，是个燕国人都知道，他秦舞阳多年来没混出个什么名堂，今天跟着荆轲，算是跟对人了。

可是夏无且阅人无数，看到秦舞阳的相貌就知道刺秦这事在他的帮助下却是有点玄乎。为什么呢，秦舞阳虽然是大侠，但是此人面色泛白，眼球血红，明显是睡眠不足，睡眠不足的人就没有那么厉害的集中注意力的能耐。再看秦舞阳的身上，到处都是刀痕补丁，此人看来经常与人争斗，但是到今天都没有听说过秦舞阳的大名，那么此人是容易激动的那种，和人打斗定是输多胜少。

不过，秦舞阳带来了樊于期的首级，这让夏无且觉得事情好办多了。夏无且说，过几天，就通报这件事情，就说燕人荆轲，拿到了樊于期的首级。大王一定会重重地奖励你，荆轲。

荆轲什么都没有说，而是去打磨他的匕首去了。那是名为鱼肠的匕首，削铁如泥，传言是干将莫邪打造出来的神兵，其中流淌着干将的血液。

传言不知道是真是假，但是荆轲信了。

三天之后，秦王政宣荆轲上殿。

荆轲带着樊于期的首级，身后跟着秦舞阳，拿着燕国的地图，踏上了那个充满了神秘色彩的秦国大殿。

四周肃穆，鸦雀无声。荆轲瞄着四周看，果然没有看见武将，武将都在下面，距离嬴政有一段距离。嬴政曾经下过死命令，那个台子是绝对不允许武将上去，否则格杀勿论灭九族。文官和武将在一起，那台子连武将都上不去，更别说文臣了。

周围黑色的殿堂，黑色的服装，威武的武将，堂上威严的秦王，萧杀的气氛让整个秦大殿变得异常地恐怖。秦人，就是在这样充满萧杀的殿堂里发出一道道灭他国的命令的么？

这就是秦国的大殿，充满了兵铁、和血液的味道。秦王政目不斜视，周围武将挺胸抬头。这是何等的庄严和威武？如果其他国家的君王和臣子都如秦国一般，那秦王怎么能打下韩赵两国，怎么能兵压燕王宝座，如何能围困魏国，袭击楚国？

荆轲直感觉到了心中那股无名的痛，如果……可惜没有了如果。

一代游侠，带着太子丹的重托，却在想着秦王的事。这似乎有些不太妥当。

如果秦王死了，那么秦国就会大乱，秦军就没有了首脑，必然会撤军，这样就给燕太子丹争取了许多机会，而且秦王一死，秦国国内掀起争夺王位的内战，那时候燕国、齐国、魏国等再联合起来抗秦，必然会取得巨大的成功！

现在想来，刺秦是必要的，尤其是在这时候刺秦，必须得成功，否则就会给燕国和其他国家带来巨大的灾难，这个灾难就是秦王发动的征伐战争。

荆轲离秦王只有百步之距。

秦王政说，拿出叛将樊于期的人头来！荆轲把人头拿了出来，放在盘子里让内侍端了上去，因为人头割下来的时间太长了，所以味道有些不太好闻。周围的人都捂住了鼻子。

秦王看了一眼，问身边的王贲："可是樊于期？"

王贲说，就是他，化成灰我也认得！秦王点点头，说那就好，葬

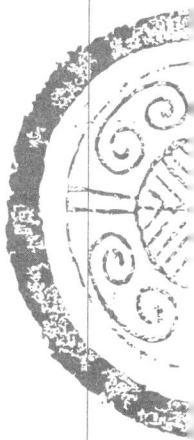

了吧，和他的家人葬在一起，他曾经是秦人，虽然叛变了我大秦国，但他的骨子里流淌着的是秦人的血液，我们虽然抄了他们的家，但是死后要让人一家团聚。

樊于期的人头被葬在了虎头山下，和他的家人葬在了一起，那里有一百多座坟墓，全都是樊于期的家人。

嬴政问荆轲，你是燕人，那么燕国那边的军事行动可有什么变化？荆轲说不出来，他确实不知道燕国那边的军事力量发生了什么样的变化，他只是游侠，游侠只是真的行侠仗义，燕国军队的调动和秦军军队的动向他是确实不知道,秦王问,他也说不出来。荆轲回答,我不知道,我只是替太子丹为秦王带来樊于期的人头，还有太子丹向秦王献出来的地图。

图中藏有匕首。

荆轲知道，秦舞阳知道，夏无且也知道，但是其他人不知道。

王休在下面看见了夏无且的眼神有些不太对，他立即明白了什么，暗中吩咐兵卒，宫中有变，一旦有变，立即抓捕燕国使者，要活的！只要秦王下了台子，就冲上去扑倒刺客！过程之中不能伤害秦王，否则灭九族！

兵卒领命，暗中调动，马上把秦王宫围了个水泄不通。

王贲乃是将军，兵卒的调动逃不过他的眼睛，他也发现了什么，暗中拔剑，只要有动静，立即动手。秦舞阳也是剑客，荆轲也是，现在气氛萧杀，他们不可能不知道。尤其是十二岁杀过人的秦舞阳，几乎是在第一时间就嗅到了空气中兵铁的味道。他的手开始颤抖，双腿开始发软，尤其是看到了秦王那双深邃的眼睛，他更加地紧张。

荆轲都不怕，不成功则成仁，反正是一死。

秦王很高兴，说上前来，把图展开让孤王看看。荆轲正要上前，却被王贲挡住："站着不许动，一动我就宰了你，图我们自己拿上去！"秦王不高兴了，说："王贲你干什么，站一边去，让荆轲自己把图拿

大秦谋略

上来。"

荆轲大喜。果然，那台子武将根本上不去，上只有秦王一个人才能坐。

荆轲和秦舞阳两个人，抬着地图，向秦王大座上走去。当走到王贲身前的时候，秦舞阳抬头看了一眼王贲，眼神立即和王贲交汇到了一起，再向前走，就是王翦。

王翦是秦军老将，拿下城池不下千座，杀人无数，手中一柄连环枪更是挑了许多亡魂。秦舞阳也是杀过人的人，但是站在王翦面前，却是有一种与生俱来的畏惧，王翦再一瞪他，他立即双腿一软，差一点倒在地上。

王翦哈哈大笑，道："燕人身处寒地，却是如此软弱，我大秦人还没如何，就让你双腿发软了！"周围的将军纷纷哈哈大笑，秦王道："将军无需取笑，这燕人既然有心献图，那就证明是我秦人的朋友。"

是朋友没错，只是这朋友是想要秦王的命的。

谁也不知道，荆轲的出现是来要秦王的命的，但是整个秦宫殿里的文臣武将们，都知道荆轲是来献图的。荆轲一步一步地走，秦舞阳在身后一步一步地跟着，就这样，两个人每走一步，就带动着夏无且的每一根神经。

黑色的大殿上，嬴政端坐，看着荆轲一步一步地走近。荆轲深深地感受到了秦人武将的风采，那种沾染了无数人鲜血的武将们散发出来的气势，不是寻常人所能抵挡的。那是一中煞气，是杀了无数人之后沾染了无数人灵魂之后所带的萧杀之气。那是只有死人才有的死气。在整个秦宫殿之上，几乎所有的武将身上，都有这种让人无法呼吸的死气。

荆轲努力地使自己镇静下来，但是握住地图的手还是不由自主地在颤抖。秦舞阳更是双腿发软，他不是怕死，而是怕这种让人捉摸不透的古怪之气。都说秦人是战斗诸侯国，没想到亲眼见到了这一片充满煞气的场合，还是让人无法呼吸。

荆轲走到了夏无且的身边，夏无且根本不去看荆轲。其实历史上荆轲和夏无且没有见过面，而是通过太子丹的联系，证明有人要向秦王献图，然后刺杀秦王，让夏无且从中协助。这里夏无且见过荆轲了，让这位历史上的难兄难弟好好地见见面，要不笔者心里不爽。不过这里有些歪曲了历史，还请大家见谅。

荆轲也不去看他，就当作不认识一样，一会我刺秦开始了，你帮不帮是你的事，反正我这一击必成，成功了，秦王必死！传说被鱼肠剑刺出来的伤口从不愈合。秦王会一直流血到死。而且在鱼肠剑之上，还喂了剧毒。那种毒见血封喉，只需要一滴，便能让一个人死得不能再死。

荆轲对自己的武艺有信心，对鱼肠剑有信心，对鱼肠剑上的剧毒更有信心。现在只要靠近秦王，他就有把握干掉秦王，前提是，只要图展开了，那么秦王的死期就到了。

秦王见荆轲走了上来，道："展开，让孤王看看。"

荆轲和秦舞阳在秦王政面前，把地图慢慢展开。

在图的最后，藏着匕首，秦舞阳知道，荆轲也知道，夏无且更是知道。夏无且紧紧地抓住手中的药囊，紧张地手心里都是汗水。

"燕地，果然是地大物博！"秦王赞叹。荆轲微微笑着不语，而是慢慢地向秦王展示着燕国的地图。秦舞阳在一旁，本就被王翦吓得双腿发软，此时又和传说中的嗜血魔王秦王走得如此地近，不禁开始紧张。一紧张，秦舞阳的手就开始抖了，秦王一见，顿时就发觉这位秦舞阳似乎有些不太对劲。

就在这时，图穷，匕现！

荆轲猛地一抓匕首，正要刺向秦王，却见秦舞阳大叫一声，本就紧张的心顿时承受不了如此地刺激咣当一声摔倒在地，口吐白沫不醒人事。而荆轲失去了秦舞阳的帮助，地图扔在地上，顿时错过了刺秦王的最佳时间！

秦王大惊，准备从台子上下来。而台下的武将一见，个个心惊胆战，

大秦谋略

他妈的这狗日的是来刺杀大王的啊！原来燕国是早有准备，若不是大王福大命大，现在就已经成了……武将们吓得是一身冷汗，都在下面大喊："大王，你拔剑！拔剑对付他，他就有个人，而且只是匕首，大王你拔剑啊！"

嬴政何尝不想拔剑，但是那剑他妈的太长了，足有半人高！嬴政手臂不够长，第一次竟然没有拔出来。这时候的荆轲也是孤注一掷，第一次没有刺杀成功，这一次就光明正大地和嬴政干起来。秦舞阳是吓得昏死过去，现在只有荆轲一人了。但不知道那夏无且在这时候能不能帮自己一把。

最宝贵的时间就是匕首出现的瞬间，可惜那个时间因为秦舞阳的紧张而失去，这一下，荆轲再也不管，猛地一跃，纵身而起，猛地向秦王扑去！

王休一见果真有变，当即一挥手，那些兵卒立即冲了进来，把秦王和荆轲围了起来，而夏无且见兵卒冲了进来，再也不管，拿起药囊向秦王砸去，而就在那瞬间，秦王政猛地把荆轲掰了过来，药囊飞了过来，正好砸中了荆轲的后脑。

荆轲的身子歪了歪，正好腾出了空间让秦王再一次拔剑，荆轲真后悔没拿一个长一点的兵器进来，现在有把匕首在秦王面前，果然是不起什么效果。要知道秦王嬴政也是个会武艺的人，不是那么容易对付的。

王翦王贲等人都急坏了，心想大王啊，你怎么那么笨呐！想归想，嘴上绝对不能那样说出来。这时候王翦见荆轲被夏无且的药囊砸中了后脑勺，秦王的身子和荆轲的身子腾出了很大的空间来，于是对秦王喊："大王，把剑背在后背上拔！"

秦王听了，忙将宝剑背在了背上，而这时候，荆轲也反应了过来，昏昏沉沉地看着秦王，用尽最后一丝力气向秦王刺去，但是奈何匕首太短，而这时候秦王嬴政却是从后背上的剑鞘中拔出了宝剑，对着荆轲的腿一剑砍了下来。

第五章

血液四溅，荆轲的一条腿被砍得飞了出去，掉在了王台下面的地板上又向前滑了一段距离，在地上拖出了一条长长的血迹。荆轲吃痛，躺倒在地上，被秦王一脚从王台上踢了下来。而这时候的武将们蜂拥而上，把失去了一条腿的荆轲按了个结结实实。

太子丹的刺秦大计，以荆轲被斩和秦舞阳被擒而失败！两位燕国的游侠，曾经叱咤风云的人物，现在就在秦王的大堂上，被兵卒围了个水泄不通。荆轲受重伤，秦王却是一点伤都没有，只是受了点惊吓。

王休和王翦立即带着兵冲了进来，把荆轲捆了个结结实实，而秦舞阳到现在都没有醒过来。

燕国太子丹的刺秦大计，失败了。荆轲和秦舞阳的伟大壮举，就这样被秦王的长剑轻而易举地破坏，计划了几年的刺秦大计，就这样失败。秦国还是秦国，秦王还是秦王，现在，要换作燕国来担心了。

荆轲被抓了起来，秦王大怒，命：车裂荆轲！立即发兵灭了燕国！灭了燕国！

秦王政吓得好几天都没有上朝，而王贲继续带兵围魏，赵国已灭，燕王喜这才知道太子丹干出了这么一件加速燕国灭亡的事情。但是事情已经发生了，刺秦失败，那么接下来要做就是准备接受秦王的滔天怒火。

燕王喜从来没有想到，事情会发生到这样的地步，太子丹啊太子丹，你这不是在作死么？不作死怎么会死得那么快？！

果然，秦王大举向燕国增兵。

王贲引水灌大梁城之后，李信带着秦军直接杀到了蓟城，秦军一举拿下来了燕都蓟城等几十城，至此，秦军的黑色大军直接在燕都囤积。燕王喜吓得魂飞魄散，以燕国目前的国力，根本无法与秦军对抗。但是不得不承认燕国的军队也有其优点，但是在秦军面前，燕国已经被秦军那不要命的打法给吓怕了。打不过那就跑。燕王喜还存有一丝幻想，只要躲过了这一劫，燕国就能东山再起。于是，燕王喜带着太子丹向辽东逃跑。

秦将李信猛追不舍，燕国残部认为这一跑，可就彻底失去了与秦军做最后一战的底气，无论如何，在这股底气再一次生成之前，燕国人还是选择逃避比较好一点。李信的穷追不舍吓坏了燕王喜，直接把石俊抓过来问："这如何是好？秦将李信穷追不舍，跟条狗一样，你说说，你说说怎么办？"

石俊也毛了，刺秦大计怎么会失败呢，完美无瑕的计划怎么可能失败？石俊把所有的责任全都推到了荆轲的身上，要怪，也就只能怪荆轲实在不懂得如何当一名刺客，这事如果换石俊去办，秦王恐怕已经成了一具尸体。石俊认为，荆轲的失败和他血液里流淌的流氓基因有关，不是所有英雄都是有高贵的血统的，尤其是像荆轲和秦舞阳这样不三不四的家伙，更上不了台面。

刺秦这样的计划是石俊害死王休计划之中的重要环节，现在刺秦失败了，石俊又处在了被动的地位。怎么说呢，石俊现在真恨不得把太子丹抓过来暴打一顿。他忍住了，他要在燕国完全灭亡之前寻找一个更好的栖身之地。他不能就这样让太子丹好过，既然失败了，那么就得有人出来承担失败的后果，石俊肯定不会出面，因此太子丹就成了石俊最好的跳板。

他想了想，对燕王喜说，杀掉太子丹，还能保一时平安，说完，甩掉燕王喜，向南方楚国跑去。

燕王喜大骂："混蛋！混蛋！"燕王喜是头一回听说要杀掉自己的儿子才能保全国家的。可是这事情燕王喜他完全能做得出来，只是这时候，杀掉太子丹能不能如石俊说的那样保全一个燕国，这事没有正确答案，只能尝试。燕王喜在同人交战的同时也在思考，是不是也要杀掉石俊才能平息秦军的怒火？

这时候的秦将李信带着几千士卒，把燕王喜一直赶到了衍水，燕王

第五章

喜眼见没有了退路，再看看反抗之心甚强的太子丹，当即命令，砍了太子丹的头！燕王喜的心里还是有些酸楚的，但也只是酸楚而已。

在拿到了太子丹的人头之后，非常震惊的李信想想，人家都把亲生儿子给杀了，那事情暂时就先这样吧，太子丹是个人物，虽然刺秦没有成功，但是他的行为也证明自己不是一个脓包，整个燕国，恐怕也就是太子丹等人才能有资格作为秦军的敌人。太子丹的人头的确暂时平息了秦军的怒火，李信也带着太子丹的首级回去暂时复命，但是部分大军依然驻扎在燕地，只要燕王喜有点动作，立即讨伐。

战争本来就是你死我活，暂时的撤退并不代表我就永不搞你。李信部人数不多，就算全部杀过去，也不能对逃亡的燕王喜部产生多大的威胁，因为关外实在是幅员辽阔，整个东北的确要是藏个十万人那么秦军根本找不到，李信选择了一条以退为进的办法，暂时撤军。等燕王喜觉得暂时安全了点，再突然出现把这个冷血的燕王喜彻底摆平。

退兵之后，李信剩余的军队，让王翦带着开始进攻楚国。

燕国现在算是完蛋，韩赵魏也被搞定，现在轮到楚国慌神了。

秦王政见李信带兵将燕王喜赶到了辽东，心情非常好，命李信率军二十万，继续进攻楚国。李信那叫一个得意，带着二十万秦国甲士，一路南下。李信是秦军的年轻将领，在教训燕国的时候的确出了不少的力，的确是位将才，但是楚国却不同了，楚国疆域辽阔，号称拥有将士百万，李信带着二十万刚入楚地，士兵就出现了许多水土不服的情况。

楚国地处南方，气候环境和风俗人情与秦国有天壤之别，潮湿的气候让秦国不少将士身上都出了红斑，这种还不知道怎么治疗的病让秦军的战斗力打了许多折扣。如果换做王翦，也许不会像李信接下来犯的错误那样贸然进攻。这时候，按着王休的意思，应该全军撤退回秦国境内，休整之后，找到治疗那红斑病的药，才能继续攻打楚国。可李信为了早点胜利，命士兵直奔楚国国都寿春。

可是，楚军也不是吃素的，李信带兵刚一进入，楚军八十万，纷纷从山林里冲了出来，把李信打得一个惨败而归。这是一场以多胜少，几乎是屠杀式的一仗，李信部在进入丛林山地之后，就如没头苍蝇一样完全失去了方向，以前在平原上打仗的经验这时候完全用不上，别说指挥，整个军队钻到了丛林里，将军连士兵都看不到。

楚军像疯子一样从山里钻了出来，不知道是从哪钻出来的，反正一钻出来，就让贸然挺进的李信吃了一个大鳖，年轻气盛的李信被楚军赖皮打法给激怒了，命令士兵无论如何不管三七二十一，一定要发扬秦军不怕吃苦的顽强精神，狠狠地教训楚军。

将士是有杀敌之心，但是无奈天不作美，秦国攻打楚国的时间是在六月，这时候的楚国正是大雨倾盆的季节，整个山里到处都是湿答答的环境，本就不适应湿地作战的秦军这时候像灌汤包子一样躲在任何可以躲避的地方尽量让自己舒服一点。

别说打仗，秦军就是走路都困难。李信从来都没有想到秦军会在这里碰上这样的情况。在嬴政派出监军询问战果的时候，李信只道是秦军正在待命，楚军已被击败许多次，只要再给他两个月的机会，秦军就能势如破竹，击败楚军，拿下寿春。

李信想，两个月，恐怕再过一个月，这种该死的雨水天气就会过去，接下来要做的就是带着憋了两个月的秦军，踏平楚国这些该死的大山。李信没有想到的是，楚国这些几万年前就形成的深山老林，守护了楚国那么多年，是不会那么容易就让秦军的黑色长龙给镇住的，他们在守护自己的土地，在守护自己的神明，就算是拿下了寿春，那么这些深山老林之中的精气，也不会让秦军好过。

可是，楚军士兵就像幽灵一样，不时地从深山老林里钻出来几万人，给疲倦的秦军来一次突袭，这种突然而来的打击就好像带着毒刺的马蜂不时的在人的身上扎一下一样，一次两次方能抵挡，三次四次也可忍受，五次六次就会让人抓狂，到了七次八次，李信已经开始出现发疯的迹象。

"这他妈的都是什么人？难道打仗非要这样打才有意思么？！他妈的有种出来对抗一下！"

楚军才不管李信是多么地飞扬跋扈，他们只是按着自己的打法来，在没有击败秦军之前，就算是天塌下来，也不会改变这种卑鄙但却非常有效的打法。想想看，十万座大山，这山里得藏多少楚国将士？没有百万也有八十，秦军二十万，经过这几个月来的折腾，病得病，伤得伤，死得死，最后还剩下三万不到。

秦王政气得不轻，当初监军回来说只要给李信一个月的时间，就能拿下寿春，万万没想到，李信这个牛皮大王不但没有完成任务，还把秦军子弟折腾得人不像人鬼不像鬼，等那三万骨瘦如柴的秦军将士回国的时候，嬴政差点以为那些是李信从山里面带回来的野毛猴子。嬴政忍住了杀掉李信以儆效尤的脾气，命李信继续在他曾经打过胜仗的燕地反思，再命老将王翦带兵六十万，狠狠地教训楚王。

王翦命好，王休在心里想，李信出征的时候，楚国国内的确是异常稳定，虽然那是暴风雨来临前的宁静，但那一段时间的平稳让楚国有时间来迎接秦军的到来。但是，正因为李信的到来，让楚国国内出现了动荡。一百多万的军士都扔到了大山里就为了抗击秦军，而寿春那边没有了将，那些文臣就开始思考着是不是要把不太喜欢的楚王换掉？

在王翦出征的时候，距离李信出征正好过去三年，这三年里，楚国因为抗击李信部这个导火索，忽然内乱，不到三年的时间里，国君换了四位，李信来的时候，就没有好好地观察现在楚国的情况，而是贸然带兵进攻，让楚军抓住了机会，秦军也失去了进攻的最佳时间。现在楚国国内大乱，正好又给王翦带来了机会，但是王翦却没有直接进攻，而是将士兵屯扎在秦楚边境处，让秦人适应楚地山地潮湿的气候。

王翦不笨，他吸取了李信部那惨痛的教训，不能让士兵钻到那大山里让水蛭蚊虫叮咬，而是把那些跟随自己作战多年的军卒们放在了

大秦谋略

秦军的边境上，好吃好喝好酒好菜，闲时训练忙时骚扰。不管怎么样，秦军就是不动，像一个巨大的王八，一动不动，楚国要想打这个大王八发现壳太硬根本打不动，但是不打，又担心那只大王八会忽然压死整个楚国。不打，那就等着秦军先动手，有时候以逸待劳比主动出击要好得多。

可是，一个月不动，还能解释，两个月不动，就有点问题了，楚国军队郁闷了，秦人这是干什么？在秦地边境上吃烧烤？整天除了训练，就是在那吃啊喝，除了不时地在边境上骚扰骚扰，就什么都不管，也不进攻也不防守？

秦军不进攻，那楚军那边想，我也不进攻。那些储君都是楚国国内王侯凑出来的军队，谁也不想拿自己的嫡系部队先送死，反正秦军没有进攻，那楚国也不进攻。大家耗着呗，反正都是在自己的地盘上，谁也不怕谁，秦军在秦国的边境上，楚军在楚国的边境上。严格来说，秦军并没有对楚国动兵。

秦楚之间的战争进入了"胶着"状态。秦王政也不管，王翦是老将，他带兵我放心。而且在王翦身边还有他们的"军神"王休。那个老狐狸，不知道又在给王翦出什么主意。嬴政这时候反倒是想看看自己的这支军队到底能玩出什么新鲜花样来。上一次王贲引水灌城让嬴政大开眼界，这一次在山里，不知道王休会出什么鬼主意。

秦王不能一直不管，他得命人去看看，就像上次对待李信那样，长时间没动静，就得派上监军去问问现在到底有什么计划。王休不时地回到咸阳，嬴政见王休两头跑，干脆就让王休待在军营里，王休奉命上路。

来到了王翦的军帐里，王翦热情地接待了王休。

"怎么不开打？你不用说了，我知道为什么不开打，我只是循例问问。"王休说道。

王翦也知道王休知道为什么不打，道："现在也不是不能打，你看

看外面。"

王休站到外面看了看，楚国多山地，丛林密布，地大物博，而且楚军号称有百万之众，吹牛不吹牛不说，没有百万也有八十万，秦军这次一共才六十万，死一个少一个，人数首先就不是楚国的对手。

再者，楚国多山地，潮气很大，秦军在秦地干燥地带，常年不粘湿气，贸然进入楚国，肯定会发生大的瘟疫。

王翦深谋远虑，王休佩服不已。早就听说王翦乃是上将之才，现在看来，还真的没有错。

"将军好计谋！好眼光！"王休笑了笑，道："大王让我给你带话，如果可以，就可以进攻了，时间不宜拖太久。反正我是把话带到了，打不打随你。我得回去复命。"

"请大王放心，来年开春，就是进攻的最佳时机！"王翦拍着胸脯说。

王休在军队里住了几个月，又回到了咸阳，秦王问，现在怎么样？王休说，现在情况正常，只是太子丹那边已经死了，要不要先把燕王喜干掉？嬴政说，先不急，玩玩他，让燕王喜提心吊胆地活着比杀死他好。

王休听完，一身冷汗。秦王政的心机是越来越深了。现在六国，被嬴政灭了四国，燕国半死不活，基本算是完蛋，楚国现在是坚守不出，齐国那是大国，海滨之国，不可贸然动武，天下之大，竟然有大半都落入秦手。自从车裂了荆轲、秦舞阳，发兵赶跑了燕王喜，燕国那边已经没什么动静，剩下的就是燕国南方的齐国和秦国南方的楚国。

两国都是大国，必须得好好地谋划一下。

第二年开春，石俊来到了楚国，这家伙到哪哪里就倒霉。楚国国内蒙上了一层阴霾，但是石俊看到的却是晴朗一片。楚王看见石俊，就如同看见了救星一样，当年石俊可是韩国的使臣，可惜赵国没有听石俊的话，最后导致了灭顶之灾，楚王现在是把石俊当成是救星。

楚王室分崩离析，楚王急需要一个谋士来为自己出谋划策。石俊的出现让楚王看到了希望，但不知道这希望是好的还是坏的。反正楚王是抓住了石俊这根救命稻草。

"现在秦军压境，大王你要做的不是固守，而是让楚军前面进攻！"

"为什么？"

"秦军为什么迟迟没有进攻？那是因为楚军不适应楚国的气候环境，所以一直在边境上等着，楚国如果一直不主动开打，那等秦军修整好了，肯定会第一时间发起进攻，那时候楚国就失去了先机了！"

楚王一拍大腿，石俊说得对！既然你说得对，那燕王为什么没有听你的建议，反倒被李信追到了辽东？

石俊干咳了几声，道："那是燕王喜未曾开化，没有完全领会臣的意思，而且没有严格地地按着我的想法去做！"

楚王本着怀疑地态度问了问，也没向心里去，分析一番之后觉得石俊说得挺有道理，于是命项燕立即率兵百万，进攻秦军！

秦军探子来报，楚军出动了！

王翦大喜，楚军果然是急了，这时候出兵，就等于是找死，我秦军以逸待劳，必然杀他个片甲不留！命令所有将士，列队整顿准备痛击楚军！

项燕不明白楚王怎么会在这时候命令军队出击，这时候完全不行，秦军以逸待劳，楚军现在出击那是犯了兵家大忌！但是王命在身，项燕只能硬着头皮出发。

这是必死啊！项燕心里想，可怜项家一门，就要这样亡族了！项燕心里痛恨楚王，但是对祖国的忠诚让他不得不带着士兵出击。

这是一条不归路，秦军六十万，分散在楚国边境上，并且完全适应了楚国的气候，而楚军八十万，兴师动众，从寿春赶到边境，已是一月之后，楚军疲惫不堪，但是秦军却严阵以待精神焕发。

楚国人还是有点志气的，虽然楚国人民内部矛盾严重，但还没有到

散伙的地步，很多人都觉得这一仗应该能打赢，只是打得比较累而已。只要能赢，至于怎么赢，那就不是士兵所能考虑的事情了。因此，楚国士兵虽然疲惫不堪，但是粮草充足，所以他们不怕。

大不了一起死么，有什么！

秦军就在楚国边境上整天烧烤，偶尔南下，但是却不深入，楚军急了，正中王翦下怀，王翦当即命令：把吃饭的家伙都收拾了，把打仗的家伙拿出来，随老子干他娘的！

秦军本来民风就彪悍，王翦这一嗓子吼完了，秦军士兵快疯了，叮叮当当一顿收拾完，全副武装之后，六十万军卒凝化成了一尊强大地无可战胜的魔神。

那些秦人，可都是在战斗的最高峰上，他们最不担心的就是打仗，很多士兵早些年就跟着王翦南征北战，到现在已经有很多年头了，从打韩国开始就跟着，几十年下来，老兵也有，新兵蛋子也在，老的少的加在一起，组成了这支勇猛无敌的军队。

秦军，可是当时世界上的神话。

楚军统帅项燕心里把楚王恨死了，可也没什么办法，谁让他就出生在楚国呢？楚国就是他的根，虽然楚王昏庸，可将军不能无能，俗话说兵熊熊一个，将熊熊一窝，楚王无能，项燕可得把招子放亮一点。

话说项燕是个人物，李信那么生猛，到他面前也是不堪一击，三五个回合，把李信干败。项燕之名也因此传遍整个楚国。

项家代代都是武将，早些年的时候被楚王封在项地，因此就用了"项"这个氏。

秦国倾尽一国之兵，来攻打自己的祖国，那楚国必然也要倾尽一国之力来迎击秦国，大家都把家底拿出来，你也是人并非三头六臂铜头铁骨，我也是人也并非头上长角脚上生风，谁怕谁呀！来，大不了同归于尽，反正楚国国土面积辽阔，瘦死的骆驼比马大，楚国还能怕了你秦国。

再说了，当年嬴子楚回国的时候，要不是在楚国停留了一下，华阳夫人将嬴子楚收为义子，那还有现在的秦国？项燕在暗暗发狠，秦国你别太嚣张，楚国始终是你的强敌，被看你现在厉害得要命，但是楚国人生气了，秦国人不太好接受这种雷霆一般的怒火。

豁出去干了，谁怕谁！

项燕就这样做了一次战斗号召。楚国人群情激奋：将军说得对！秦人太嚣张了，西凉蛮夷，能有什么做为，别以为打了几场胜仗就如此嚣张，那是秦人他还没见过仗是怎么打的！

战前大动员做完了，楚国人也把牛皮吹下了。

前面都说了，楚国士兵出发的时候，就注定是走上了一条不归路，不管结局如何，有王休在，那楚国就不会赢。

可事情总有些转变，石俊不管秦人的眼光，直接跑到了楚国的时候，就被王休发现了。王休发誓要把石俊的双手双脚砍下来，把石俊变成人棍。

项燕的粮草官是个文弱的书生叫丁泾，他精通算术，是个天才，十二岁的时候就已经担任了楚国王室的书记官。他的职位大约和现在的会计差不多。

丁泾算了算，粮草充足，后勤保障有力，这一次足够和秦人对峙上三年，在得到项燕的肯定后，丁泾尽心尽力地把粮草管理得井井有条，进有账取有序，任何人想要揩油，那是门儿都没有。丁泾在这件事情上有生杀大权，只要谁没有经过允许靠近粮草，那等待那人的下场就只有死。

王休可不管，王休化妆成小参谋将，来到了粮草可允许进入的范围之外，王休就站在那根红线之上，问丁泾说，前面可是丁泾丁将军的大帐？

丁泾正在算账呢，忽然听到外面有人叫，而且声音挺陌生的，便让保镖出去看看。保镖是丁泾老家的人，对丁泾可是佩服得五体投地：什

么时候老家出过这样会算账的能人？也就他丁泾了。保镖出来瞄了一眼，见是个参谋将军，便问什么事。

王休拿出偷来的兵符说，这是兵符，我需要三车粮草，三天后准备好，我们需要派出千人轻骑准备偷袭秦大营。

千人轻骑？偷袭秦大营？

丁泾在里面就听到了，这是险招啊！大将军不愧是大将军，一出手就是奇招！那位保镖是把丁泾佩服到了心里，而丁泾也把项燕佩服到了骨子里，既然大将军有这样的奇招，那么得配合！不过，既然是取粮草，那手续得齐全，不然的话依然免谈，将军既然有这样的奇招，那取粮草的手续不可能不全的。

"将军，请出示大将军批示的红色竹简，另外还要出示调用粮草之粮草兵符，将军，你先拿那些文件，我现在就让人准备粮草！"丁泾不是不好说话的人，你这边拿手续，没事，你先拿出来，我现在就让人准备粮草，事情要分开办，两边都行动起来两不耽误。

王休一愣，啥？粮草兵符有了，还要什么红色竹简？那玩意去哪搞去？那得去项燕的大帐内弄一个才行，那还得项燕亲自书写的调粮令。

王休慌得一身冷汗，如果暴露了，那自己能不能出去还是个问题，别说毁了人家的粮草了！这一次行动欠缺考虑，主要是太急了！楚军都出动了，王翦还守在攻下来的小城池内坚固不出。

"将军，文件呢？没带？还是丢了？"丁泾见王休在那发愣，一连发了三个疑问，问完了，还没等丁泾回答，就又问："是不是丢了？来人，赶紧找！务必要把那小小的红色竹简找出来，就是挖地三尺，也要找到，万一落到歹人之手，于我大楚不利！"

丁泾太聪明了，他怎么知道那玩意丢了呢？丁泾也太尽职了，东西丢了就丢了，只要不动用粮草就行，反正粮草归他管，文件不齐，想动用粮草那是门都没有。

可是丁泾被王休胡乱编造出来的"千人奇袭"计划震撼住了，想想看，一千人的轻骑，去袭击人家六十万人的军营，而且还是在行军疲惫的情况下，大手笔啊！读书人的脑子一旦发热了，那可就不管什么细节了。

王休就在这夹缝里求得了一丝生机，忙跟着被人去"寻找"红色竹简了。找了半天，也没找到红色的竹简，谁知道那玩意去哪了，谁知道到底有没有那玩意！好几百人在偌大的军营里从中午找到太阳下山，也没找到什么红色的竹简。丁泾觉得这事情有点大了，万一那竹简落到了坏人的手中，那可就麻烦了，他越想越怕，又怕大将军项燕等着粮草，于是亲自带着"参谋将军"王休带到了大将军的营帐前，把事情的经过说了一遍。

项燕很奇怪，这人谁呀？我什么时候发了一个取用粮草的红色竹简了？没等大将军说话，王休立即说，将军，你忘了，昨天这个时候，你发了一个文件，秘密发出的，让我取用粮草。

取粮草干什么？项燕更加奇怪，心里已经把王休列为细作之列，他没有说穿，只是等着王休继续往下演。

王休说就是这个时候啊，你发出的文件，而且是秘密发出，当时没有几个人知道，这是秘密，你计划的一部分里，难道不用粮草？

当然要用了！军营里哪天不用粮草？这不是废话么？项燕一想，昨天发出了许多命令，其中用红色竹简发出的秘密命令就有好几条，不过他忘了其中到底有没有和粮草有关的命令了，难道真的是被楚王气糊涂了？

项燕想想如果真的发出一条和粮草有关的秘密命令，那么就真的有红色竹简，既然如此……咦？不对，项燕忽然反应了过来，忙问，那命令的内容是什么？

王休忙抢过话道："是进攻计划！"

丁泾也在旁边点头，对呀，是进攻计划，没有错！项燕的计划里本来就有进攻计划，王休也是知道的。楚军现在疲惫不堪，秦军坚壁清野，

死也不出战，这让项燕很毛躁。项燕和王翦都是战场上的老将军了，大家的作战方法互相都很了解，玩虚的没用，项燕要的就是和秦军决一死战，谁输谁死。

可再昂扬的斗志也在和王翦的对峙中消耗掉了，项燕最怕的就是这点，那个小城池，比当年的大梁城还要牢固，那可全都是用楚国最好的石头建造出来的，虽然小，但是想要攻下来一座石头城池那也不是件容易的事情。

王翦可是用箭阵猛射几十轮，靠的是成千上万支箭淹没，才把这个小城池给拿了下来。现在六十万人就在城郭之内城池之外的护城河边上，项燕想要打进来，就必须先攻下城郭，城郭是城池的外围城墙，几十丈高，要打下来，首先需要一千万支箭射才行。

楚国拿不出那么多的弓箭，他们有步兵骑兵，就是弓箭手少。

项燕想了想，的确是有很多秘密命令发出去了，他毛躁的心里更加毛躁了，难道自己的记忆那么差了？见丁泾还在旁边连连点头，项燕还真信了。

"听他的，发粮草！"项燕心想你能要多少粮草，几车而已。

事实上，王休要的的确是几车，到了粮草大营外，粮草已经准备好了，足足三车，用牛拉着，丁泾把赶牛的皮鞭交到了王休的手中。

"将军！"丁泾忽然又把王休叫住了，"祝将军大捷！"

"多谢兄弟！"王休感动坏了，这才是好人啊，为了祖国居然自己乱了分寸！

王休把车赶到了无人之地，把粮草烧了，然后又折转了回来，找到一个普通的军卒营帐，大叫一声："有细作！粮草官通敌了！"

王休很聪明，如果他喊丁泾通敌了，可能没几个士兵知道丁泾是谁，他们只认识粮草官，于是，王休这一嗓子起到了非常明显的效果，军卒们刚吃过饭，就听到粮草官通敌了，那这还得了？粮草官通敌了，那么粮草呢？

军营里一传十，十传百，全都炸锅了！

王休还不罢休，又来到另外一处地方，大叫一声："粮草失火了！"喊完，王休把火把扔到了粮草大车上。

整整五十万车粮草，全都连在了一起，上面盖着防雨的麻布，粮草粮草，是指军用的粮食和草料，人要吃饭，马也要吃草。粮食和草料，是放在一起的。既然一把火烧了起来，风借火势火助风威，王休的一个火把，顿时成了燎原之势。

这一把火烧的，从东南方向粮草官的大帐前开始烧，一直烧到西北角，大火连带着把军卒的军帐也点着了，这一下，五十万车粮草，全都成了灰烬。

楚国的士兵都傻眼了，本来五十万车粮草，足够吃三年，现在别说三年，三天都成问题，接下来的几天如果不早点打完了回家，那么就要挨饿。

于是乎，楚国的军营里出现了骚乱，这种骚乱是控制不住的，尤其是在八十万人的军营里。

项燕快疯了：王翦，你这个王八蛋，你就是不出战，那好，我就硬攻，我看你能在小城池内守几天！

天还没亮，项燕就出击了。

这场大火，把项燕烧得一点脾气都没有了。不过这场大火没有在正史中出现过，因为王休这个人也没有在正史中出现过。

王翦正在睡觉，忽然就听黄门报说王休将军回来了，王翦忙从床上跳起来，问王休什么情况。

王休掸了掸身上的灰尘，说："一把火，烧了楚军的粮草。"

王翦哑巴了，这个消息可真是太让人惊喜了！楚国没有了粮草，那还打什么仗，光是饿就能把他们饿死！

王翦太爽了，当即命令取酒来，他要和王休大醉三天！酒来了，王翦接过酒，再问一句："消息的确可靠？"

王休看了看王翦，"火是我放的，你闻闻，我身上还有谷物烧焦的味道。"

王翦真的嗅了几下，嗯，没有错，的确是有谷物烧焦的味道。

真是暴殄天物啊，王翦在心里感叹。

秦军这边大鱼大肉好酒好菜，楚军那边饥肠辘辘满面忧愁。项燕实在受不了了，带着大军来到了王翦的城池之下，这一次说一千道一万，也要把王翦激出来干一仗！

项燕派了一个声音大口才好而且会骂人的军卒，把剩余没有被烧掉的粮草做了三十张大饼，然后给这位军卒十壶水，让他专门在城池之下骂，不骂别人，专门骂王翦奸诈。

那军卒也不怕秦军弓箭手，顶着炎炎烈日，在城池之下大骂了三天，可是王翦是一句都没听到。

王翦和王休在城池之内醉了三天，什么都不知道，等醒来的时候，一出寝室，秦军士兵都很佩服王翦将军的耐性，被人骂到了祖宗十八代了，都没有着急过。这份定力，是别人没有的，要不然人家怎么当大将军呢！

王翦一出来，就听到有人在下面叫嚷，来到朵楼上向下一看，原来是个人在骂人，仔细听听，他娘的，这不是在骂自己吗？当即命令，千人箭阵，齐射，把那人给射成刺猬！

一阵箭射！城池之下没有声音了，王翦再一看，那人带着还没吃完的十几张大饼被射成了马蜂窝。

楚军这是真发怒了，两国交战不斩来使，我们的人是去叫阵的，你一阵齐射，就把人给弄死了，这是什么意思？！

秦人有点太坏了，但是楚国一点办法都没有，项燕气得快吐血了，见叫阵的人死了，他亲自上前，大骂不停，接连骂了三个时辰，王翦就是不出，项燕真要再骂，却见天空中忽然多出了一团乌云，再仔细一看，那他妈的那是乌云，那是秦军的箭阵！

项燕身边的护卫忙举起盾牌，把项燕死死地护在下面，但是也顶不住那箭阵齐射，多少箭呐，密密麻麻地扎在盾牌上，使盾牌变得更重，两边的护卫实在受不了了，一个不留神，一支箭从两个盾牌的缝隙里钻了进来，扎进了护卫身下的马屁股上。马受惊了，猛地窜了出去，少了一个护卫，项燕大惊，一夹马腹，跟兔子似地在箭阵之中回到了己方大阵里。

项燕就这样死里逃生，吓坏了胆的项燕也不是等闲之辈，他知道刚才只不过是标箭，下一轮……

他还没想完，就见天空中出现了一团一团黑压压的东西，紧接着，一支支拉着空气声的箭，如同暴雨一样落到了楚军的方阵里。

八十万人，在这一瞬间，锐减到六十万！

项燕命令保持方阵，还没说完，秦军大门顿开，一队队骑兵从秦军的城池里冲了出来，楚国这边还没准备好，伤员还没有撤退，就见秦军的骑兵像幽灵一样从城门内冲了出来，好像是城池把骑兵吐出来一样，秦军战神们被憋了一个多月，现在终于放了出来，大开杀戒，那些骑兵手中的刀剑瞬间就砍钝了口，等一轮骑兵冲锋完毕，接着楚军迎接的，就是秦军的步兵……

六十万的步兵，冲锋六十万残兵败将，结果可想而知。

第五章

第六章

　　王翦坐镇中军。后军改右军，前军改左军，中军不变。弓箭手夹在中军之中，在右军未到标箭之前，连续齐射。楚军伤亡惨重，秦军愈战愈勇。

　　楚军的战斗力不差，差就差在有些浮躁——粮草不足，谁都浮躁——王翦就是认准了项燕这一点，坚壁清野，固守不出，让项燕在丢失粮草的情况下，心浮气躁，再急于进攻，加上楚军军卒因为粮草的问题而不敢冒进，天时地利加到一起，让楚军吃了一个大亏。可谁知道项燕会那么急，居然直接发动了进攻，这一次楚军吃了大亏，秦军可是以逸待劳。楚军犯了兵家大忌，贸然进攻只会以败收尾。

　　在楚军境内，楚军主场作战，却被秦军打了个落花流水，问题的根结不是在秦军强大，而是在楚军太急躁了。这一点非常值得借鉴。

　　王休简直快笑坏了，局面就是按着他理想的方向发展，并没有多少出入，但是他一直不太相信石俊是和自己同心的。多少次以来，石俊总是在搞破坏，这一次也不例外。

　　楚军大败，这还是在秦军主力还没有全部出动的情况下。楚军处在

粮草不足，行军疲惫，军心不稳的情况下，再无斗志，赶紧撤军，能保住楚军的一点有生力量，将来还好反扑，但是王翦不给项燕反扑的机会，命令弓箭手全部撤回来，主力从城内蜂拥而出。

楚军大败。

楚军被杀得落花流水，兵败如山倒，楚军再也没有任何作战能力，全线溃散，秦军和打韩国一样，如入无人之境，一路狂杀。

项燕知道，自己完了，就这样回去，楚王肯定会弄死自己。想想项家世世代代为了楚王而战斗，到最后，却落了个大军兵败，让秦人入侵的下场。但是，项燕看得出来，王翦这一次是摸清了自己的脾气，而不是真正实力上的较量，如果来真的，王翦不是项燕的对手。

寿春是回不去了，现在能做的，就是带着残兵败将千余人，回江东老家吧。项燕好像知道自己会有今天这样的命运，拔出宝剑，站在江边看着滔滔江水长叹不已。

项燕拔出宝剑，朝自己的脖子上抹了一刀，血洒当场，染红了楚国大地。

死之前，项燕对天大吼："楚虽三户，亡秦必楚！"

这句话他的部下听到了，他的部下带着这句话投降了王翦，国家亡了，命还是很重要的，命虽然重要，但是复国之心更重要，项燕的那些部下带着亡秦必楚的决心，跟着秦军把自己的国家设置成了郡县。

公元前223年秦王政二十四年，楚国灭亡。秦王政给李信一个机会，带兵又去辽东干掉了燕王喜，顺便杀了燕王另立的太子。燕国在这个时候，也算彻底灭了。其实燕国是在楚国之后灭的，历史的顺序不会变，楚国和燕国好像商量好了一样，似乎是这样的，楚国对燕国说，你先死，你死了我就死，燕国对楚国说，你先死，你死了我再死。楚国最后说，要不一起死吧，反正干不过秦国，燕国说，我还能逃到辽东，你就只能向百越跑了，那地方纯属蛮夷，逃了也是死，不如你先死吧。

于是乎，楚国先被秦国灭了，燕国反倒挣扎在了楚国的后面被灭，其实主要是燕王喜跑得快，要不然，燕国死的比楚国还快。

公元前 222 年秦王政二十五年，在秦军继续南下攻打百越的时候，秦王政命令一部分秦军挥军东进，找到了燕王喜的残余势力，俘虏了燕王喜，燕国真的灭了。

想想六国之内，韩国胆小，赵国奸诈，魏国先强后弱，楚国太急躁，燕国太自大。不过燕国太子丹却是最有血性的一个人，不知道历史是怎么评价的，反正王休是这样想的。当年太子丹令荆轲刺秦，这得需要多大的勇气和魄力，需要多长时间的谋划？虽然刺杀秦王未成，但是不得不对太子丹的那份勇气提出表扬。

人就应该有点魄力和勇气，哪怕是死了，死了就死了，死了不知道疼痛不知道羞耻不知道荣辱，那还怕什么，如果事情成功了，那便是千古留名，名垂青史了。荆轲那一击，可谓惊天动地，只是因为秦舞阳胆小发抖，让秦王发觉了端倪，又加上夏无且的药囊砸歪了正好砸中了荆轲的脑袋，否则秦王必死。

五国都灭了，那还有个齐国。

齐国在春秋和战国前期都是一个强国，当年齐桓公尊王攘夷策略让齐国强大到了非常嚣张的地步，当时的齐国根本就不把其他的诸侯国放在眼里，齐国是海滨之国，水产丰富，经济发达，国力强盛，那还怕个谁？

可惜，齐国也被人欺负过。

燕国未灭之前，出了一个猛将，叫乐毅。此人不知道哪里来的那么大的本事，带兵横扫齐国，把齐国收拾得服服帖帖。

这件事情发生在公元前 284 年，最不要脸的三晋，外加燕国和楚国五国看不下去齐国的嘴脸，联合起来攻齐。齐国顶不住五国的联合攻击，损失惨重，齐国也被打得遍体鳞伤，许久没有复原。

齐国太嚣张了，你有钱，有钱就得被人联合起来打。两千多年后，中华大地上的又一个王朝满清王朝当时的国力达到了世界之最，虽然这个数字有点夸张，不过的确曾经发生过。满清似乎就是太有钱了，加之闭关锁国，才被人一顿打。

从此，齐国一蹶不振，尤其是到了秦王派出王贲攻打齐国的时候，齐国最无能的国君齐王建连赵王迁都不如。

王贲的大军马上就到了齐国边境。

俗话说，瘦死的骆驼比马大，齐国虽然弱了，但是还有些底蕴的。秦王不想看到失败，而是想一举拿下齐国，这点，秦人都知道。

秦王让王休想一个办法来，好好地把这齐国收拾一下，顺便把临淄拿下，当成秦国的一个郡县。

王休说行，我这就去办。

去齐国的路上，王休意外地碰到了石俊。石俊微笑着赶着马车上来和王休打招呼。

王休觉得看到石俊怎么那么恶心，见石俊已经凑上来了，便问石俊去哪。

"还能去哪？"石俊说，"当然是去齐国！要不然，我是去游山玩水啊？"

王休说，你到现在还有底气在和我说话。

石俊厚着脸皮道："我有一事，要和你打赌，我打赌这一次，你们灭不了齐国。"

"你怎么知道？你那么有把握？"

"当然了，这一次我一定要帮齐国灭掉秦国，统一六国，秦王还没那个本事，我要让秦王甚至是天下看看我石俊的能耐，这一点，是你王休根本比不了的。"

"那赌什么？"

"赌你身上的玉佩。"

"好。"

周王封齐的时候，齐国是"姜齐"，公元前391年，田成子四世孙田和废齐康公，并于公元前386年放逐齐康公于海上，自己把自己立为国君。同一年周王室实在是觉得这些人太能折腾，于是周安王又把田和册命为齐侯，国君妫姓田氏，就是战国齐共王田健的祖先，因此也叫田氏齐国，简称田齐。齐国的疆域有今山东省偏北的大部及河北省西南部，东靠海，西南和莒、杞、鲁等小国接界，北和燕接界，西和赵、卫接界，国都在临淄。

齐国之所以强大，是因为靠近海滨，很多内陆诸侯国有和没有的资源，齐国基本都有。因此，齐国也很嚣张，目中无人，不过当年齐宣王还是个贤王，把齐国治理得像模像样。到后来齐国国君田健上位的时候，就注定要被秦国灭掉。

当然了，那最后一句只是后话，现在要看看石俊的本事。田健实在不想看见石俊，和其他五国国君的态度几乎一样，石俊天生就长了一张让人不待见的脸。但是石俊有自己的办法。

石俊为了和王休打赌胜利，对齐王建说把自己所有的资产，全部送给了齐王建，对此，齐王建反倒有些不好意思了。齐王建问他，你有什么要求没有，提出来，我能满足的就能满足你。除了寡人的女人和王位，其他的你随便挑。

石俊说，我没有别的要求，就是过几天有一个人来来到齐国游说，我希望齐王您把他抓住，能杀就杀，不能杀就让我来杀，反正这个人对齐国不利，必须让他知道刀割肉还是会疼的.

齐王建心想，杀个人？那么多的家产送到孤王我的手中，就为了宰一个人？就那么简单？石俊说，就那么简单，就为了宰一个人。石俊想出了一个绝计，我把你王休杀掉，看你还和我赌什么，你身上的玉佩，你那玉佩我有一箱子，并不稀罕。

不过，齐王建可没想得那么简单，石俊说要杀的就是王休，可王休是秦国人，而且是秦国机关内非常重要的人，如此有来，齐王建一动手，就得惹怒秦国。为了两国的利益，齐王建不会那么轻易地答应石俊的要求。齐国那么富有，不在乎石俊那点钱。话又说回来，齐王建也没把秦国放在眼里，秦国这些年折腾下来，国内消耗肯定很严重，而齐国远在天边，秦国要想打到齐国，也不是那么容易的事。

如此一想，齐王建就觉得这件事情可行。可是齐王建又想到了一点，那就是这件事情背后的目的。石俊要杀个人，他完全可以找一个刺客去做，他为什么要动用齐国之力呢？整个齐国也不是那么轻易地就同秦国交战，这会触动许多地主阶级的利益。

这样一想，齐王建就觉得石俊这个人不是那么简单的了。为了安全，齐王建派人调查了石俊，过了一段时间之后，齐王建从得来的消息面查不到石俊这个人任何祖籍信息。只是知道这个人最早的时候在赵国出现，无根无底，然后再到韩国，中间无论到哪个国家，哪个国家便会迎接灭亡的命运。齐王建还发现，石俊这一次到齐国，还带着和王休的仇恨。

当初石俊和王休可都是帮着嬴子楚的，但是石俊和王休闹翻了，到头来求齐国出手摆平王休，那么这仇恨是否关系到两国之间的利益呢？

石俊等了那么多天也没见齐王建有什么动作，便再一次要求见齐王建，见到了之后，石俊说出了心中的疑问。但是齐王建却是三下五除二地把石俊的要求挡了回来。齐王建说："这样的事情不是那么简单的，要想杀一个人简单，但是要在杀掉之后人之后还不能惊动那个人背后的势力并且就算惊动了之后也要让那股势力不出面报复，这才是难题。说吧，到底是什么原因让你非要求助孤王才能杀掉王休呢？"

石俊最讨厌的就是自己的计谋被别人看穿，他以为只要齐王建动手，就能干掉王休，没想到齐王建把整件事情分析得那么透彻，原来齐王建不笨。石俊说："其实就是杀个人那么简单，在秦国，秦王嬴政早就对王休这个人不太感兴趣了，因为王休在军队之中的影响力已经超越了秦王，秦军将领之中，王休的威望比秦王还要高！如果不杀掉王休，王休有可能取代嬴政在秦军当中的地位。因此，齐王你现在动手正是时机，不但不会触动他背后的势力，更不会让他背后的势力报复。"

齐王建想来想去，觉得还是先把事情查清楚了再说。杀一个人的确很简单，手起刀落，人头落地，但是要干掉一个人背后的势力就不那么容易了。秦国势力盘根错节，错综复杂，搞不好就会触及秦国最根本的地主阶级的利益，如果走错一步，齐国就会和秦国开战。

转念一想，齐王建为什么要答应石俊？齐王建自己都觉得可笑，这事情他为什么要参与，那是石俊和王休之间的争斗，没必要参与进去到时候黄鼠狼没抓到反倒惹得一身骚。齐王哈哈一笑，说你送的东西我笑纳了，但是你说的事情孤王可办不了。秦国现在是庞然大物，楚国那么雄厚的实力都被秦国扳倒了，那么齐国也可能有着和楚国一样的命运。算了，事不关己高高挂起，还是少惹事为妙。

石俊见齐王放弃了，忙说："这个王休可不简单，嬴政之所以一直没有动摇他的地位，那是因为在王休的身上有一样宝贝，那是整个秦国都无法取代的宝贝，这个宝贝之要一露面，别说是整个秦国，就是整个天下都无法和它媲美。"

齐王建眼中忽然射出一道精光，但是脸上却不动声色地问："哦，有这样的宝贝？"石俊说："大王是要当王几十年，还是一辈子当个神仙，长生不老呢？"

齐王建顿时被石俊的话吸引了，忙问："长生？如果你胡说八道，孤王现在就让你碎尸万段！"

石俊道："但凡有一句假话，就叫我不得好死！再说，我没有这条消息，也不敢让齐王您出手。"

"那你为什么不早说？"

"本来，我只是想在干掉王休之后，把他身上的长生之术拿出来献给齐王您，但是您既然犹豫，那我就只好先说了。这样的话，惊喜没有了，反倒给大王您增添了许多压力。"

齐王建心想压力个屁，你说与不说还不都是一样。他想了想，这石俊不管说的是真是假，只要干掉王休就知道了，举一国之力杀一个人，那还是挺容易的。大不了与秦国开战，以齐国现在的实力，也不惧怕他那嚣张的秦国。于是齐王建满口答应了石俊的请求，说"行，就按你的意思办，不就是杀个人么，我随便派个人就能把你的说的那个什么王休干掉。"

石俊满心欢喜地回到驿馆睡觉去了，他哪能把所有的家产全部送出去，送出去的只是一部分，他当年从吕不韦哪里学会了一招叫作"投资"。当年吕不韦以一招"奇货可居"而霸占了秦国所有的人脉市场，并且当上了秦国之相，那他石俊也能这样办，不过，不知道齐王建到底是什么样的人物，是脓包，还是明君？

天知道！赌一把！反正杀个人也不是什么难事，只要王休被杀，那么接下来的事情就都好办，秦王政虽然有李斯，但是没有了王休，秦王政的心里也没多少底。

一切安排妥当。两天后，王休拿着秦王的符节，拜见齐王。

齐王建问："你是秦王使臣？"

王休说："是啊，我就是秦王使臣？怎么，看着不像？"

齐王说："不像，来人，拖出去砍了。"

王休被人五花大绑，捆得像粽子一样拖了出去，石俊在背后暗笑：没想到会这么简单，早知道我早点动手了！但是，他还没想完，就听王休大吼一声："谁敢动我，我大秦六十万大军就在齐国之外，我只要一个月之内不回到军中，秦王大军挥戈东进，灭了你齐国，踏平你临淄！"

从来就没有看到过使臣居然像他这样嚣张的。

王休这一嗓子起到了部分效果，齐王建害怕了，心道哇塞，不会是真的吧，探子没有说秦王的军队就在齐国之外啊，其他五国是灭了，但是我齐国可是诸侯第一大国，连曾经打我的燕国都亡了，我齐国还在，这不就说明秦王不敢动我齐国么？既然如此，那我还怕你做甚？不过，为了保险起见，齐王还是让人把王休拖了回来。

王休整理了一下自己的衣衫，却是想不明白为什么齐王建那么冲动，上来就要杀人。王休现在有点吃不准齐王建到底是怎么想的，不过反过来想，既然他上来就要杀我，那肯定是有所准备了，但是秦军的探子也没发觉齐军有什么动静呐！

就在王休被拖回来的瞬间，王休的脑子里就把这些事情全都想了一遍，最后，王休把注意力锁定到了一个人身上。石俊，我要让你不得好死。王休在心里暗暗地发誓。

"大王，你要杀我，不出两个月，秦军就会东进，大军如下山之虎，必然横行无忌，现在六国除了齐国尚存，其他五国俱都灭亡，这点，也证明我秦军实力不弱。"

王休说到了点子上，秦军既然能够把五国都干掉，那就证明秦军的实力的确不弱，而且非常不弱，甚至，秦军就没有打过几次败仗。

如果说齐国想要和秦军干一仗，那么吃亏的多数是齐国。

这一点，是齐国的痛，当年乐毅大破齐国，让齐国吃了一次大亏，而现在秦军又来了，王贲那家伙也不是省油的灯，都是不好惹的主子，现在齐王建自己都感觉到四周无形的压力让他坐立不安。齐国仰仗的资本是齐国富有的国力，但是对于军队，齐国却没多少信心。

齐王建的父亲齐襄王是个人物，死了之后就是齐王建上位，齐王建不管用，让他的母后君王后辅政。君王后没过几年也死了，齐王建又让后胜辅政。

齐王建问后胜："怎么办？"

后胜甩了个脸："我也不知道，你自己看着办。"

王休心里暗笑，就这样还打仗呢，自己的人都不听你的了。

齐王建倒是没有觉得别人都没听他的，相反，他觉得后胜是搞不定这件事情，还得孤王自己来。刚才王休说的那六十万大军让齐王非常忌惮，他都不知道这六十万活生生的军队是怎么悄无声息地来到临淄城外的。既然人家有本事放这样的话，那就等于秦国真的有这样的实力敲掉齐国。齐王建还不想傻到真的为了所谓的长生，现在就把命丢掉，有命才有可能长生，死人的那种"长生"只能叫长眠。

齐王建道："先去歇着吧，我回去想一晚上，过几天再和你讨论讨论。"

齐王去歇着了，但是王休没听，赶着马车来到了后胜的家里。齐有齐王建，齐王建英明神武，脑子聪明，做事果断，虽然有些意气用事，但却不至于傻到不考虑自己的国家。俗话又说得好，千里之堤毁于蚁穴，齐国再强大，也怕从内部腐蚀。后胜就是齐国这条千里长堤上的一个蚁穴里面的蚂蚁。

后胜一见是秦使，有些紧张，问："这里既不是酒坊也不是青楼，你来这里做什么？"

王休说，"正因为不是酒坊也不是青楼，我才来的，我来找你，我还带了一些礼物。"

后胜听毕，两眼放光。都说秦人野蛮成性，没想到秦人也知道人情冷暖，知道后胜大爷这两年过得不是很滋润，现在就送了一些金银来让后胜好好过年了。后胜没想到秦国对付许多诸侯国用的都是这一招，屡试不爽，王休更是把这一招用得娴熟无比。

秦国灭了五国，韩赵魏三家分晋之后，国力就很不错，当年晋国何等威武，春秋五霸主之一的晋文公宫中，怎么没有点金银珠宝？现如今秦王又灭了韩赵魏，那自然会得到那些宝物，现在秦使带着礼物来的，那么也就是说……后胜完全不知道王休现在正把他推向死亡的深渊。

后胜开心地快跳了起来，但多年的从政经验让他稳住了身心，把王

大秦谋略

休请到了家中。

上酒，上歌姬，上美女！

王休一一推辞，而是把礼物拿了出来。

黄金一百斤，玉器一百件，布料马匹女眷等等。后胜快把下巴掉到了地上：秦王这是大手笔啊，光是那几位从颍川郡搞来的美女，就值得拥有。

"说吧，需要我做什么？杀齐王建么？"后胜也不客气了，直接问。

王休有点不适应后胜的转变速度，道："也不是，齐王建自然不好杀，杀了齐王，你也是逃不掉，我王的意思是，后胜你乃是齐国之实主，齐王建虽然是王，但是却还得听你的，不如你去相秦，自然有更多的好处。"

相秦？后胜有些犹豫，这是齐国啊，他虽然对齐国不怎么感冒，但还是齐国人，就这样拍拍屁股走人了，是不是会让后人唾骂？不如这样，我派宾客去秦国，我留在齐国如何。

王休当然说好。

于是，后胜派出了许多宾客去了秦国。

秦王自然很高兴，拿出大批金银玉器贿赂这些后胜派过来的宾客，然后让这些宾客再去齐国游说，制造舆论。

这帮子文人，在齐国大肆渲染秦国强大，甚至，让齐王建朝秦的话都放了出来，这一下，可把齐王建气得不轻。

要打，打不过，秦国的强大已经通过韩赵魏等国得以证明，要臣服，不甘心，齐国的地位和秦国一样，本都为诸侯国，没有理由让齐国臣服秦国，如果非要以军事实力来竞争的话，两家大不了鱼死网破。

齐共王当然不想看到鱼死网破那一天，他想看见的是秦国撤兵，回到秦地，老老实实地种着种了几百年的土地，大家相安无事，老死不相往来。

可这一切都不是秦王所想看到的，他必须看到齐国臣服。

秦王和齐王没多大的仇恨，只要齐王归顺，交出诸侯王印，那么一切都好说了，否则王贲的六十万大军可不是开玩笑而摆在齐国门口的。

齐王无奈，只得找来后胜，寻求他的帮助，后胜奸笑一声说，投降吧，留得青山在不怕没柴烧。

齐国灭了。石俊和王休的打赌，以王休完胜而告终。王休找到了石俊，问服不服。

石俊咬着牙，死也不承认自己输了。既然这样，王休决定让石俊走，离开这里，到哪都行，就是不能在秦国。石俊再次咬咬牙，留得青山在不怕没柴烧。

比灭燕国还要简单，甚至连韩国都不如，齐国在后胜的"帮助"下，正式纳入秦国版图。

很多历史就在儿戏之中发生了，又结束了，然后归于尘土，后人再也无法看见。王休就好像从来都没来过一样，漠然地看着眼前发生的一切一切，只好像是看着一场戏剧，只是这戏剧演得有些太长。

血腥和杀戮，最后换来的是一个帝王的崛起和一个王朝的建立，这个王朝打破了过去的所有的王朝结构，而是以中央集权的形式出现在了世人的眼前。

大秦帝国，以最新的姿态出现在了王休的面前，王休想，是不是应该回去了。

嬴政坐在金殿之上，以始皇帝之尊，开创了新的纪元。在此同时，他深深地感觉到了王休的强大，多少次战争，多少次攻城略地，其中都少不了王休的身影，如果王休招兵买马，反抗大秦帝国呢？

嬴政觉得王休的存在已经没有什么必要了，取而代之的是要杀掉王休的决心。反正身边还有一位石俊，石俊的存在就可以代替王休。

兵由王翦带，王翦是老将，而且经常和王休在一起，自然能够和掌控王休的一举一动，但是现在不能动他，帝国刚建立，需要一些人来维持运作。

李斯、赵高等已是良臣，现在需要的是一些在暗中操作的人，比如王休。有些事情是不能拿出来直接去做的，必须要暗地里进行。

百越的地形异常复杂，山多水多，北方的秦人根本无法在百越地区生活。嬴政立国，需要对北方加强控制，但南方的百越象郡，却让嬴政非常头疼。如今，百越已设立了郡县，可是缺少一位能人前去管理。

王休光荣地被派到了象郡。第一次到地方，他没有直接去上任，而是来到了酒馆。这家酒馆很出名，王休当年随着王翦南下攻打楚国的时候，征服百越之时，就知道百越里有这家酒馆。

酒香四溢。

这家店的老板娘叫青罗。

实际上，王休是看中了这家店的老板娘，不知道她是否婚嫁，也不知道芳龄几何。只是她那笑容，足以让王休神魂颠倒。

王休还是头一次品尝到爱情的滋味，也许是在秦国征伐的时间太久了，身上沾染了许多煞气，所以王休一直都没有在青罗面前出现。今天终于上任了，他要再来喝一次酒，好让自己清楚地看一看，那曾经让他失眠了无数夜晚的女子。

算上这一次，王休已经是连续三年在这里喝酒了，每一年都在这个位置，每一次都只喝桂花酒。

罗衫轻带，体香涟漪。

一位侍女飘到了王休的面前，没等王休开口，便放下了手中的桂花酒。

"我还没有要酒。"王休说。

"可我家主人知道先生要喝什么酒。"侍女微微一笑，轻挪玉足，飘然而出。

王休心中再一次被激荡起了一层层波澜，那似乎是道道涟漪，撞击到了他的心窝里。这是多么让人感动的瞬间。

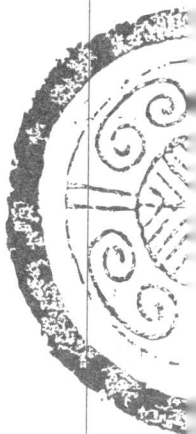

多年的征战，多年的谋划，却不如现在的一杯酒，一个人，一抹阳光。

酒不醉人人自醉，王休已经觉得有些眩晕。

不一会，一位角色女子在王休的面前坐了下来，王休睁开朦胧的眼睛，只见青罗似乎也醉了，坐在他面前，笑而不语。

"为何发笑？"王休问。

"笑你傻。"青罗声如夜莺。

"我是傻。"王休陶醉在了青罗的声音里，却不知道，青罗忽然从袖中抽出短剑，对着王休刺了过去。

"为什么？"看着胸口处不停流淌出来的鲜血，王休却不知道为什么青罗要杀他。王休不怪青罗，而只是想从青罗的口中得到一些答案。

"不为什么，人有时候太过出头，就会需要以死来结束，只有死亡，才是结束一切的最好办法。"青罗淡淡地回答，忽然地将短剑拔了出来。

酒馆内不少人似乎没有见到楼上发生的一幕，但是有一些人却是看到了，露出了满意的笑容。

人去，楼空。

王休睁开了眼睛。

胸口处的疼痛让他忽然咬进了牙，可刚睁开眼睛，却看到了身前这位女子，依然带着那甜美的笑容，温柔地看着自己。不过，这里似乎不再是酒馆，而是飘着香气的女子香闺。

"这是我的家。"青罗淡淡地说，"你的伤并无大碍。"

"你为什么要杀我？"王休问。

"我没有杀你。"

"可是你用匕首刺进了我的胸膛。"

"我说了，人有时候太过出头，就会需要以死来结束，只有死亡，才是结束一切的最好办法，你现在已经是死过一次的人了，难道你不觉得一身轻松吗？过几天，就会有消息散步出来，郡守王休，在赴任的途中被歹人杀死，尸首下落不明，再过一段时间，就会有新的郡守前来上任，而你，就会从人间消失，从此逍遥自在。"

"是他让你来杀我的？"

"是他，除了他还能有谁？只有他，才有这样的思维方式。"

"他是帝王，自然有特殊的思维方式，不过你救了我，难道不会受到追杀？"

"会，当然会。"

"那你怎么办？"

"所以呀，你要照顾我一辈子了。"青罗微微一笑，走出了门。

王休挣扎着站了起来，来到门前，却发现这里是一片大山，充满了雾气，仿佛人间仙境一样。

"这里是哪？"

"这里是蓬莱。"女子淡淡地说着，看着王休，道："现在，一切都结束了，你就在这里陪我，可以么？"

从百越到蓬莱，需要走三个月，也就是说，距离王休被刺，已经过去了三个月，接下来人世间的俗事和王休再也没有任何关系。

始皇帝问李斯，石俊是否前去上任。

李斯回答，是去上任了，但是不知道是否已到。始皇帝点头，王休已死，石俊上任，但是他总觉得王休没有死，而是隐藏在了某个角落里，随时准备出来反扑。

嬴政不怕光明正大的冲锋，而是怕暗地里刺杀。

嬴政觉得，当年提出来的长生术，应该提上日程了，他对李斯说，应该去找仙岛了，传言在那齐鲁之东，有蓬莱仙岛，那里住着仙人，只要找到仙人就能求得长生的仙丹，那么就可以长生了。

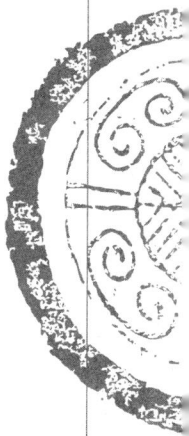

李斯说没有错，在那地方的确是有仙岛的，不过不确定，但是我知道有一个人应该知道，不如把那个人找来，让他说一说。而且，那些仙岛但是常年隐藏在雾中，而且是在海上，不太好找，也需要那个人确定位置。

嬴政想，那就找来吧，把那个人找来问问。既然不太好找，那就先打听清楚了，不太好找也要找，无论用什么代价，都要把蓬莱仙岛给找出来。

李斯和群臣商量了一下，决定派人去找，派谁，派徐福。徐福听了，上书始皇帝说，确实是有仙岛的，在东海之上确实有蓬莱，方丈、瀛洲三座仙山，而且山中有仙人居住，只要找到这三座仙山，丹药自然不成问题，成仙也是小事。

既然丹药和成仙都不是小事，那什么是大事？

航海是大事。

海上多风浪，海中多猛鱼。出海不利，则有葬送鱼腹之可能。徐福虽然富有航海经验，但是却不敢出海。

可嬴政不管，发下榜文，挑选三千童男童女，带上足够三年吃的粮食，带上药品、农具、种子等，立即出发！

徐福出发了，一去不复返。

嬴政等了三年，没有等到任何消息，嬴政太失望了，但是嬴政没有想到别的，而是想到了王休，一定是那个王休把人带走了藏了起来，现在徐福正在和王休一起，喝酒吃肉，把酒言欢。

"你是第一次来东海？"

"第一次，带了很多粮食，带了三千童男童女，为向东海祈求仙丹。"

"我是王休。"

"我是徐福。"

"请！"

“请！”

嬴政要是看到那样的场面会直接气死，谁能想到徐福的船到了海上就遭遇到风浪，那一阵风暴直接把船掀到了蓬莱岛上。

一睁开眼睛，徐福就看到了王休。

徐福早听王休之命，鬼谷子在徐福面前不止一次提到王休：此人乃是九龙真人之徒，将来必然要在秦国掀起大风大浪，而齐国再强，也不是秦国对手！

鬼谷子乃是阴阳家之首，他说的话，可信度为百分之九十五。

读书人都是骗子，尤其是徐福。

李斯对嬴政就是这样说的，嬴政说，好，读书人都是骗子，那么就杀了读书人，烧了他们的书！

国家不统一是不行的，必须要有统一的规矩，统一的法制，统一的政权集中。嬴政在杀读书人的同时，也烧了读书人的书，同时也纠正了国内刚统一时候不太规范的情况。

嬴政是统一了中原，但是却没有统一掉最后一个国家：卫国。

卫国是一个很小的国家，现在最后一位国君叫君角。君角长得很英俊，或许是他的英俊，让秦始皇改变了灭掉这个国家的意志，失去了意志就没有了欲望，因此卫国在秦国这只庞大的帝国胡须下活了下来。

卫国能活下来并不是卫国国君君角的原因，而是因为卫国出现了一个人，这个人似乎和以前在秦国非常出名的王休长得有点像，只是他只是出现了一次就又从秦国的探子眼中消失得非常彻底。

探子把这件事情一五一十地报告了百户，百户报告给了里长，里长又报告给了军士长，然后一层一层，最后到了秦国大将处。

大将把发现王休一事上报给了秦始皇，秦始皇当时就决定，出游！去哪？卫国！直奔卫国国都朝歌！

好的，既然始皇帝要巡视天下，那么就准备吧。

如果始皇帝出了什么事，下面的人得死一大批。没有人愿意把自己的身家性命押在这上面，于是乎每一个人干活都很卖力。

卫国是个小国，小到太弱小了，以至于始皇帝根本就没有把他放在眼里，但是李斯却知道一件事情，他对始皇帝说，商鞅就是出生在这里。

嬴政对已死的商鞅倒是不怎么感冒，他担心的是王休。如果王休真的出现在卫国，那么他为什么要出现在卫国呢？

始皇帝决定先不打卫国，把卫国留了下来。

车马来到了朝歌，年轻的君角慌忙出来迎接帝国之王，虽然卫国不是秦始皇的，但是秦始皇可是随时都有可能把卫国变成秦国的郡县。

秦始皇住了下来，车马劳顿，他很快就睡着了。

这几天却是没有看到王休。

车队再一次行走，来到了沙丘。始皇帝累了，睡了一觉，就再也没醒过来。

赵高和李斯商量，皇帝驾崩了，那是天塌地陷的事，可不能泄露出去，而且现在大事在前，必须把皇帝的尸体运到咸阳，才能发丧。

赵高心里明白，这时候的皇帝依然还有他活着时候的权威，不能随便地把他死亡的消息发送出去，如果咸阳方面知道了皇帝已经不在，那么迎接他们的或许是一场空前盛大的暴乱。王休不在了，现在只有李斯，赵高认为，李斯只是一介书生，要拿掉他，只是举手投足之间的事情，很简单。

扶苏性情温厚，父亲杀读书人时，他多次上书劝谏，不但没有起到任何效果，反倒是被父亲一道诏书放到了北方蒙恬的军营里锻炼去了。

扶苏的母亲是郑国人，很喜欢唱那一首《山有扶苏》，始皇帝嬴政就把他们的孩子取名为扶苏，扶苏扶苏，山有扶苏，结果，扶苏到了北方，成了一个被人忘记的公子扶苏。

蒙恬的军队对军卒要求很高，扶苏在军营里得到了极大的锻炼，始皇帝死的消息并没有传到蒙恬的军营，但是却有细作汇报，始皇帝死了。

蒙恬把这个消息压了下来，悄悄地让扶苏上路，赶紧到咸阳去继位，扶苏是长子，无论如何都不会让胡亥继位的，嬴政不会笨到把江山交到一个白痴的手中。

事实上，扶苏早就算到嬴政这一次出行，命不长久，只是他没想到事情会发展得那么快。始皇帝死了，接下来就是争权夺利，扶苏很不擅长这一点。

在蒙恬的帮助下，扶苏准备快马加鞭，赶往咸阳。

可还没上路，就接到了始皇帝死前的一道诏书，赐蒙恬和扶苏死。

在到沙丘之前，始皇帝就感觉到自己的身体一天不如一天，世间久了，始皇帝感觉到自己的意识开始模糊。这就说明，自己的时间不多了，现在，要是王休在那该多好啊，这一切王休都能给出解释，甚至，还能让王休给治疗一下，但是王休现在不在，现在始皇帝要做的就是如何才能在自己死之前把皇帝位传下去。

胡亥在咸阳，扶苏在北方蒙恬的军营里。始皇帝用自己最后一丝力气下了一道诏书，命公子扶苏继位，继承大统。

赵高得令，诏书到手，打开看了看，随手把诏书扔到了火中。

这下可把李斯吓坏了，他还是头一次见到赵高居然胆子那么大，那始皇帝的诏书直接扔到火里的。李斯上前大吼，可是无能为力，诏书已经烧了。再到始皇帝的车前，始皇帝已经开始发凉了。

始皇帝死之前发出的诏书的确是给扶苏的，但是赵高把诏书扔到了

火里，李斯不知道始皇帝的意思，但是能猜到，传位应该是给扶苏。

李斯在等着赵高的说法。不一会，赵高发令，立即赶往咸阳扶公子胡亥继位，务必秘密前进。同时，发一道诏书到北方蒙恬军营，赐蒙恬和扶苏死。

李斯倒吸了一口凉气，悄悄地退了出来。

大秦，到这时候，也到了该结束的时候了。

第七章

　　大秦帝国的命运正在走向衰退，尤其是在胡亥继位了之后。胡亥为人与公子扶苏不同，扶苏性情温厚，而胡亥却是典型的昏君之人。赵高耍了些手段，将秦皇之位传给了胡亥之后，自己的地位也升到了一定的高度。

　　赵高上位之后办的第一件事情就是要干掉李斯，那家伙的脑子里面整天都不知道在想什么，如果不早点把他干掉，早晚会让他干掉自己。赵高的狠表现的不是暴力，而是阴毒。他能够轻松地隐瞒住嬴政的死讯，然后以咸鱼掩盖嬴政尸体散发出来的臭味，再拖到咸阳发丧。

　　整个秦帝国还没有准备好接受秦始皇的死讯，不知道是应该高兴还是悲哀。高兴的应该是书生，暴君死了，那么就没有人再干出焚书坑儒这种丧心病狂的事情来。悲哀的是，秦始皇好歹也是一代帝王，也有不少人看中了秦始皇杰出的能力，也没有人再能看见秦始皇的容颜。

　　胡亥就是秦二世，这位仁兄没有父亲的觉悟，他不知道百姓的生命比社稷更加重要，父亲虽然焚书坑儒，杀人无数，但是却没有厉害到把百姓当鱼肉的地步。秦二世不明白，身位帝王，当以天下先。秦二世太

他妈的暴虐了，已经让百姓忍无可忍的地步。

举国之内，怨声载道，民不聊生。

话虽这样说，还是有人感到高兴的，除了那些书生之外。

楚国亡时，项燕曾对天大吼：楚虽三户，亡秦必楚！楚国一向都喜欢和秦国对着干，嬴政在活着的时候不是拿楚国没有办法，而是拿楚国的书生没有办法。除了楚国，还有人对秦帝国非常不满。

从大泽乡到咸阳，需要走三个月，这还是在正常行进的情况下，如果遇到一些特殊情况，必然会耽误行进的时间。而在夏季，雨水众多，雨水冲刷泥土，形成了一道道小小的小溪，小溪积少成多，逐渐形成了一条条河流，最后，这些河流逐渐汇聚成大河，阻断了大泽乡到咸阳的去路。

不但如此，大泽乡到渔阳的路也被阻断，也就是说，大泽乡成了"孤岛"，被雨水困在了茫茫大地之上。被困在大泽乡的有农民，地主，还有商人，但是有一群特殊的人，带着揣测不安的心情，看着茫茫大雨，愁容满面。

屯长陈胜看着大雨，觉得自己的死期就要到了，按着规定，他必须在规定的时间内达到渔阳，否则必然人头落地。真实的情况是，不管你能不能按时到达，到了渔阳，也还是死。对于农民来说，离开了自己的土地的话，等待自己的只有死。

公元前 210 年，秦始皇病死在沙丘，许多天之后，才到咸阳发丧。赵高假传密旨，令公子扶苏自杀，扶持秦始皇的小儿子胡亥即位，这就是秦二世。秦二世是个十足的昏庸而残暴的皇帝，在他的统治下，老百姓的徭役赋税负担更为沉重，刑法愈加苛毒，广大劳动人民在饥饿与死亡线上挣扎。

按照秦法规定，误了期限就要全部被处死。押送他们的两个军尉似乎察觉到了陈胜的意图，觉得再不动手可就晚了，于是，在酒足饭饱之下，准备拿陈胜开刀。如果军尉不动手，到了渔阳，他们必然受到牵连。

大雨持续下了好多天，从时间上算，包括陈胜在内的 200 人，已经耽误了行期。按着规定，这 200 人到了渔阳之后，迎接他们只能是屠刀。陈胜单独站在雨中，看着苍天，心想死只是早晚的事情，不如反了吧！

既然反了，那就得干点大的，杀几个人是必然的，不然怎么能算是反了？陈胜和吴广在军尉准备动手的时候，蜂拥而上，把军尉杀掉后接着对大家说：各位遇到大雨，都已误期，误期要被处斩。即使不杀我们，而戍守边疆死的也有十之六七。何况壮士不死则已，既然要死，就要干出一番轰轰烈烈的事业来！俗话说得好，在哪死不是死？！就这样，陈胜吴广二人成功地鼓励了大家开始起义。如果站在秦朝的角度上，陈胜吴广二人算得上是妖言惑众的专家。既然决定反了，那么就得有自己的武装，没有军队怎么跟人家打？秦军的黑色大军可是出了名的杀人不眨眼，如果起义军没有军队，那就等于是拿牙齿去啃石头。因此，大家决定推举陈胜为将军，吴广为都尉。

军队有了，将军也有了，目的也有了，可似乎还差点什么。陈胜想了想，嗯，对了，还差个口号！他觉得"伐无道，诛暴秦"的口号不错，秦朝无道，我们要诛他！可既然反了，那么结果可不是那么容易想象的，不成功则成仁，人固有一死，不如反了，死得还爽一点，万一成功了呢？

可陈胜也知道，要成功也不是那么容易的事情，秦国能灭了六国加百越，北击匈奴修长城，那自然就能轻易地干掉起义军，陈胜深深地明白这个道理，但是他还不敢把已经知道的事实说出来。

起义军浩浩荡荡地出发了，但是如此小的队伍并不能增加他们的影响力，就像是没有宣传的二线明星，再怎么折腾，也就那么大点动静。为了扩大影响，他们夜晚在驻地附近神祠中燃篝火，作狐鸣，发出"大楚兴，陈胜王"的呼声，被民间传为神话。自古借着神话起义的人不在少数，起义之前必然把自己说成是天神下凡。故事是故事，却总是那么

有效果，陈胜、吴广率领农民起义军，占领大泽乡、攻下蕲县，很快攻占了五六个县城。起义军所到之处，贫苦农民纷纷响应。这时候的大秦就应证了一句话：墙倒众人推。

陈胜、吴广领导的起义军攻占陈县后，建立了"张楚"政权，陈胜为王。起义军乘胜前进，分三路攻秦。这时起义军已发展壮大到几十万人，有兵车千辆。问题是，他们忘了当初反秦的目的了。没有一个完整的政治纲领，就算反得成功了，到最后也必然是灭亡。反反反，反到最后呢？最后成功了干什么？还是继续反？反谁？

没有政治纲领，也没有一个完整的统一思想，农民军只是一股带着怨气的庞大人群，到处打打杀杀，把秦朝的官员杀得差不多了之后，也该走向灭亡。这时候的陈胜已经不是当初的那个陈胜，在尝到了当王的滋味之后，他已经忘记了当初的苦。说到苦，陈胜现在的心里是百般滋味，农民军处处战败，处出受制，他的政权现在如那快倒的大楼，摇摇欲坠。

农民起义，必然有他的局限性，虽然起义的初衷是正确的且勇敢的，但是到了最后，必然会被权利所吸引，从而改变了当初"诛暴秦"的伟大初衷。

从宏观的角度说，陈胜还没有打到秦谷，就死在了自己的车夫手中。陈胜吴广起义，虎头蛇尾，陈胜死后，起义军与刘邦和项羽的起义军会合，继续反朝廷，但是结果如何呢？

王休此时就站在秦谷之地，看着茫茫大地，心中感叹万千。王休老了，但是他的心却不老，多少年来，他一直都在想，到底是自己错了呢，还是嬴政错了？天下不应该是这个样子的，即使是灭，也不应该是这样灭。

君王始终是君王，君王之事，自古就很乱。从遥远的上古时代，到如今的大秦帝国，都在证明君王之位，是充满了杀戮和血腥的。

陈胜吴广起义以失败而告终，这是必然的，如果成功了，那么起义就变得更加不好玩。杀戮就是起义的手段，其结果不令人满意，项羽接管了起义军之后，更加相信起义这条路是正确的。

杀戮杀戮再杀戮，只要杀到咸阳，就能夺取天下。当年祖先项燕不是说了么，楚虽三户，亡秦必楚！既然祖先都这样说了，那么陈胜吴广起义那就是真的给自己的起义军增添了一份新鲜的血液。

还有什么比人更加强大的呢？没有了！项羽觉得，一切的一切都在为自己做准备，他既然能够收纳陈胜吴广的起义军，那玩什么不多多地收纳别的起义军，积少成多，日后夺取咸阳，指日可待！项羽来自楚国，自称西楚霸王。这位楚霸王有着天生的神力，可这和亡秦没多大关系，项羽看着北方的天空，似乎看到了阿房宫那奢靡的生活。

项羽被当年祖父项燕那句话深深地震撼住了，他不知道从哪听到的那句"亡秦必楚"的神语，把他奉为起义的最终指导思想，带着三千江东子弟兵，浩浩荡荡地向着秦朝都城咸阳进发。和他一起的，还有刘邦。这时候的刘邦，还没有形成多大的气候，倒是下相人项羽，能够给秦带来巨大的伤害。这一点，不是单纯地项羽一个人说的，而是从他的父亲开始就已经形成了定局。

项羽的祖父项燕，叔父项梁都是楚国名将，但是项梁崛起的时候已经不能称之为楚人，而是楚后人。项梁有着他父亲项燕一样的悲哀人生——楚亡后，他的父亲自杀，后来的项家就再也没有好过过——项梁揭竿而起还是受到了陈胜吴广的影响，如果不是陈胜吴广率先当了出头鸟，恐怕项梁还没有那个胆子和庞大的秦帝国对着干。从这一点来说，项梁和陈胜吴广比起来，还差了那么一截。

陈胜吴广起义，带动了各路英雄纷纷揭竿而起，不管是什么地位和身份，只要加到起义军里面，就是好兄弟，好兄弟都讲义气，于是，陈胜在被自己的车夫暗杀掉之后，他的好兄弟们就纷纷投入到了项羽刘邦

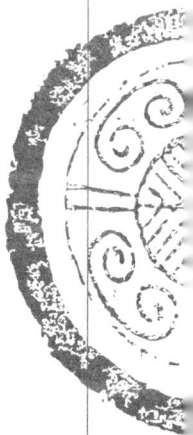

的起义军之下。

人多了，那么就得有一个名号，不然的话必然也会和陈胜吴广一样被自己的人害死。项梁想到了这一点，但还不知道从何处着手开始改变，想来想去也没想到一个好点的办法。陈胜吴广死了的消息通过各种途径传到了项梁的耳朵里，起义军的鼻祖被干掉了，项梁突然意识到，如果再嚣张，必然落得和陈胜吴广一样的下场。项梁在第一时间召集部众开会，商量对策。可是这时候大家都没了主心骨，这几十万的起义军如果没有一个人带领着向前方冲锋，最后必然作鸟兽散。

在项梁没有了主意的时候，一位从居巢来的神神叨叨的谋士前来求见项梁。项梁本来就已经在会议室里面被人问得焦头烂额，听说有个谋士求见，当即撇下了那些部众来到前厅。来人是居巢人范增。

范增是好人，他知道项梁这时候一定为出师之名焦头烂额，于是他劝项梁说，既然我们要反，那就得有一个名义，出师无名，那还混个什么？天下英雄都有个名义，有的人是反帝王求得一席生存之地，有的人是反官吏，让帝王早点派人杀掉酷吏，而我们呢？我们只是收留了许多陈胜吴广的起义军，并没有真正能够打动人心的起义口号，当年陈胜吴广"诛暴秦"的口号已经不太适用了。

项梁三拜而问对策，反正晃了晃脑袋，说要有一个名义，最好的办法就是用楚国后人的名义起义，这样就能号召整个楚地的英雄前来投靠，这样一来就有了一个很大的靠山。到时候就算兵败，也能退守楚地，楚地的百姓还是能够接纳你的。

项梁一听，这个办法乃是一举两得，不但有了起义的理由，还有了退守的领地。那么，既然要以楚国后人的名义起义，那就得拥立一位楚国王室的后人，眼下楚国王室最靠得住的就只有流落民间的楚怀王之孙雄心了。

楚怀王之孙雄心被项梁派人找到之后，仍然被拥立为楚怀王。项梁有了出兵的理由，统军于东阿大破秦军，分别派遣项羽、刘邦攻城阳，大破秦军于濮阳东。曾经嚣张不可一世的秦军被迫退入濮阳城内。项羽、刘邦又率军攻定陶，斩杀秦将李由。项梁连破秦军，起义军气势鼎盛，起义军士卒自信心膨胀，项梁本人也非常骄傲：看，在我的英明领导下，我的将领杀了那么多人，攻破了秦那么多大城池掠夺了那么多的土地，自然有我骄傲的资本！而此时秦派了大量的援军支援章邯，章邯在得到援军后突袭项梁，项梁兵败被杀。项羽和刘邦攻陈留不下，于是商议退军，项羽引军驻扎彭城西，刘邦驻军于砀。

从此，项羽和刘邦二人的军队分了开来。这时候的刘邦还是个小将，其身上的帝王之气内敛，还真看不出来其人有何大作为。章邯杀败项梁后，骄傲之心像项梁一样开始膨胀，他认为楚兵不足为虑，于是引军北渡黄河，攻打赵地，大破赵国。赵王以陈余为将，张耳为相，败走巨鹿，章邯率领王离、涉间共四十万围攻巨鹿。

楚怀王雄心听闻项梁战死，心想这下完了，自己一心依靠的依仗没有了，非常害怕，连夜快马加鞭从盱台赶到彭城，收编项羽、吕臣的军队由自己统领，并任命吕臣为司徒，吕臣的父亲吕青为令尹，封刘邦为砀郡长、武安侯，仍旧统领砀郡的军队。

这时候的起义军变得一盘散沙，没有多少统兵才能的楚怀王正在慢慢地将起义军推向灭亡的边缘，而起义军本属于项梁，现在楚怀王毅然决然地把起义军收编为自己统辖，这从某种程度上直接刺激到了项梁的侄子项羽。项羽也不是好惹的，严格来说，楚怀王只是项梁听取范增建议而设立的一位傀儡王，现在傀儡王要翻身当主人，那么真正的少主人项羽自然不同意。

矛盾激化，项羽不太待见楚怀王，而楚怀王熊心对此不闻不见，仍旧调兵遣将继续攻打秦国。在此时，楚怀王约见六国王室后裔，六国高调商定了一个能够让除了项羽之外的所有人接纳的方案，那就是谁先入主谁先得。

现在，六国王室都对自己的故土有着特别的感情，如果让别人都

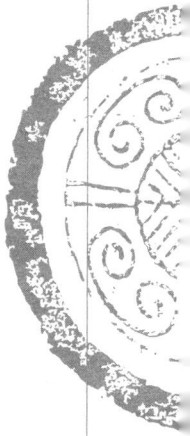

得了，那么谁都不爽，于是楚怀王与六国王室后裔约定，只要天下已定，那么你们还是当你们的王，在自己的领土上。秦国就由我楚怀王来管理，加上楚国之地，大家都没意见的话，那就这样定了。六国王室后裔能够拿回先前的土地，那自然没有什么意见，只是项羽这时候不爽了。

对于项羽来说，承认楚怀王与六国之约，就是直接地承认七国复国、王政复兴的既有的天下秩序，那么，当初父亲项梁起兵和陈胜吴广起义的意义就成了一个天大的笑话，这等于是让历史倒退到战国时代，这点，项羽还是很清楚的，如果倒退回去，那还起个鸟蛋的兵？不如待在老家老婆孩子热炕头，还能有口热饭吃，现在顶着灭九族当罪名反了天下，就换来一个七国复国的结果？呸！项羽才不愿意接受这样的事实！

然而在这个天下秩序下，楚怀王熊心、赵王赵歇、齐王田市、魏王魏豹、韩王韩成、燕王韩广，再加上新的汉王刘邦，几乎将天下的权益收揽干净。这中间就没有项羽什么事情了，项羽如果顺从这个秩序，自己和各国将领都将回到各自的王廷之下去做将军，讨封求赏，任人宰割，这是根本不可能容忍的事情。项羽清楚地知道，如今的自己，功高不仅震主，早已震动天下，挟如此无赏之功，举世已经没有可以行赏之主了。他的功劳已经大到了没有人能够封赏的地步，那么我还等在这里干什么？项羽从心里知道，楚怀王的行为，已经是将他撇到一边，不再承认这位当初的英雄了。

至于楚怀王，项羽知道，他从来不信任自己，自己也从来没有将怀王放在眼里，互相警惕戒备，互相鄙视看不起。当楚怀王的决定传达到项羽军中时，项羽决定，废弃怀王之约，否认既定的天下秩序，由自己主宰，按照论功行赏的原则，重新分割天下，建立新的统治秩序。项羽召集各国各路将领说：他妈的楚怀王是我项氏所立，他有什么能耐？他还不是靠我项氏才有今天的辉煌，他楚怀王没有功劳勋阀，怎么能一个人独裁主持天下公约！现在天下纷乱之初，暂时拥立六国后人为王以诛伐暴秦是正确的没有错，然而这不是唯一的办法！亲身被坚执锐野战，

大秦谋略

风餐露宿三年，终于灭秦定天下，靠的是诸位将领和我项籍的力量。诸位将领跟随我项羽征战，与我项羽同利，大家听我号令，干掉楚怀王，天下不分，我为王，诸位必然为侯！

在新的利益趋势下，各路将领纷纷投靠项羽，天下局势再一次产生了翻天覆地的变化。除了汉王刘邦之外，天下诸侯王纷纷以项羽马首是瞻。而现在的楚怀王，却成了一位只有很强的影响力，却没有实际军权的人了。楚怀王没想到事情会发生到这种地步，不过他仍然认为，六国之约并没有错。

楚怀王在成为历史尘埃之前，曾经和诸将定下约定（这个家伙总是喜欢和别人定约定），谁先进关中，谁为关中王。但是项羽的气势却如日中天，此外，刘邦所部也更加壮大，整个天下，也只有项羽和刘邦二人所拥有的势力最为强大了。现在，天下群雄皆以此二人最为火热，灭秦指日可待，但是项羽和刘邦本来就属于项燕所部，那么这军权到底该由谁来主持？而现在的刘邦将少兵稀，却给他带来了许多便利，首先，兵少行动就快，调动起来异常方便，其次，兵少了，机动性就高了许多。

于是乎，刘邦所部的速度要比项羽快了许多，在项羽还在攻打函谷关的时候，刘邦已经进驻咸阳。刘邦在这时候，真正地给项羽带来了威胁。

这一点，项羽想了很久。他不是没有想到刘邦今后给自己带来的威胁，刘邦刘邦，当初如果不给他那么多的兵，也没有今天那么多的事，项羽拍拍桌子，但却无能为力。这时候，曾经项梁的谋士范增向项羽提出了一个解决这个问题的最好办法。

首先，要把刘邦叫到这里来，请客吃饭，既然天下初定，那么大家坐在一起吃个饭还是可以的。然后，找机会干掉刘邦，现在的刘邦羽翼已丰，再不出手可就没有机会了！机不可失时不再来，大王可不能心软！最后，收编刘邦的军队，不服者卸甲归田。项羽听了，说要

好好想想，刘邦虽然对自己产生了一定的威胁，但却还没有对自己的生命产生威胁，现在刘邦也没有表现出要干掉自己的什么行为来，那么大家刀兵相见，是不是也不太好？

范增表示，这是一个机会，如果失去了这个机会，有可能就让刘邦一家独大，到时候再想干掉他，可就没那么容易了。项羽手中的兵比刘邦得多，四十万对抗十万，随便就能把刘邦捏死，但是刘邦却是早早地进驻咸阳，这让项羽的心情变得极其无比的不愉快。项羽大破秦军后，听说刘邦已出咸阳，非常恼火，就攻破函谷关，直抵新丰鸿门。而此时的项羽驻扎在鸿门，心里思索着范增提出的建议。这时刘邦的左司马曹无伤暗中派人告诉项羽说刘邦想在关中称王。项羽听了，更加恼怒，决定第二天发兵好好地收拾一下刘邦。

刘邦手下张良向刘邦仔细地分析了一下眼下的局势，觉得现在的刘邦还不能和项羽硬拼，必须以中庸之策慢慢与项羽周旋，刘邦想一想，大丈夫能屈能伸，大不了退出咸阳回师霸上。他更知道自己军力不及于项羽四十万大军，刘邦一方面为了麻痹项羽，让项羽觉得自己弱到了不值得让项羽动刀枪的地步，更把在咸阳所得一切，原封不动地送到项羽营中，更放出话来说只要项羽愿意，就让项羽称关中王。

可是，范增却不认为刘邦有那么好的心情把所得到的一切都送给项羽，这其中必定有诈！范增分析了一下，刘邦此子既然有如此心胸，能够把得到的一切原封不动地吐出来，这一点，项羽是无法比及的。现在刘邦吐出了关中王，但换来的却是天下民心和一时的绝对安全，刘邦这样的手段，让范增觉得背后发凉。

范增觉得，刘邦必成大器，便劝说项羽在鸿门设下夜宴，邀请六班前来叙旧。项羽看出了范增的意思，这是要诛除刘邦啊！项羽心想，既然刘邦都把一切都吐出来了，那此人也就没什么用处，杀掉就杀掉，杀掉也不心疼！可是，天下没有不透风的墙，鸿门夜宴一事为项伯知悉。

项伯是项羽的小叔叔，最小的那位。早些年的时候，项伯的身份是

大秦谋略

一个杀人犯，杀了人之后无处可去，就和韩公子张良在下邳躲避风头。张良曾经帮助过项伯，可谓是救命之恩，如今项羽设下鸿门夜宴邀请刘邦，那张良必然陪同刘邦，而范增要杀刘邦，城门失火必然殃及池鱼，刘邦一死，张良下场必然可悲。

项伯不是那种忘恩负义之人，思前想后之后决定，救一救张良，他顾念和张良故人之情，向刘邦大军报讯。刘邦知道这鸿门宴是去不得的凶险之地，但张良却表示不去便只有死路一条，赴会也许能有生机，刘邦无奈只得应约前往。范增在夜宴开始前向项庄说，在宴会上，我会让你舞剑，到时候时机成熟，你就干掉刘邦，如果失手，必会影响到项氏一族的命运。

此时，一场惊心动魄的能够改变历史的宴会即将举行，而项刘二人的心中，也是紧张不已，一是要杀人，二是要防备，这两人的心里，都如那千匹战马在奔腾。刘邦这一去，不知道是凶多吉少，还是化险为夷，项羽设的这一场宴会，究竟是功成名就，还是叶落花黄，在宴会开始之前，谁都无法得知。每个人的心里都装着天下，而每个人对权力的追逐却不尽相同。

在这之前，谁也不知道历史将会向哪个方向前进，但是历史绝不会停止不前。一场血雨腥风正在历史的黑幕之下悄无声息地酝酿着，谁也不知道，到底是谁赢谁输。

在张良的鼓励下，刘邦真的去了鸿门。明知山有虎，偏向虎山行。这需要足够大的勇气和魄力，两者缺一而不可。去了，说不定还有希望活着，不去，项羽必然挥军剿灭刘邦部，最后落得一个必死的下场。刘邦知道，如果不去，那只有死。项羽是不会给机会让刘邦活着的，尤其是在自己的军队已经开到咸阳，已经被楚怀王封到秦王的时候。

鸿门，在秦国都咸阳城外，项羽已经命人摆好了宴席所需的一切物品。这一次如果成功了，那么对项羽来说，就是天大的机会，只要挥军拿下咸阳，那么他就是咸阳之主，秦国之王。而现在项羽要做的就是

把刘邦杀死，然后接收刘邦的军队。不过话又说回来，刘邦是不是也在这样考虑？如果项羽有这样的谋划，那么在利益和项羽均等相似的情况下，刘邦难道不会这样计划，同样要干掉项羽？

项羽想到这里，问范增："如果刘邦也这样考虑，那我们应该怎么办？"

范增想都不想就说："当然是置之死地而后生。"

在项羽这边的人，都知道项羽要出杀招了，而这时候的项庄，却已经在去刘邦军营之中的路上。当他行到一半的时候，被一个人截了下来。

王休，很多年都没有出现的王休，此时忽然出现在了项庄的面前，王休的样子没有改变多少，只是在鬓角出现了几缕花白。项庄不认识王休，以为只是一个普通人，在抽出宝剑准备威胁他的时候，他手中的宝剑忽然化成了铁粉。

项庄大惊失色，本来他只要逃过了这一劫，今后的红尘之事就再也不去过问，谁知道半路杀出来一个会妖术的妖人！万事好商量，项庄既然能够把鸿门一事报告给张良，那么他就没打算在项羽的军营中混下去，只有逃跑才是唯一的出路。再说了，项羽不会轻易地放过任何一个阻碍他成为大王的人，从人性上来说，项羽如果知道项庄泄密，必然要斩之于刀剑之下。

项庄见到王休的时候本以为他只是一个普通人，但是现在看来，此人必然有点能耐，不然自己手中的宝剑不会突然化成铁粉。

"你不能走。"王休没头没脑地说了一句。

项庄却是听出来这句话中包含的意思，我不走？我不就就是死，也许项羽不会杀我，但是不保证把我流放到塞外大漠去。与其那样，不如一走了之，找一个没人认识他的地方，度过余生，说不定刘邦成王，他还能回过头来讨一官半职。现在的局势非常明了，要么是项羽生，要么是刘邦活，一山不容二虎，两河不容双龙。

"我不去去哪？难道我要等着别人杀我？"

"我又没说什么，你激动什么？"王休把项庄问住了。

王休到底是什么人，前面说过了，王休是九龙真人的徒弟，他是要给大秦做一个总结，但是现在，大秦没了，可是接下来的事情还没有完，因为大秦这片土地到现在还没有主人。到底是项羽，还是刘邦，在王休看来，刘邦更适合成为大秦的主人。

这时候，轮到项庄开始郁闷了。

"天下之大，已没有我的容身之处，我若不走，必然遭别人毒手，如此一来，我妻儿老小还能有活路么？现在看来我必须要走，你拦不住我的。"项庄没了宝剑，只有劝说眼前的人能够放了他。可是再看看王休，身边并无他人，如果冲上去将王休干掉，那事情就变得容易得多了，可是转念一想，刚才王休耍的手段足以证明王休并非凡人，那么自己方才的打算就显得非常幼稚。

"没人知道你泄密了。你现在回去，阻止项羽杀刘邦，这样，你还能有一线的生机，如果再不回去，事情可就进行到无可挽回的地步了。"

项庄仔细一想，也对呀，项羽军营中并没有人知道他已经泄密了，这样回去，鬼神不知，或许还有一线希望。项庄对着王休笑了笑，道："我回去，你可保我平安？"

"会的。"

项庄真的回去了，但是他到了之后，刘邦也到了。他没想到刘邦来得那么快，甚至，刘邦都不知道项羽军营中还有一位项庄在保护他。倒是张良，看见项庄之后，觉得此人必然要对刘邦不利。

项庄泄密，他没有泄漏什么机密，他只是听说有刘邦要来军营，范增要求他干掉刘邦。这样一来，项庄觉得杀掉刘邦的机会大了许多，但是他却不能够为项羽挣来多少名声，在项庄之后，说不定还有一些英雄豪杰出来代替他。

王休的出现必然会引起石俊的注意，这位倒霉了一辈子的人没有放

第七章

过这个能让王休身败名裂的机会，其实对现在的王休来说，是否身败名裂已经不重要了。

宴会如期举行。

刘邦与项羽分列而坐，席间觥筹交错，把酒言欢，一副和谐画面。大家都没有提出关于关中王的继承问题，而是说了一些无关痛痒的话。

可是项羽却是闷头不出声，急得范增一再使眼色。项羽心里想，我一生光明磊落，男子汉大丈夫，绝杀于沙场之中，却干不出如此苟且之事，叫我暗杀刘邦，在我自己的地盘上，杀掉一个手无寸铁的友军将领，那是会被天下人耻笑的。可现在的形势又让项羽不得不为今后考虑，如果放走了沛公，那么他西楚霸王的地位就会受到影响，更重要的是，他能否进驻阿庞宫还是个问题。

范增已经暗示过许多次了，但是项羽依然下定不了决心。美酒佳肴，此时却成了项羽转移注意力的最佳视点。虽然亚父范增是为自己好，但是身为大丈夫的他，怎么能干出来那种让天下人所不耻的勾当来呢？

此时的范增是急得头上冒冷汗，当宴会进行到一半的时候，范增忽然提出来，是否可以舞剑助兴？项羽想都没想，当然说好，刘邦点头答应。于是，本来打算离开这是非之地的项庄被范增点名要舞剑。项庄心想，既然我回来了，我就不能再让我的心里有任何的负担，我必须杀掉刘邦，才能让我的心里爽一点。那个人既然能够保护我，那我为何不要开了干一场？

说干就干，项庄毫不犹豫地舞了起来。在宴会开始之前，也就是项庄回到军营之前的那个时候，石俊不知道从哪冒出来见到了项伯，之后，谁也不知道石俊对项伯说了什么。范增不知道这些，当项庄开始之后，他就把目光放在了项庄的身上，他希望武功独步天下的项庄不要让自己失望。

一剑一剑，每一剑都刺出了一个剑花。

刘邦眯着眼睛看着项庄的剑花慢慢地向自己靠近，突然地，一个剑花闪过，差一点就刺在了自己的鼻子上。而就在这瞬间，另外一把宝剑伸了过来，挡去了项庄的剑尖，刘邦仔细一看，原来是另外一个人，也来到了中间开始舞剑。

"沛公命真大。"范增心里想，"这项伯是从哪出来的？"

项伯当时就在范增的身后，在范增的身后站着的还有化妆成仆人的石俊。石俊微笑着看着项庄的刺杀计划落空，高兴地手舞足蹈。王休啊王休，你不是顺应历史，扶持刘邦么，那我就搅乱你的计划，让你的计划落空好了。

反正大秦是完蛋了，那我就让你的计划再一次完蛋，成人之美固然是好，破坏别人的计划也是一件让人非常爽的事情。此时的刘邦知道事情不妙了，这项庄是要取我人头啊！当即下台来，对着项羽猛然一跪，道："西楚霸王英雄盖世，我虽为秦王，但却不如霸王万分之一！"

项羽被刘邦这突如其来的举动吓了一跳，这是什么节奏啊？刘邦怎么突然跪下来了？而此时的项庄舞剑正舞得高兴，一见当事人居然跪下来了，便也没再舞下去，而此时的项伯也算是对得起自己的妻儿，否则石俊定然要了她们的命。项羽本就豪爽，见刘邦对着自己跪下来了，也就没再说什么，过去的事情就过去吧，大家都是为了灭秦，都是好兄弟，没必要把事情闹得那么僵。

这时候的范增不愿意了，既然刘邦使出这一招苦肉计，那么他必须要除掉心计颇深的刘邦，否则放虎归山后患无穷！范增这是铁了心的是要取刘邦的项上人头，他对项庄使了个眼色，项庄便再一次舞了起来。

这一次，项庄也是铁了心的要干掉刘邦，否则他通敌一事，必然会泄露出去，到时候项庄门上十几口人，可就成了项羽的刀下亡魂。范增这时候算是看穿了项伯的用心，他和张良是旧交，当年的张良和项伯算得上是落难兄弟，此时项伯的举动，毫无疑问就是在保护自己的生死兄弟，只要保住刘邦，也就等于保护了张良。

范增心里那个气，项伯啊项伯，你什么时候报恩不好，偏偏在这

关键时候出来坏事！范增气到了极点，胸中一口闷气喘不出来，顿时，一口献血喷了出来。项庄见范增都吐血了，以为是怪自己不中用，当即舞得更加卖力，那一套落叶剑法舞得是滴水不漏，招招见杀机，而项伯年老，越来越不从心，这时候，刘邦部将樊哙见项伯体力不支，便带着士兵冲了进来，提着宝剑怒视项羽。项羽一见，心道这人是谁，便问他是谁。

樊哙道："我是刘邦的人，怎么的吧！"

项羽到是没觉得这句话充满了火药味，而是见樊哙气宇轩昂相貌不凡，当即赐酒一坛。樊哙本来在外面闻着酒香已经快受不了了，但是碍于面子，也没好意思说进来蹭点酒喝，现在见项庄的剑是越舞越厉害，而项伯是越来越不管用，一急之下，便带着兵卒冲进来了。可是项羽和樊哙却是惺惺相惜，赐酒一坛，樊哙抬头气都不喘咕噜咕噜把酒倒进了肚子里，又听项羽问："吃肉不？"

"吃！"樊哙也不客气，接过项羽扔过来的一条猪腿就啃，啃了几口，把猪腿扔给了手下，这时又听项羽问："还喝不？"

樊哙心想，我都已经喝了那么多了，还缺你那点酒？当即道："来者不拒！"

项羽听了，心想此乃真豪杰，酒肉不拒，沙场之上方能为人臣之将，百姓之王，这才是真正的好将才啊！他有心拉拢但是当着人家刘邦的面又不好意思，自己刚才还想杀人家来着，现在看着樊哙，对樊哙倒是有几分尊敬之意。

樊哙道："我主乃是沛公刘邦，为人豪爽不计前嫌，为赴霸王之约毅然前往，生死不论，这才是顶天立地的英雄，而且我沛公之主带兵十万，并非鱼肉百姓烧杀抢掠，一路进驻咸阳，也未使百姓怨声载道，这乃是真主也！你霸王也好意思安排鸿门之宴会来杀我主公，真少不差耻！"

樊哙的几句话说得项羽是哑口无言。范增见到此景，心道完了，项

大秦谋略

羽大业算是到这里就算结束了，以后的事情，谁也不知道，但是有一点可以知道，那就算刘邦不死，必然后患无穷！

刘邦此人圆滑奸诈，巧舌如簧，能屈能伸，善于用人，善于应变，见堂上形势越来越对自己不利，当即对项羽道："我是喝多了，我手下也是喝多了，他说什么你别往心里去，我看你也喝得差不多了，你等我一会，我去上个厕所，我回来和你对饮一坛，一决高下！"项羽说："好，那你就去吧，我等你，早去早回，厕所出门左拐。"

刘邦出门了，张良见刘邦晃晃悠悠似乎要摔倒，便上前扶着一起出门如厕。谁知，刚愎自用，高傲自大的项羽再也没有见到刘邦回来。范增气得快疯了过去，但是一点办法都没有。他把项伯的事情说了，但是项羽却是听不进去。

秦子婴早就向刘邦投降了，天下百姓是只认沛公而不认楚霸王，形势对项羽非常不利，如果不做点什么挽救一下被动的局面，那么当年项梁起兵，最后却为他人做了嫁衣。

刘邦走了，张良又进来，对项羽道："沛公醉意已高，不能再喝了，再喝就回不去了，但是沛公临走之时，让我给霸王送了几样东西，乃是白璧一双，还有玉斗一双，是给范增大将军的！"项羽心想这刘邦还真是个好人，临走还知道送东西，当即就把白璧收了下来。

这下可气坏了范增，他把玉斗一扔，摔得粉碎，指着项羽的鼻子骂道："你他妈你看看你干的好事，你这王八蛋能成个什么事？我满腹经纶谋略天下，却跟着你这个遭瘟的畜生，现在你放走了刘邦，今后灭你的人必然就是沛公刘邦，你就等着吧小王八羔子，到时候刘邦得天下，我们都会成为刘邦的俘虏！"

范增气得大病一场，项羽被范增骂得狗血喷头，却是无可奈何，后人都说项羽在鸿门宴之中缺乏当机立断的能力，从而导致范增计划失败。换一个角度去想，如果当时刘邦和项羽换一个身份地位呢，是刘邦摆下的鸿门宴然后项羽前来赴宴，那么事情的结果会是什么样，是

刘邦不忍下手，还是项羽被斩当场？不过就算换一个身份，事情的结果还是会如此，因为项羽优柔寡断的性格已经决定了他必然不能够成大事。范增的预言是有些道理的：竖子不足与谋。夺项王天下者，必沛公也，吾属今为之虏矣。

大将军范增的预言在数年后应验：西楚霸王项羽和沛公刘邦在随后的四年进行了大规模的战争，史称楚汉之争，最后西楚霸王项羽惨败，在乌江拔剑自刎而死，刘邦建立汉朝，是为汉高祖。传言，项羽拔剑自杀的剑，也就是当年项燕自杀而死的那把剑。看来项家是有拔剑自杀的传统，到了最后关头不是背水一战，而是以自己身上的宝剑来结束自己的一生。

刘邦入主咸阳，看着被大火烧成灰烬的阿房宫，大骂项羽暴殄天物，不知道珍惜好的东西。现在大火把阿庞宫烧了，那刘邦只能建都西安。大汉的兴起，改变了一个民族的命运，也让一个民族从此在世界民族之林之中站稳了脚步，这是有个鼎盛时期的开始，也是一个民族强大的开始。

秦灭，汉兴，战国的几百年，成了思想家，军事家，政治家的摇篮，许多杰出的政治、军事、谋略家在这个时候如雨后春笋一般冒了出来，不少人的言论影响了华夏大地几千年的发展。秦，这个历史上第一个大一统王朝，短短十四年的寿命，却诞生了许多辉煌的人物。在那个英雄辈出的战乱年代，却又诞生了许多惊天动地的传奇故事。

第八章

如今的天下已不再是秦朝的天下，大汉天朝，上上之邦，百业待兴，多少文人墨客威武将军为这大汉上朝拼下天下，如今国家运作已入正规，不少人却是享福了起来。王休离开了秦谷，身后跟着沁兰。来到长安后，王休本就没有打算久留，在长安待了一天，带着沁兰到处转转之后，便打算离开。

这时候的三百年之局，对王休来说已经不重要了。九龙真人对他说的那些话，也不重要了，人文之兴，本就没有定数，谁得了天下，那是天命所归，并不是人为地能够控制得了的。现在，王休要离开这红尘之世，离开这是非之地。

正在街上走着，忽然一个身衣衫褴褛的人撞到了王休的怀里，而在他身后，却有几十人正在不停地追赶他。王休见了，心道长安之都，还有这等欺负弱小贫穷人之事？王休看不下去，命身边的仆人上前阻止。

那几人显然是不愿意，上前来就问："你为何阻止？"

仆人道："那人欠你们什么？需要如此追打？"

那几人道："那人是骗子，骗了我们的钱，现在还不起，却赖账，

我等不追他要钱，要不上自然要砍下手脚来，你是什么人？敢来阻止本爷要帐？"

仆人在王休的示意下，问："他欠你多少钱？"

几人中有一为首之人道："黄金十两！"

仆人在王休的示意下给了那人十两，道："放了他罢！"那几人看了看王休，道："嘿，我还真没碰见这等好事！"说完，对那浑身是伤，衣衫不整的人道："小子，算你运气好！"

王休来到那年轻人面前，王休问："你是何人，为什么骗他们？"

那人道："我没有骗他们，我乃是大汉朝溧水守将之子，我父乃是开国将军徐成，我是徐政。我父亲前几天病逝，皇帝陛下命我到朝中受封，还受我父守将一职，但是路途之中，我依然是布衣之身，被一伙百十余名的歹人劫了我的盘缠，还好我仗着有些武艺方能脱身，到了长安之后，我便向那高利贷借了五两黄金，打算进宫面圣之时打点打点，没想到，还没到一天，这些人见我是外地人，就追着我要钱，并且已涨了利息，五两变十两矣！"

王休听罢，顿时气愤，但沁兰却是道："算了夫君，这不平之时，哪朝没有？比起那秦朝末世来，这还算轻的了，当年我哥哥一事，难道夫君忘了，那赵王迁是何等人，简直就不是人，真乃是禽兽。"

"只是这事实在是让我生气！不管不行！"

"夫君，你现在非官非爵，管得了么？算了，妾身有些累了，夫君我们回吧！这尘世间，夫君难道没有看透，一事一物，都有其运行的规律，几千几万年都未曾改变过，无论怎么运行，无论是什么规律，百姓永远是最底层的受害者。"

王休给了那人金子，却也未图回报，但那人却是说道："今日先生大恩，日后定当涌泉相报！"

王休也没上心，而沁兰和王休的几番对话，让王休终于彻悟，不管是三百年的局还是三万年的局，最后始终是要归于尘土，历史总是滚滚向前，不会听下来等谁谁谁。带着妻子，王休知道，这两百多年来，多少事情都如同那过眼云烟，一切都是浮云，没有什么值得留念的。历史是的承载者不是帝王，而是百姓，只有百姓是历史的书写者。

王休的离开，引起了刘邦的注意，张良对刘邦说，秦最让人害怕的不是帝王嬴政，而是阴谋家王休，王休此人神龙见首不见尾，颇有一些神仙的感觉，只要找到王休，就能得到秦国的秘宝。刘邦问，那秦国的秘宝是什么呢？张良说，那就是三百年的生死图。

生死图是什么？刘邦自然不知道，张良也不知道。当年黄石公传授张良兵法的时候，倒是提到过生死图，只是没有细说，后来张良在鸿门宴上听项伯说过，当年项伯杀人，为的就是那生死图，多少年来，生死图的下落并没有离开秦地，而是在秦地藏了几百年，现在秦灭了，张良必须要劝说刘邦拿到生死图。

生死图能做什么？这点，张良听师父黄石公说过，生死图上面并不是图，而是一本书。这本书的来历要从春秋时期李聃说起。李聃写出了五千字的《道德经》之后，便骑着青牛出函谷关，从此销声匿迹人间蒸发。张良听说，李聃出函谷关之后，所去的地方就是现在的秦国之地，但是具体在哪可就不知道了，张良有信心确定，李聃的消失是和生死图有关，因为李聃得到了生死图，从此荣升极乐，位列仙班。

张良听说了生死图之后，立即秘密追查生死图的下落，追查到了最后，把线索锁定在了王休的身上，传言这位王休在秦朝时期地位极高，尤其是在军队之中，更是如战神一般地存在。后来秦灭了，他却是不闻不问，似乎参悟透了天机一样，再也不问红尘事。张良猜测，王休是参悟透了玄机，有可能升仙了。

这里，张良认定王休只是有可能升仙，但还没有完全升仙，因为据张良的情报，王休还有一位赵国的妻子，叫沁兰。他的妻子沁兰很有可能和王休一起参悟，但是悟性要比王休稍微慢一点，现在王休就是在等沁兰参悟成功。这和古代的黄石之术有关，如果成功了，说不定就如古

第八章

221

人所说，成仙只不过是一夜之间的事。

王休对沁兰说："我们离开这里吧，这里已经不是我们所能留的地方。沁兰，你愿意跟着我，风餐露宿天涯海角么？"

沁兰微微一笑："天下之大，我一个弱女子，能去哪，只能是夫君去哪我去哪，嫁鸡随鸡嫁狗随狗，你去哪，我自然跟你去哪。"

王休挽着沁兰的手，道："这些年来，你也未曾老去。"

张良得到消息，在秦谷附近，有人看见王休，消息非常可靠。张良兴奋地已经睡不着，报告给了刘邦之后，自己带兵开始追王休。此时的王休还不知道张良真在找他，还在慢悠悠地去函谷关的路上。但是走了没几天，忽然从半路上杀出许多汉朝军卒来。王休认得这汉朝的军服，汉承秦制，不少汉官，现在穿的服饰与秦人无异。

王休被抓了起来，连同沁兰。沁兰并没有慌张，跟着王休那么多年，她早就学会了冷静。王休也没有慌张，他似乎明白今天早晚要来。

张良在函谷关外的鸿门见到了王休，没想到，再回故地，王休居然有种沧桑之感。多少年了？当年的鸿门宴会放走了刘邦，当年的范增预言再已成真。王休心中感叹：一失足成千古恨，再回首果然是百年身。

"你不知道我找你是为什么，对吧？"张良尽量以平和的语气去问王休，对于眼前这位叱咤风云百余年的人物来说，要想从他的脑子里挖掘点信息出来，还真不是简单的事。

王休却是说道："我知道你的师父黄石公。"

张良一愣，没想到对方居然完全不按常理出牌。王休一句话直接说到了黄石公，这让张良一时间不知道说什么是好。但是张良也不是等闲之辈，和当年的石俊相比，张良要比石俊出色许多。"你肯定知道，你是活了百余年的人了。"

王休呵呵一笑，"我希望你能善待我的妻子。我不明白你找到我，到底是需要我为你做什么。"

张良对着王休鞠躬道："放心，我从来不伤害女人。我是为生死图而来。生死图承载修仙之道，当年李聃、嬴政甚至是吕不韦等人，都曾经追寻过此道，我要的就是你把生死图拿出来，交给我我再交给陛下，这样对你我的都好。我师父黄石公说过，秦不过三世，一朝不过两百年，这便是生死图之中早已算准了的事情，我需要的就是它。"

"我不知道你在说什么。"

"其实你知道，你一直都知道。"

"生死图到底是什么？"

"我也不怕直接告诉你，我开始的时候也不能确定生死图的存在，但是后来我发现秦时有一个人一直想要害你，这个人就是石俊，石俊的出现吸引了我师父的注意，后来师父把兵书传给我的时候也提到了此人。此人一直在跟你作对，我想就是得到了他师父玉龙子的授意，因为玉龙子也想得到生死图，秦几百年的命运，只不过是生死图中的一个局而已，谋略，计划，兵法等等，只是浮游之光，难以撼动明月。直说了吧，生死图就在你的身上，你拿出来，大家相安无事，否则，别怪我手下无情。"

"我没想到良相张良也有今天如此暴虐的一面。"

"人都有两面，人前一面，人后一面，在帝王面前，我们都一样，都有着奴才的一面。我要的只是生死图。"

"那你等我三天。"

"为什么？"

"三天后，生死图才能出世，这时候，我们做的只有等，难道你师父黄石公没有告诉你，生死图其实不是图，只是一本清气化成的无字天书？要等无字天书出现，还需要一个契机，这时候，你最好带着你的人离我远一点。"

张良只好退出，他不得不选择相信王休。

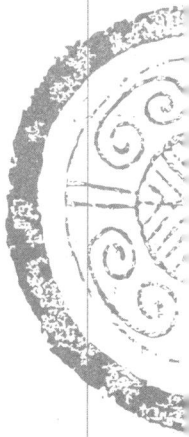

张良是知道的，有些事情本来就不可以勉强，强扭的瓜不甜。张良深知王休的性格是吃软不吃硬，据说他的夫人沁兰就是在秦军围攻邯郸城的时候，冒死来到秦军大营误打误撞来到了王休的大帐前请求王休搭救兄长，最后让王休娶回了家中。张良有时间来等，别说是三天，就是三年，他也等得。只是这三天的时间内，张良要做的就是让王休知道在这三天之内，张良会把王休当成是大王一般的人物来供奉。

其实三天对王休来说并不能干什么，她的妻子沁兰在另外的房间内是死是活，是饿是冻他都不知道，他要做的就是尽量地争取时间，让自己想出办法来离开这里。

三天很快就过去两天半，在第三天的下午，张良来到王休的房间门口，询问王休是否想通，如果想通的话，荣华富贵自然不在话下，封官加爵那也是一句话的事情，汉高祖不是那么不好说话的帝王，比起嬴政来，汉高祖要痛快许多。

王休的回答是还没有想好，张良只好询问是不是要再给三天的时间。王休答应了，再给三天就三天。张良回到了自己的住处，和朋友一起喝酒解闷。酒樽碰撞之间，张良感觉到了王休应该是在拖延时间，而不是单纯地需要三天时间让生死图自己跑出来。张良的长吁短叹引起了至交好友夏著的注意。

夏著此人是秦朝医官夏无且之后人，一身医术与春秋时期扁鹊相比有过之而无不及。传言，后人孙思邈就是他的传人，不过传言只是传言，不可当真。在夏著知道高人王休被张良关起来之后，顿时对王休的遭遇产生了同情之心。王休是什么人，是秦朝后人，许久许久之前，当夏著还是孩童的时候就听说过王休此人，现在听说王休被软禁了起来，他顿时有了一个帮助王休逃走的想法。

不知道到底是不是因为同情还是其他，夏著和张良对话几句，便笃定了主意，一定要把王休放出来。三更半夜，张良酒力不胜，酣睡不起，夏著得了机会，立即来到张良酒后说的地方，诓走了看守，把王休从房中放了出来。

这时候，张良却是酒醒了，其实他并没有醉，而是在饮酒之间，看出了夏著对王休似乎有种同情之心，聪明如斯的张良立即想出了一个主意，他要利用夏著，找出生死图的所在。等张良想定了主意之后，也是上朝之时，汉高祖询问生死图下落如何，张良无言以对，只是胡说说再有几天，生死图就可落入高祖之上。

撒下谎言的同时，张良也担负了更重的重担，首先，汉高祖是不会给张良三天的时间让他去寻找生死图，到时间，高祖就得伸手要图，其次，王休那边还不知道到底能不能在第二个三天的时间内给出生死图，第三，夏著此人性情敦厚，他到底能不能帮助自己找到生死图，也是个未知之数。

张良一个头两个大，下朝之后，立即来到看守处，却见王休已不在房中，他的行李物品都被带走，就连沁兰，也离开了张良的看守之地。人就这样神奇地消失了，凭空而不见，没有人知道他们去哪，也没有人知道他们什么时候走的，就好像冥冥之中有个人，突然伸出手来，将他们都带走一样。张良气急败坏地斩杀了几个看守的军卒之后，还没有发泄完郁闷之气，命人继续寻找王休。

现在可以断定，夏著是真的帮助王休逃走了，张良因为一个早朝而错过了追踪王休的最佳时间，他现在不得不在人数上弥补自己犯下的错误。在洒下几千人寻找王休之后，他也没有闲着，来到夏著的妻儿之处，命人将夏著的妻儿老小一家三十八口人全部请到了专门为他们准备的容易看看守的地方。

张良是真的把人"请"过去的，中间并没有动武，他善言相劝，只说是这是夏著之意，并无恶意。夏著的家人信了，因为中间也没有军卒在前来驱赶，这让夏著那八十岁的老爹颇有被人待见之感。倒是夏著那聪颖的妻子，立即发觉这并非是夏著本意，但是张良也没有对他们怎么样，所以只是暗中防备，命奴婢化妆成卖菜的丫头，跟着不起眼的老管

家带着他们被张良请走的消息逃了出去。

王休非常感谢夏著，不但把自己救了出来，还把自己的爱妻也救了出来，沁兰倒是不害怕，只要自己的夫君在，就是天塌下来，她都不害怕，在沁兰的心里，夫君王休就是天，天在自己身边保护自己，还有什么好怕的？王休没有表现出来害怕的样子，他在被软禁的六天时间内，拿出了当年师父交给他的一本书。这些年来，他一直在看这本书，但是书中全是天卦地理，艰涩难懂，王休研究了百余年，也没有研究出什么道道来，倒是在这书中学到了许多兵法及为人之道，让王休受用不已。

只是夏著回去之后，免不了要担一个渎职之罪，皮肉之苦是绝对逃不掉的，如果高祖不高兴，说不定就会杀掉他。王休劝说夏著还是不要回去了，夏著执意不肯，王休说，许多年前，他的祖先夏无且帮助荆轲刺杀秦王的时候，一个药囊没有砸中，从此换来了高官爵位。你可不能因为我而被贬为布衣，高祖不是那种能容得下我的人，你最好还是跟我走吧。夏著执意不肯，依然要回去。其实不是夏著不肯走，他的妻儿老小还在长安，他不得不回去。

王休见实在留不在，就对夏著说，你回去之后如果遇到麻烦，就说我王休已经拿到了生死图，让他放了你，我才拿出生死图来。夏著答应了之后回去，果然被张良"请"了回去，夏著和妻儿团聚是团聚了，但是却没有了自由。

这时候的王休已经逃到了溧水，路途较远，王休实在是走不动了。王休打算休息几天。溧水守军收到张良军命，马上认出了王休，立即派兵，打算把王休抓起来。王休和沁兰二人，是刚出虎穴，又入狼窝。溧水守军没有夏著那么好的脾气，抓不到王休，立即下令封城。溧水城地处溧水之边，出城只有一条路，王休走投无路，悲悯不已。

前前后后将近两百年，却未换来一生平安，倒头来却是要被人追杀，王休不免有兔死狗烹之感。不过，这并非是张良本人之意思，在王休看来，似乎是生死图惹出来的祸水，大汉帝国两百多年的时间并不是主要的，重点，还是在自己身上的生死图。

溧水守军已经知道了王休的行踪，他们只要收缩包围圈，就能把王休逮住。曾几何时，王休何尝落得如此这般田地！现在想想，真是让人悲悯不已。"也不知道夏著现在怎么样了！"王休还在想着夏著，却不知道夏著已经被张良关了起来。王休逃不掉，只能束手待毙，可身旁还有沁兰，他不能就这样让沁兰跟着自己受罪。看着身后滔滔溧江之水，王休却是有了另外一种永远离开尘世的想法。

沁兰与王休心意相通，怎么不知自己丈夫心中所想？她这些年，在王休的熏陶帮助下，却是未曾改变过容颜，几十年如一日，那娇嫩的容貌依然还在，可惜了当年的嬴政，如果让王休认真地寻找长生之术，今天却不再是白骨一堆。沁兰没有后悔当年冒死闯入秦军军营，当年那风险异常的举动，却也是受到了老天眷顾，得到了成功，如今和丈夫厮守几十年，早已知足了。如果不是王休劝蒙骜出手相救，李牧早已是赵王迁的刀下亡魂。

"你去哪妾身便跟着去哪。"沁兰的态度很坚决。

王休长叹一声，他看向了那会稽山方向，正要逃荷，却听身后一人大呼："先生留步！先生勿要轻生！"王休硬生生地停了下来，心道这时候还有人与我一样轻生的？不知道是哪国将军？王休抬头去看，却见周围并无他人，再见身后，一群汉朝士兵冲了过来，顿时将王休围了起来。这时，从这群士兵当中走出来一位威风凛凛的将军，手握刀柄，大步来到王休面前，倒头便拜："恩人为何要选轻生之路？"

王休一见，却是觉得面熟，但却想不起来在哪里见过了。那将军跪拜道："先生真是贵人多忘事，先生难道就想不起晚辈来了？"

王休是真的想不起来在哪里见过他了，但是总觉得眼熟，一时半会

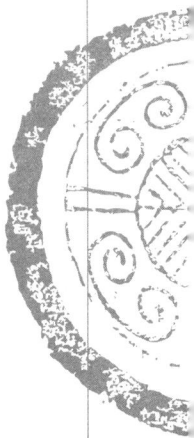

也想不起来此人究竟是何人。把这年轻的将军扶起来之后，王休问："你究竟是何人？为什么会认识我，为什么叫我为恩人？"

那将军道："晚辈乃是徐政，先生忘了？在长安城，是先生的十金，让晚辈脱离了那些人的追捕，也是先生，让晚辈有机会承袭了我父亲的守将一职！"

王休想了想，终于想了起来，就在不久之前，长安城内，王休的确是救了他。却没想到，王休和徐政，是在这里再一次相会。但是王休却是想不通，徐政既然承袭了父亲的守将一职，怎么会在这里出现呢。

徐政似乎看出了王休的疑问，道："前几日我刚回到任上，就接到了高祖陛下发来的军函，函上说，见到王休，务必留住。这此四个字，还有一张画像。我打听了一下，原来是张良想得先生，我也不知道为什么要抓先生，晚辈只是觉得，既然他们要得到先生，那晚辈至少要护得先生周全，但不敢问，张良为什么要得先生呢？"

王休心想此人知恩图报，不入官流，事情已经到此，索性对他说一说，这样还能有另外的出路，于是说道："只因我身上有一个张良想要的宝贝。"王休只把话说到了这里，没说具体是什么宝贝，说完便看徐政的反应。

徐政听了，道："宝贝？是什么宝贝连张良都想垂涎？想必是国宝了！先生，既然身带巨宝，我看在大汉境内是无法得以周全，不如出关吧！晚辈会派一队人，暗中保护先生，只要先生出关，便可安全了！"

王休见徐政闻宝却不变脸色，当即暗赞此子定有极大心胸，视钱财如粪土，当即道："那从何处出关？"

徐政道："溧水之外便是樊城，樊城之内有一条小道直通函谷关，先生不如走这条路，到了函谷关，先生就可化胡了，从此就是塞外之人也！哈哈！"徐政时完，哈哈大笑，又道："走吧，我这溧水之城，说小其实倒也牢固，而且内部皆是我族之人，不怕有细作泄露出先生的行

大秦谋略

踪来，走，到我家中，饱餐一顿，再有奴婢为夫人换洗换洗，也可清爽上路！"

王休点头，道："那就多谢将军了！"

"哎！恩人不必客气，再客气，可就是打晚辈的脸了！"

在徐政的将军府上休息了两天，王休便又上路，徐政此人果然是英雄豪杰，明知王休上身上有宝，却无动于衷，从头到尾再也没提过，反倒是服侍王休，尽心尽力，有求必应，直到王休出城，还派出一队骑兵暗中保护，直到函谷关外。

当王休到了函谷关外的时候，却见九龙真人立在那荒漠草原之上，见王休来了，点头笑道："三百年之局，如幻如影，现在看来，你果真是经历了一番乐趣横生的苦难。"九龙真人看着王休和他的妻子沁兰，道："两百年了，没想到你把事情办得还挺漂亮，秦灭汉兴，和我预料的几乎一样。不过，你怎么就知道师父我会去救你呢？"

王休一笑，道："因为生死图就在我身上！"说完，王休从身上拿出一本书，正是当年九龙真人交给王休参悟的那本书，接过书，九龙真人道："没想到，辗转了两百年，这书又回来了，怎么样，你参悟了多少？"

"弟子没看懂。"

"哦？为什么？"

"人世间的帝王之术，本就是有一本糊涂账，而帝王之位正如那臭肉一样，不少苍蝇都喜欢盯，可是人仔细一闻，却是如此之臭，臭不可闻，君王乱君王乱，几百年来我没有看破人相，却看破了皇权，那是建立在累累白骨之上的萧杀之术，比起生死图来虽然差了许多，但是却让人不寒而栗。"

"呵呵。"九龙真人笑了笑，再也没有说什么。

第八章

两百年，再如何也是短暂而过，没有多少值得再提，过去的沙场点兵，焚书坑儒，只不过是历史的一种迹象，如果说非要寻求点什么，那不如回到历史，再细细品读一番，方才知其中滋味。